親愛的共犯

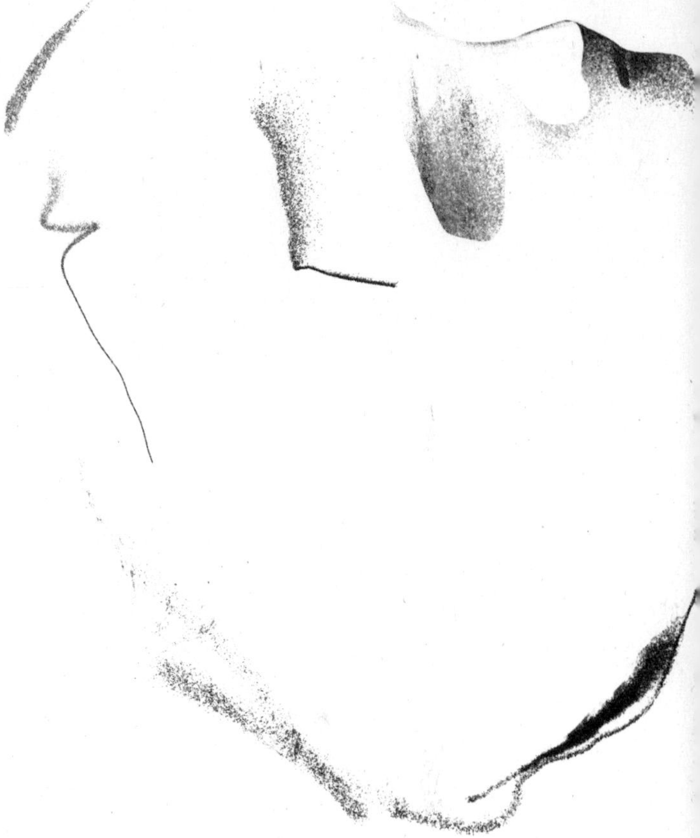

陳雪

天空是白的
但雲是黑的

——《新橋戀人》

●目次

序曲

傍晚時分，一棟白色的建築在夕陽映照中，呈現出幾近金色的光輝，倘若有一雙眼睛從空中俯瞰，將會看到那一棟市區巷弄裡的獨棟樓房，在一片灰色樂高玩具堆起的矮矮樓房中，站立著白色的龐然大物。這棟樓有個別名叫白樓，正式名稱是張宅，是一棟占地約三百坪的五層樓建築，外觀彷彿幾個四方盒子堆疊而成。潔白的建物現代感十足，白色外牆與黑框大片玻璃，每一層樓都有寬大的露台，簷下點著燈，露台是弧形的，像是一片水波延伸而出，透明的女兒牆，露台上設有桌椅，牆邊木架上妝點各種植栽，充滿綠意。主建築之外，是一片帶有禪意的寬敞庭院，石牆砌得很高，牆邊種植了高聳的樹木，但仍遮掩不了白樓的上半部，任何人路過此地，都會忍不住訝然，這建築彷彿騰空而至，與現實世界非常不協調，那應該是會在海邊、山上、或者郊區的獨棟別墅，卻不可思議地出現在這寸土寸金、人口稠密、地坪天價的市區裡。觀者無不驚訝於它的獨特，這建築的存在是那麼刺眼，使人不得不停下腳步，好奇，觀看，深思，這房子該要多少錢才蓋得起來？什麼樣的人會住在裡面？為什麼在這裡蓋這樣的房子？白樓的存在，改寫了文明街的天際線，也改寫了許多人的生命。

在文明街這樣的老區住宅裡，出現這麼一座樓，當地人對此樓風評不一，與建時引起很多爭議，完工後還是眾人話題的焦點，這也是想當然的。

陌生人每次進入這條巷子，會因為視線裡突然出現這樣龐大的建物感到怵目。不像多數豪宅流行的巴洛克或古典主義，這棟建築物是現代風格的極簡與冷調，散發著一種拒斥旁人的氣質，這巷子走出去就是大馬路，是市區所謂的蛋黃區，一般人想要在這裡買一個三房公寓都很困難，而這棟占地寬廣的宅邸，只屬於一家人所有，於是所有經過此地的人，不可能不注目它，而一旦開始注意這棟建築，又立刻會被它散發出的那種所謂低調的奢華而受到刺激，羨慕嫉妒恨，或者某種從心中逐漸升起的感嘆，是啊，有錢人的世界跟我們不一樣。這條巷弄清一色是三十多年老公寓，一樓是庭院或車庫，也有些變成店面，巷子正好容兩輛車會車，走路就可以到達捷運站、菜市場、超市、診所，生活機能健全，這宅邸就是鬧中取靜，但一個宅子就占掉幾棟公寓大樓的面積，令人咋舌。

高聳的圍牆，森嚴的門禁，沉重的黑色大門感覺像是永遠也不可能打開，白樓所有的一切在在顯示著它拒絕被窺視，而這份拒絕也更令人想要駐足停留，人們所能看到的，就僅是門邊小小的門牌號碼，這個門牌並非一般制式的白底綠字，而是一個小得不能再小的鐵片上，低調地刻印著地址門牌。如果你是郵差，可能也會納悶，甚至連信箱都找不到，不過當你再靜心凝神，就會發現門牌下方有個非常別緻的深褐色木盒，將木盒掀開，就是一個單向崁入式的信箱，可以把郵件投遞進這個信箱裡。

白樓的主人張大安是在地人，祖父是這裡的老街坊，祖父做生意失敗，開一家小雜貨鋪維生，張大安有著父祖輩都沒有的生意頭腦與野心，張大安年少時的T市，很多地方都是農田，他退伍後就業，當業務員起家，什麼都能責，什麼都敢做，賺了錢通通攢下來，人家存金條，他則是買土地，一塊一塊買，然後是法拍屋、畸零地，有啥買啥，他買得得心應手，土地買了，跟朋友合夥開起了建設公司蓋房子。後來他在生意場上認識了同袍的妹妹陳婉玲，陳婉玲的父親就是知名建商，張大安在岳丈的指導下，興建了人生第一個社區大樓，打響了建設公司名號。張大安與陳婉玲兩人攜手合作，繼續擴展張家的事業，建設公司穩當後，又跨足百貨公司，形成了一個巨大的財團。六十歲時，張大安說，蓋了這麼多房子，我們也來蓋一棟三代宅，全家人都住在一起。那之前他們是住在市區的豪宅裡，但張大安想要的不是那樣的屋子，他想要在他們老家的那塊地上蓋一棟屬於自己的樓。他把雜貨店與他陸續買下的隔壁樓房，全部剷平，改建成一個他自己的城堡。

屋子花了四年多才蓋好，那時附近鄰居深深感覺到張家回來了，那個以前雜貨張仔的孫子，事業發達後回來老家了。

倘若有機會進入此宅，首先約好上門時間，到達後按下門鈴，等待管家或家人來開門，大門是指紋辨識的門鎖，管家開門，客人在管家引領下，走上鋪著石階的小徑，乍見院子整潔有致，最顯眼的是一棵巨大的樟樹，以及門邊的那棵白水木，院落裡的植栽排列有序，可以想像院子是經過園藝師與風水師搭配之下的產物。庭院另一邊，是可容納五、六輛車的車庫。

走過長長的石階小徑，來到主建築前，正面有大門與側門，客人走的是側門，一進入就是電梯間，看要往哪個樓層自行選擇，到電梯間再經過一層指紋辨識，終於可以隨著帶領者進入其內。電梯寬敞，感覺是為了方便將來協助長輩推動輪椅而設，一點也不吝惜空間的設計，地毯的質地、牆面與鏡子交錯、邊框的顏色、鏡面的光潔度、通亮的照明，以及木質扶手的設計等都很考究，電梯沉穩地上升，各種細節安排都讓人不會感到封閉。倘若訪客要進入一樓客廳，則會是從側門由人帶領，經過電梯口，推開通往一樓客廳的邊門，先經過長長的玄關，玄關兩側就像是美術館似地展示了家族不知是誰的收藏品，投射燈映照在藝術品之上，這些收藏品並非長期放置在此，而是像美術館的展期一樣，不同時節有不同的展出，有時是瓷器、古玩，有時是水墨畫，有時是啥也看不懂的抽象藝術。只是來訪者未必有機會再來第二次，所以若不是擁有者有特別的喜好，就是當初設計此屋的人為了某種原因而設計此走道。走過這條藝術大道，就可以進入挑高超過四米五，極為寬敞的會客大廳，來客在精品牛皮沙發上坐下，手中捧著管家送上的茶水，感覺像跋山涉水，經歷了好長旅途，終於走進了這一棟樓。

第1部

夢中人

1

夢裡是一座長長的橋，橋身延伸至遠方，一個模糊的人影在橋上行走，步履蹣跚，一隻腿跛著，兩手環抱著什麼，外套歪斜，敞開的領口像坦露著心事，一頭亂髮，漆黑眼神遠看有光。

那人拚命跑著，他前方的橋面卻快速地往前延伸，使那人身影越退越遠，她想大聲呼喊，發現自己的喉嚨發不出聲音，那人跛行狂奔，企圖抵擋橋延伸的速度，但他的奔跑變成徒勞，怎麼也抵達不了橋的這端，她張嘴狂呼，卻無能出聲，無以抵抗他的消退。

有槍聲響起，一聲，兩聲，那人的身體顫動，被劇烈撞擊，從背後襲來的力量凹折了他的身體，他像一張紙那樣被凹折，一折，再折，直到全身塌軟，蜷縮倒地。

橋身終於不再移動了，畫面靜止於他如一個破損的紙袋被揉搓摺疊，在地面暈出紅色的血跡，倒成一個怪異的之字。

當年她不在現場，如今卻目睹了他的死亡。那個被追逐、放槍、倒地的男人，那個沒有穿制服的警察，空蕩蕩的橋，看不見任何追逐他的人，許多張臉變成氣球逐一飄起，那些無法辨識名字的臉孔，隨風飄散著。

空氣裡瀰漫著一股血的氣味。

周小詠又夢見父親了，夢裡是她未親眼目睹的父親死前最後光景，她時常夢見父親，每到辦理重大刑案備感壓力的期間次數會變得頻繁。有時夢裡已逝的父親是來為她解謎，提供意見，幫助她破案，那樣的夢境裡她是成年女子，而父親依然維持壯年，他們彷彿同僚或夥伴，兩人專注認真討論著案情，父親總是睿智，靠著過往經驗就能突破盲點為周小詠解惑。最初那樣的夢境醒來後，會比惡夢還要令周小詠傷心，但後來時日漸久，周小詠反而期待著夢境到來，好夢惡夢都行，她只想見到父親。

周小詠的父親生前是受人尊敬的刑警，他死於一場警匪衝突，對方奪走同僚的槍械，在父親追捕另一名逃犯時，奪槍者從背後將他槍擊身亡。

那年周小詠十五歲。

父親因公殉職，新聞引發轟動，家屬獲得撫卹，也有各界捐款，事後周小詠曾在法庭見到槍擊父親的人，那人長相普通，面色蒼白，但臉上毫無悔意，那一刻周小詠立志將來要當警察，不為復仇，而是想到父親最後未能逮捕嫌犯，自己也無法見到父親最後身影，她感覺自己只要代替父親繼續那條追捕疑犯的道路，如此就能與父親同行。

她亦想起童年時父親抱著她在腿上，桌上堆滿資料，她問父親那些是什麼，父親說，那是工作，小詠問父親做些什麼，父親笑說，貓捉老鼠，小詠問，貓總是捉得到老鼠嗎？父親說，不一定，有時老鼠變成狼，會把貓給吃了。父親時常深夜或凌晨歸家，輕手輕腳，怕吵醒家人，但因長期熬夜、誤餐，腸胃不好，怎麼吃都胖不起來，母親後來才說，父親有肝炎，不能熬夜，若沒有死於槍擊，恐怕也會爆肝而死。

周小詠不顧母親反對報考警校，一路追尋父親的道路，吃多少苦都不喊累，直到如願進入了刑偵隊重案組。她才二十八歲，又是個女子，在刑偵隊本就是異類，可是她擅長柔道、精於射擊，天生的好記性，加上追根究柢的性格，每一處都像她老爸。

每天早上起來，周小詠先做一百個伏地挺身，一百個交互蹲跳，跳繩五百下，拉筋收操，然後走進浴室沖澡，出來後換上衣服，把長髮一束，戴上帽子，她堅持不要一點女人味，一張白臉還是顯得秀氣。

她背上書包，登登登跑下樓，拐角早餐店外帶一份起司蛋餅、一個三明治、一杯冰奶茶，就去警局上班。

周小詠上班的辦公室位於T市刑事警察局偵查隊第三大隊重案組，重案組聽來神祕，但辦公地點近乎簡陋，位於警局二樓一個轉角隔間，黑色木作與透明玻璃隔出的空間，組長有一間獨立的辦公室，其他人占據四張相對的桌椅，入口處掛著一個「重案組」的壓克力牌，簡直一點派頭也沒有。

周小詠放下包包，脫下外套，走到茶水間，動作熟練地幫組長李俊煮一壺咖啡，咖啡豆是組長自備，據說是組長的好友親自烘焙準時供應，周小詠用磨豆機磨好豆子，放進美式咖啡機煮一大壺，組長不但在辦公室喝，還裝進保溫壺帶上車，一天總要喝個五、六杯才夠。

李俊是個傳奇，辦案紀錄與人格特質都是，他嗜吃甜食，警局附近的小攤販賣的紅豆餅與豆沙包，他經過時總會買上一大包，當早點，作下午茶，以及誤餐時的點心。有時找不到紅豆餅與豆沙包，他就吃超商巧克力棒，什麼夾心都可以，重要是一撕即食。

他身材高大，五官深刻，一件寬垮的風衣，袖口都破損了，看似不修邊幅的漢子，卻咖啡甜食不離身，頗感違和，但若真的認識他久些，會覺得這些小嗜好都不算什麼，他身上太多衝突的特點，這些衝突與反差都成了他的個人風格。他右眉骨有個小小月牙形狀的刀疤，使得本就已經嚴肅的長相顯得更凶，他抽萬寶路香菸，一天兩包，大多數都是夾在手指間燒掉的，好像只是點來幫助思考。他做任何事都過量，吃甜食，喝咖啡，隨時隨地都在點菸。但有李俊就有破案率，所以李俊任何怪異行徑都不是問題。

周小詠在重案組的日子難熬，女刑警本來就少，像她這樣年輕的更是少見，剛進隊裡每天都被當助理小妹呼來喝去，直到一次周小詠協助破案有功，李俊才開始親自帶她。

周小詠的父親以前在第四刑偵隊人稱周公，出名的脾氣暴躁、急公好義，破案率也是一等一，可惜五十五歲那年因公殉職，但也是父親的庇祐，周小詠警大畢業四年，一路升到刑偵隊。

因為面部神經缺損，表情有限，笑起來也像是苦笑，難過的時候像是在鬧彆扭，所以周小詠盡可能不做出會令人誤解的表情，看起來就是一張面無表情的臭臉，即便長相不差，也教人感覺難以親近，或許因為不常笑的緣故，她性格也逐漸變得嚴肅，因為即使開玩笑也不讓人感覺幽默，想表達親切也讓人感到冷漠，故她便不再設法對他人示好，鐵著一張臉，埋頭做事，與旁人都有點距離，派給她的任務她卻使命必達，雖然隊上沒有太親近的朋友，但因為組長李俊對她不笑這件事沒有意見，她也覺得跟李俊合作起來很順利。

周小詠半年前開始幫李俊煮咖啡，一開始只是順手，後來成為習慣，那幾乎是她自己一天開始的儀式，一年多來她每天跟著李俊辦案，親眼見到他解開最難纏的搶劫案，偵破最棘手的謀殺案，周小詠對李俊半是敬畏半是崇拜，重案組剛偵破一件銀樓搶案，再興銀樓被一對鴛鴦大盜竊走價值數百萬的珠寶，重案組在兩週內破案，人人有功，士氣大振。

她跟其他人一樣，輪夜班睡輪值室，行軍床一個睡袋攤開，閉眼就能睡，該醒則醒，從不拖沓。重案組人人有專長，李俊有鷹眼，見過的人臉絕對忘不了，歐陽葉善偵訊，李廣強專事跟監，而周小詠則善記數字、圖案、符號，因父親死於槍擊，周小詠苦練射擊，槍法極準，隊上比賽曾拿過幾次冠軍。

周小詠咖啡剛煮好，李俊就進門了。他一到警局，連別組的同仁也會感到緊張，氣氛肅然改變，他開門關門都很用力，不是因為粗魯，而是心不在焉，他五年前離婚，兒子的監護權歸老婆，他現在無家無眷，也沒有情人，唯有轄區一間咖啡館女老闆是他的舊情人麗莎，多年後重逢，麗莎喪偶，他失婚，兩人就這麼走在一起，舊情作祟也罷，相互取暖也好，他們一週見一次面，都是去李俊租賃的兩房一廳老公寓，李俊離婚時什麼都被老婆拿走了，也罷，他樂得輕鬆，其實自己多年來也就攢了那一點財產，留給前妻與孩子，算是盡了他一點心意。

李俊是個性急的人，必要時卻又驚人地有耐心，就像他嗜吃甜食，但性格絕不柔軟。說到吃甜食，其實是血糖低就會暴躁不安，嚴重時會產生暈眩，只是他對旁人絕口不提，寧願被當成嗜吃甜食的怪男子。從當基層警察時就知道誤餐是常有的事，進入刑偵隊之後晨昏顛倒、晝夜不舍，辦案已無分白日黑夜，他時常忘了有無吃飯，只記得感到低血糖時吃一塊甜點，立刻解除焦慮，吃上兩塊的話，連靈感都會暴增，辦案如有神助。

李俊看周小詠每天都是牛仔褲綁個馬尾戴著黑框眼鏡，側背一個很舊的布書包，看來就像個學生，他們是便衣刑警，平時不穿制服，但周小詠的打扮還是太學生氣了，他後來送給她一件軍裝夾克，可以拆下袖子當背心穿，周小詠時常穿著那件綴滿口袋的背心，還是背她那個書包，有時戴上棒球帽，紮起馬尾，正面遠看就像個男孩。

很多人都以為是因為周公的因素，但李俊知道周小詠成了刑偵隊最年輕也是少數的女性隊員，是靠她自己的實力。她在警校功課超群，加上她對數字與符號過目不忘，這樣的資質應該去讀醫學院而不是跑來幹這種錢少又危險的工作，然而她自小受父親影響，一心憧憬當警察，父親死後她更將目標投向刑偵隊，參與過多項甄試，每項都通過，但凡周小詠認定一個目標，就死咬不放，這是李俊欣賞她的地方，敢拚敢衝，肯吃苦，一旦想追什麼事，上窮碧落下黃泉，不想個透徹辦個明白絕不鬆手。她善用電腦網路，勤跑圖書館，警局裡的檔案室時常有她穿梭的身影，甚至連法醫解剖屍體，她也要參與，周小詠很拗，對辦案又有點執著，不過李俊反倒欣賞她那股子傻勁，他們是同一類人，滿心想著旁人唯恐避之不及的事物，苦苦思索，夜不成眠，要說甘之如飴也不是，就是心裡有種不能不做的衝動。

每天早上到警局，周小詠把咖啡跟三明治拿給李俊，他接過三明治就大口吃起來，她自己回到座位也開始吃早餐，這已經是他們的默契，有時李俊會塞點錢給周小詠，她也不囉嗦就收下，有時這個早餐就是他們一天最正式的一餐，周小詠包包裡還會放著一些能量棒和巧克力，在外頭查案誤了餐，她都知道什麼時候該把食物遞給李俊，以免他因為血糖降低大發雷霆。早餐兩人都吃得很快，因為心思都不在食物上，吃飽只為了快點上工，因為他們心心念念的，都是這一天他們不知道將會面臨什麼樣的刑案？而如何破案，才是他們真正關心的問題。

2

八月周小詠與李俊破獲銀樓搶案後，平靜了一陣子，後來都是些例行的案件，偷竊、吸毒、販毒、詐欺，日子依然忙亂，周小詠依然喜歡作夢，每天早上醒來，她會在床上把前晚的夢境再回憶一下，有時甚至會拿枕邊的筆記本抄寫下來。近來的夢境，父親的臉很像李俊，夢裡的他，不似平時樣貌，好像變成了李俊和年輕時父親的合體，有時會與周小詠一起進食，一起看電視。在夢裡，他倆簡直就像生活在一起似地，夢中畫面時常是他們並肩坐在沙發上，電視播放著球賽或新聞，然後他們討論著案件，桌上有時會堆放著檔案或照片，好像生活裡除了辦案還是辦案。

夢裡那個長得像李俊的父親，或者像是父親的李俊，是那麼睿智，卻一反生前的幽默，顯得冷酷，好像坐在他面前的並不是自己的親人，而是警局的拍檔，有時，甚至感覺父親只是在自言自語。不過只要能夢見父親就能安慰她，夢境像是生活的延長，也是生命的延續，父親不在人間，便存在夢裡。

周小詠不解夢境的意義，但依然紀錄下來，她想過她的生活或許太單調了，才會依賴夢境甚於真實人生。

生活沒有任何有意義的事，連辦案也變成例行公事，她逐漸變得麻木，對什麼都不感興趣，沒有大事表示平安，周小詠內心卻期待騷動，要是父親在世，一定會罵她，但她渴望的不是破案的快感，或者刑偵過程的緊張，她只是逐漸不太理解自己了，她曾經那麼想要進重案組，她花了那麼多心力準備考試，努力表現，而如今她終於來到這裡，為什麼她還是不快樂？

對，她不快樂，但放眼望去，整個重案組有哪個快樂的人？他們的工作本身就不會讓人快樂，她轉頭看著李俊的方向，李俊這陣子反過頭去追查一件懸案，一樁去年的保險金殺人案，周小詠也想參與，可那樁案子已經走進死胡同，反而讓周小詠產生更大的挫折感。

他的桌上堆滿了資料，凌亂不堪，他的頭髮被抓得凌亂，他可能有點老花了，看資料時文件拿得很遠，他不自覺地吃下許多巧克力棒，身材已經開始變形了，還有其他同事，累的時候不顧形象，仰著頭在椅子上睡著，張開嘴巴顯得很傻。

周小詠聽說李俊會失眠，自從三年前他的搭檔殉職，他就總是睡不好，醫生開了安眠藥跟鎮定劑，但李俊說會傷腦，不太願意吃。為了入睡就會喝酒，可喝酒更不利於工作，於是恢復看診，繼續吃藥，醫生給過他很多建議，除了吃藥，可以冥想靜心，打坐參禪，總之是要提早準備入睡狀態，製造一種適合入眠的氣氛。李俊對周小詠說，「竟然要我靜心冥想！這是對我刑警工作的諷刺。」他工作忙碌，即使回到家，也還埋首於卷宗與檔案，有時入魔，連夢中也在辦案，這樣的生活，去哪找個適合睡眠的狀態。

與妻子離異，多半也是這個工作的緣故。

當年李俊偵查一起連續殺人案，從北到南，跨區合作，那人共殺了兩名女子，都是迷昏後勒斃，手段並不特別，但現場整理得異常乾淨，也懂得避開監視錄影，一頂黑色漁夫帽，一件黑色夾克，他們對嫌犯的所有證據也只有一次無意間拍到的背影。

妻子抱怨他是工作狂，說他沒了辦案就會失去自我，他總說自己不得已，但其實他寧願投入辦案，也不願參與家庭生活，「你覺得死人比活人好相處，」妻子說，「因為死人不會有意見，你只要研究就好了。」

妻子說得都對，也都不對。他對那些死者感覺負有責任，這是難以對他人啟齒的祕密，他不認為自己有著救世主情節，只是從他初當警探開始，接觸第一具死屍，那時他認識的法醫潘宏益告訴他，「只有死掉的人不會說謊。屍體會說話。」他跟著潘宏益查驗過幾十具屍體，刀傷、槍擊、勒斃、中毒、自溺、火燒，自殺、他殺、意外、謀殺，這些死者最後只剩一具冰冷屍體，有些甚至殘破不全，躺在法醫解剖檯上，他看著潘法醫神情肅穆，潘法醫會在死者胸前用手畫個卍佛字，他說不是出於宗教信仰，更像是一種鎮魂儀式。

「查出死因，給死者安寧，才是最重要的。」潘法醫對他說。

他與潘法醫聯手破了許多棘手的命案，也成為三十到四十歲之間，所謂的功績，但也因此他在四十歲那年離了婚，後來妻子賣了房子，帶兒子到加拿大投親，去年聽說再婚了。

大家都說他是冷酷的人，離婚五年，他沒去過一次加拿大，偶爾跟兒子視訊，和孩子連線打電動遊戲，孩子越大長相越像他，但滿嘴英文，洋裡洋氣，舉止就沒有一點像他了。

周小詠反省著自己的心情，一個敬業的警察卻因為手頭上的工作瑣碎，沒有大案可辦而感到生活無味，實則當刑警除了辦案，還有繁雜的文書得處理，眼下這個空檔，正是她可以把這兩個月拖延遲交的報告清償的時機，但寫報告就是周小詠不快樂的原因啊。她終於清楚了，自己不是嗜血，並非只喜歡辦理重大凶案，而是她喜歡辦案多於文書資料填寫，這是重案組共有的特質。以前的長官曾經說過，他們是一群「腎上腺素爆發上癮者」，辦起大案沒日沒夜，弄得女友分手、家人失和、妻離子散，搞得身體壞掉的人也很多，夜裡需要安眠藥鎮定，白天再用咖啡因跟香菸提神，簡直是惡性循環。然而重案組就是這樣，這些人臥虎藏龍，一身本事，從街邊巡警、制服警員，一路爬升，就是為了來到這裡，可是這裡福利不見得好，工作卻堆積如山，那堆如山的檔案中，真正可以讓人腎上腺素爆發的案子不多，可椿椿都是棘手的大案。

重案組每次破了大案，會得到局裡的記功或嘉獎，但最重要的儀式，就是破案後，夜裡去一間在街邊的簡陋海鮮餐館，喝啤酒吃燒烤慶功，這家海鮮餐館是李俊以前經手過的案子受害者家屬開設的，老闆娘年過五十，因丈夫去世才二度就業，手藝很好，重案組的人常常來捧場。

「有拜有保佑，保佑我中樂透。」重案組的小陳笑著說，把中元普渡買來的綠色乖乖拆開來吃，其他組員大罵，「乖乖又不是保佑中樂透！」資深組員都知道，重案組每次辦完棘手大案，就一定會買幾包乖乖放在檔案櫃上，「要乖啊！少點殺人犯或搶劫，免得我們累死。」小陳或許就是因為受不了這種沉悶，故意把乖乖開來吃了。

周小詠自覺自己是在逃避文書工作所以意興闌珊，就想回頭去翻些陳年懸案來看，她走進檔案室，發現李俊也在看舊檔案。

「有什麼新線索嗎？」周小詠問。

「就是一個案子懸在心上，總覺得對不起它。」李俊回答，「線索都斷了，我就是看看。這麼多年了，有幾樁案子就是破不了，那種感覺你以後就會有了，你投入辦案，能做的都做了，但就是破不了案，這種案子會像冤魂一樣纏繞著你。」

「我總是想著，父親中槍時，心裡想著什麼呢？但我總覺得他會想到我跟我母親，或者一些生命中愉快的事，不過父親中彈時，可能瞬間就死去了，或許連思考的時間都沒有。至少他的痛苦也很短暫，這麼想著，自己就覺得安慰了。」周小詠說。李俊偏著頭看看她，那眼神裡有種很溫柔的什麼東西，讓周小詠撇開了眼睛。幸好自己面無表情，即使心裡有話，表面上也看不出來。

她想對李俊說，當刑警之後，自己會夢見父親，夢裡的父親有時會跟她一起討論案情，為她指點細節，她也夢過李俊，夢裡的李俊沒有生活裡那麼嚴肅，而是有一種難言的憂傷，變得溫柔，但這些話不宜說出口，周小詠感覺自己在重案組越久，對他的感情越深，而這些感情都變成夢境裡錯亂紛雜的情節。她從小多夢，卻很少夢及現實人生裡的事物，如今的夢，都像是白天工作的延續，夢裡也要辦案解謎，要與上司搭檔破案。周小詠有時早晨醒來，會覺得好像又上過一天班了，可是也不覺得疲憊，或許她是個工作狂，也或許，她一直不讓自己鬆懈，是因為害怕一旦鬆懈，悲傷沮喪會排山倒海而來，這個職業有職業傷害，會讓你表面上看起來麻木、冷靜，內心的屏障卻變得越來越薄，像蛋殼一樣，裡面充滿柔軟的、脆弱的東西，那是人之為人，在經歷這許多情殺仇殺謀殺詐騙設局盜竊等事之後，還可以支撐你作為人的信仰與對世界的信念，但那些信念都包裹在薄薄的蛋殼底下，隨時都可能破裂，流瀉一地。

李俊沉默著，周小詠便也沉默，頂上的日光燈有一個故障了，發出細細的嘶嘶聲，那聲音便伴隨著重案組眾人低落的心情，在沉悶中嘶嘶作響。

秋天，重案組一度呈現渙散狀態，從李俊到周小詠或其他組員，手上都還有要忙的工作，卻怎麼都提不起精神，但這群看起來像各自為政、模樣混亂、儀容不堪的人，在入秋不久後又突然振奮起來，變成一個超強團隊，他們像被打了強心針，突然都精神專注，思考敏捷。

因為大案來了，十月底，一個企業家二代的綁架案。

綁架案受害者為興安建設公司董座張大安的次子張鎮東，張大安報案時，宣稱十月二十九日晚上七點，自己和妻子以及大兒子夫妻從東部回到位於T市的住家，次子張鎮東的妻子崔牧芸對公公張大安說明，二十七日晚間夫妻吵架，張鎮東負氣離家，當晚沒有回家，二十八日晚上他們原本約好一起在家裡吃飯，但是張鎮東還是沒有回家，她打電話也無法接通。聽完崔牧芸的敘述，張大安與妻子陳婉玲開始設法聯繫張鎮東，崔牧芸也照著通訊錄開始打電話聯繫友人，但沒人知道張鎮東在哪，沒想到晚上九點張大安就接到了勒贖電話。

歹徒的指示很清楚，「你兒子張鎮東在我們手裡，他是死是活都看你的決定，準備一百萬美金，不要新鈔，不要連號，用一個黑色後背包裝好，不許聯絡警方，鈔票裡不能放追蹤器，只要有一項不符合，你就別想再見到你兒子。給你二十四小時籌錢。」

張鎮東是張大安夫妻最疼愛的小兒子，一百萬美金對他而言並不是難事。妻子陳婉玲主張交付贖款，張大安與長子張鎮海都主張報警處理，崔牧芸不知如何決定。

家人幾次討論，終於還是報警。

因為張鎮東是建築業名人張大安的兒子，張鎮東也是知名連鎖餐廳「癮思」的老闆，是社交界名人，歹徒要求贖金一百萬美金，案件非同小可，因張家轄區就在T市西區，此案立刻歸到西區重案組查辦，由組長李俊負責處理，案件名為「張鎮東綁票案」，列為專案處理，由他和周小詠負責偵辦此案，兩人在十月二十九日夜裡來到白樓，展開各項監控與部署，就等綁匪第二通電話。等待期間，李俊與周小詠詢問張家家屬，關於張鎮東的行蹤，家族成員，以及張鎮東的交友、工作狀態。

3

夜裡的白樓，從大門口的迎賓燈，進門後走道兩旁的投射燈，以及主建築正面每一層樓面大量的照明，就像一個準備登台的藝人，所有一切都準備齊全，只等待看客落座觀賞。

白樓的光源設計得極為巧妙，曲徑通幽處點點燈火，曖昧又朦朧，白樓庭院的西側半開放的停車場燈光敞亮，投射燈下可以輕易看見裡頭停著四輛豪車，保時捷、賓士、BMW與路華，車庫漂亮得像是車間展示中心。四輛車都在，顯示失蹤者張鎮東並未開車出門。

李俊從入口處就感受到這棟樓的特別，這是一棟在T市市區少見的獨棟豪宅，裡裡外外，以及車庫裡的車輛，都是罕見的豪奢，但更多的時刻李俊都是警醒地觀察著，畢竟，失蹤者張鎮東是這個家庭的次子，即使這裡不是案發現場，必然也埋藏著許多關於張鎮東本人的訊息。李俊從接手案件開始，就知道因為失蹤者的身分背景，此案將會受到關注，然而當他經過重重關卡來到白樓，他感覺這個豪宅本身就充滿戲劇性，因為眼前所見的人事物都太不尋常了。

李俊與周小詠仔細走看白樓，白樓占地數百坪，高高圍牆內有寬敞的庭院、可停放多輛房車的停車場、迷你高爾夫球練習區，主建築占地一百多坪，每層樓都有寬大的前後陽台，工作間，公用走道與電梯間，除了大門須經指紋掃描入內，每層樓也有單獨的防盜門鎖。

李俊與周小詠在管家的接待下來到張家一樓，他觀察過電梯，但還沒機會走進去，而是穿過了擺滿藝術品的玄關，來到一樓會客廳。不久後，張大安與其夫人也來到了一樓。

李俊發問，周小詠紀錄。張大安一頭豐厚銀髮，身材壯碩，五官英挺，一身高雅的休閒服，舉止帶著威儀，但因為兒子被綁架，面露焦慮不安的神情，旁邊是他的妻子陳婉玲，一看就是貴婦，即使因為兒子的事感到焦急，衣著髮型舉止依然優雅，臉上有醫學美容的成果，保持得像是只有五十幾歲。

李俊問張大安事情發生經過，張大安回答：「就像報案的時候說的，十月二十七日我與妻兒一起出差，昨日接到二媳婦電話，才知道我兒子張鎮東負氣離家也沒有聯繫，我們今天晚上回到家，不久就接到勒贖電話。我本來還不相信，以為是惡作劇，但是我兒子電話不通，對方又詳細說出兒子的穿著以及手上戴著的手錶品牌，我要求對方讓我跟兒子說話，他不肯，只是說要贖金，要我明天等候電話。對方不許我們報案，我與家人跟律師商量，還是決定報案處理。」

李俊詳問張家居住人口以及家人這幾日的行蹤。張大安說自己有兩兒三女，大女兒和二女兒都遠嫁國外。建築共有五層樓，一樓為公共空間，有會客大廳、宴客廳、餐廳和健身室，二樓為張大安與夫人陳婉玲居住，三樓為張鎮海與妻子周語嫣及其兩名孩子居住，四樓則為張鎮東與妻子崔牧芸及其子張浩宇居住，五樓則為張家小女兒張婉菲居住，但她和男友在外頭另有住處，不常待在白樓。另外家裡還有管家跟司機，以及一名外傭負責照顧小孩。

張大安說明十月二十七日，他與妻子陳婉玲，偕同大兒子一家四口一起參加自家公司在K市的度假中心動土典禮，這趟遠行除了公務，也有私人旅遊行程。度假中心的案子由張鎮海負責，旅行本就預定從十月二十七日待到十月二十九日，夜裡住在位於K市張家的別墅。二媳婦崔牧芸曾在十月二十八日中午撥打電話給張大安告知張鎮東沒有回家，張鎮東外務本就很多，所以當時他們沒有多想，張鎮東一向我行我素，張大安本想等他回家後再對他申斥一番。

周小詠在一旁追問：「張鎮東平時會這樣突然離開家嗎？」

張大安回答：「鎮東與太太偶爾有口角，就會在他公司的辦公室過夜，我兒子是留美的，性格比較愛自由，所以我們也沒多管他，這次真的是不知道怎麼了，到底是被誰抓走，我真是想破頭也想不出來，我們得罪了誰。」

關於張鎮東的行蹤，張大安夫妻一問三不知，李俊想請張鎮東妻子崔牧芸協助調查，陳婉玲起初推託崔牧芸受到打擊身體不適，但李俊再三強調，妻子是最重要的關係人，陳婉玲才找管家去請崔牧芸下樓。

崔牧芸由保母攙扶著走出電梯，她的右手臂裹著護具，脖子繫著圍巾，右邊髮際線有細微的疤痕。李俊想與崔牧芸單獨問話，然而陳婉玲說崔牧芸需要陪伴，後來崔牧芸是在張大安與陳婉玲陪同下協助調查。

李俊先問崔牧芸何時以及如何受傷，崔牧芸答稱八月七日從樓梯上摔下來所以骨折，目前尚未完全康復，李俊記下她受傷日期與接受治療的醫院，再進一步詢問她十月二十七日行蹤以及張鎮東的行蹤。

崔牧芸說二十七日丈夫晚餐後喝了酒，與她發生爭吵後就出門，當晚就沒有回家，她打過幾次電話，電話已轉接語音信箱，「但鎮東以前就很討厭人家管，他若在外應酬，是不許我打電話打擾的，只是那晚他遲遲沒回家，我才打了電話。」

周小詠觀察崔牧芸，是個長相清秀、舉止優雅的女人，但言談間有著明顯的慌亂。李俊沒有進一步追問她受傷的事，而是轉問她張鎮東最近有沒有什麼異常。

崔牧芸說張鎮東兩年半前跟朋友合夥開了餐廳，生意本來很好，但分店開不到半年陸續出了很多問題，餐廳的廚師集體出走，合夥人也有盜用公款的嫌疑，公司貨款繳不出來，支票跳票，七月底餐廳開始歇業，合夥人避不見面，張鎮東四處奔走，情緒很低落。九月十月，張鎮東決定另覓開設餐廳的地點，每天都很忙碌。

「二十五日那幾天，鎮東每天都在外頭跑，一直在處理餐廳的問題，他好像找到了一個合適的廚師，對方有意要帶班底過來接手，資金的部分，我公公也說要挹注，其實只要過一段時間，新聞平淡下來，重新裝潢再開幕就可以。但我先生很執著，還是想把合夥人找出來對質，他最恨人家背叛他。」崔牧芸說。

這時張大安插話了。

「以我們家的狀況，開不開餐廳，或者說要開幾家餐廳都不成問題，鎮東說要自己來，我也想訓練他獨當一面，所以過程裡出了問題，我們也沒插手。其實像他合夥人失蹤的事，找徵信社來查也不會找不到，可是鎮東的個性很拗，我想或許是他覺得難堪吧，當初信誓旦旦要做出一番事業，結果卻被人騙了，這換作是我，也不會善罷干休，但如果是因為追究這事就被人綁架，我覺得就太冤枉了。所以說，警察先生，你們可以從他合夥人下手查，那一票人肯定有問題。」

李俊記下合夥人姓名電話，又陸續問了些問題，崔牧芸有問必答，但答案是否屬實就難以判斷了。

周小詠第一次走進白樓時，一路不自覺地屏著氣，深怕弄壞了什麼東西。那棟巨大的建築，矗立在尋常巷弄裡，感覺並不真實。直到管家帶領他們走進房屋內，在一樓客廳與張家的人交談，她的眼光始終在偷偷檢視著這間屋子，但與其說是檢視，不如說是欣賞吧，她沒見過這樣的樓房，她也沒接觸過張大安夫妻這樣的富豪，住在這個屋子裡是什麼感受呢？挑高寬敞的客廳，名牌沙發像藝術品擺在客廳顯眼處，周小詠坐下時感受到沙發材質的優越與舒適，卻也感到一股說不出的怪異感受，還說不上來是什麼，或許跟張鎮東的失蹤也有關。

技術人員安裝監聽器材，各組人員各就各位，如照綁匪所言，應該明天晚上才會來電，今天正好搶時間把張鎮東的各項資料收集齊全。

周小詠從小看著父親為了刑案日夜忙碌，陪伴家人的時間很少，母親因此也多有怨言，但周小詠覺得父親雖然是不稱職的丈夫，卻是個好警察，也是好爸爸，她也崇拜父親，因而嚮往長大自己也要當警察。小時候她常會詢問父親辦案的細節，有時也在報紙上看見新聞裡有寫著父親破獲某重大案件的消息，她總會把報紙剪下來，彷彿那是父親陪伴她的方式。周小詠想著她從警生涯以來還沒有辦過綁架案，她記得父親辦過幾個綁架案，被綁架的都是電玩大亨、股票大戶或是資深議員，綁匪開價動輒上億，整個破案過程緊張刺激，與綁匪談判、監聽、故意延遲談話以爭取判讀發話地點的時間，那些案子大多破案了，相較父親辦過的幾樁大案，贖金都是上億元，張鎮東的贖金算是少的，但周小詠如今自己遭遇到，才體會到大海撈針，要找出一個被綁架的人有多麼困難。

李俊與周小詠待到深夜，待其他同仁到達協助輪班後便先行離開了。

第二天早上到警局，李俊聆聽小組其他人員報告監聽進度，綁匪沒有進一步聯繫，似乎真要等二十四小時才會聯絡。張鎮東十月二十七日的行蹤無人得知，手機通聯紀錄已經調閱出來，二十七日有十幾通電話，以及數十封訊息來往，這些對象都要一一清查。張鎮東本來經營兩家餐廳，七月中與廚師和合夥人鬧翻，月底餐廳歇業，歇業後張鎮東每天依然外出，但家人都不知道他在忙些什麼。周小詠從張家查扣張鎮東的筆記型電腦，正在清查可能的線索，目前已經查到行事曆的內容，十月二十七日下午有健身房的行程，後來又取消，晚上與朋友飯局，也已取消，二十七號的日期上畫了一個星字號，詢問崔牧芸，崔牧芸也不解其意。

李俊綜合周小詠與其他同仁盤查的線索，張鎮東十月二十七日沒有其他既定行程，調閱他的手機通話紀錄，二十七日晚上十二點後就不再有訊號了，二十八號有短暫恢復通訊，撥出兩通電話，都是給合夥人劉在旭，但劉並沒有接聽。警方調閱通聯紀錄發現他近期與餐廳的合夥對象劉在旭有多次通話，二十七日當天也曾撥打過劉在旭的手機，也有很多訊息來往，二十七日還有另一個號碼張鎮東撥打多次，只是沒有通話，對方也未回撥。周小詠調查那個號碼，發現是一名陳姓女子所有。

誰綁架了張鎮東？是不是因為合夥關係破裂或生意糾紛引發？周小詠進一步盤查，發現張鎮東餐廳歇業前有三張支票跳票，兩個月沒有發給員工薪水，有人還去跟當地議員陳情，引發了一陣風波，那一陣子新聞爆料癮思餐廳的醜聞接二連三，一開始大家都還覺得是商業炒作，畢竟第一家餐廳開幕時，靠的也是新聞操作，他們請來藝人代言，網紅試吃，贈送手機、電腦等高價抽獎獎品，各種噱頭都有。

李俊要周小詠去查癮思餐廳兩家店的員工，欠薪的員工挾怨報復也不無可能。目前種種跡證，偵辦方向暫時設定朝餐廳員工與友人糾紛方向盤查。

4

李俊與周小詠於三十日下午再度到達張家，對張家家人做進一步訊問。

晚上九點，張大安的手機準時響起，綁匪來電話了。

「贖金準備好了嗎，你開車依照我的語音指示拿到指定地點，十分鐘後出發。」電話那頭是經過變聲器的低沉男子聲音，但因為聲音經過變造，也不能排除女性的可能。

綁匪選擇在晚上交付贖款，可能為了避人耳目，他要張大安獨自前往，李俊安排兩輛車跟監，他與周小詠在前，另一組人從側翼跟上來。張大安獨自開車帶著裝滿美鈔的黑色後背包，根據指示，先到M飯店，對方又要他轉向，繞往外環道，開了幾分鐘，又要他迴轉，直接開到高鐵站，綁匪說：「你現在帶著錢去買一張南下自由座高鐵票，搭十點二十分的車，從十號車廂上車，先把背包放在行李置放處，然後找一個空位坐下，等候指示。」張大安依照指令下車，到了高鐵站買票上車，李俊與周小詠也同步下車買票，與張大安錯開上車入口，也搭上十號車廂。周小詠查詢這班列車，是每站都停的車次。列車啟動，幾分鐘後綁匪突然來電，要他把贖金留在車上，在下一站B城站下車，張大安旋即在B城站下車，李俊示意周小詠隨車等候，自己隨即跟著張大安下車。

綁匪再度來電，要張大安搭上計程車，來到B城某路口的一處工地，綁匪要他在工地三樓等候，說張鎮東半小時後就會出現。李俊調派人手協助調查，自己也同步搭上另一輛計程車跟隨張大安到了工地。

周小詠則在高鐵車廂四處觀看，車廂內乘客不多，但無人接近那個後背包。

張大安焦急地在工地等候，還沒有等到張鎮東出現，綁匪突然來電，大罵：「不是叫你們不要報警？出了人命不要怪我！」李俊察覺行跡可能敗露，要周小詠去察看贖金是否還在。周小詠前往行李置放處，背包還在，她打開背包，贖金原封不動。李俊要周小詠拿著贖金速回T市。

李俊隨同張大安回到張家，與其他警員會合，繼續等待綁匪來電，周小詠稍晚由當地警員護送回張家。同時，警方查到發話電話，來源是一支不具名的預付卡電話。

「我就說過不要報警，把錢交了，讓鎮東早點回家。現在可好了，歹徒看出我們報警了，連贖款都不要，如果他們把鎮東殺了要怎麼辦？」陳婉玲怒罵張大安，也有埋怨警方的意思。

周小詠說：「你先別慌，我們再等等，通常綁匪不會因為警方跟監就放棄贖金，至少會再設法聯繫，要求交付贖款。」

張大安激動地說：「一定是天祥的人綁走了鎮東！那個工地叫做磐石天廈，是天祥建設公司的建案，當初我們幾家建商競標那塊地，鬧了很多糾紛，天祥用最高價標下，最後房子還沒蓋好，公司就倒了，變成爛尾樓，之前還有人來跟我接洽要我去收尾，我沒接，前幾個月天祥的小兒子曾來找過我調頭寸，金額不大，不過被我拒絕了，這種事有一就有二，借下去就沒完沒了。我覺得綁匪也有可能就是天祥的人，因為我們兩公司搶標的，搶開發，幾次交手過程起過衝突，兩家鬧得跟仇人差不多，磐石天廈就是我們最後一次交手的地方，雖然被天祥得標，但最後他們卻弄到出人命，天祥的老闆又中風，衰事連連，後來他們落魄的時候我又不肯伸出援手，他們家人一定很恨我們，到處說是我們去下蠱、作法，還說是我去找人施壓，說不定就是天祥陳家的人挾怨報復，才把鎮東綁走。」

李俊要周小詠去查那個工地的背景，不僅是因為張大安這麼說，而是他比對張鎮東的手機定位，發現最後位置也是在那塊工地附近，他的失蹤可能與天祥建設有關。

周小詠立刻回警局查找天祥建設公司的資訊。天祥公司負責人陳天祥，以蓋商業大樓起家，跟張大安有點相似，那個建案在施工過程發生過墜樓意外，又因為工程糾紛與包商打官司，後來陳天祥中風，天祥公司正處於風雨飄搖的狀態。

警方一方面繼續派員監聽，等候綁匪來電，另一方面加快偵查腳步，鎖定天祥建設，但也不排除熟人犯案。李俊命周小詠等人開始訊問天祥建設相關人士，並且聯繫與張鎮東有關的親友，張大安各個生意合作對象也都要清查。另外，張鎮東二十七日最後通話對象為一名陳姓女子，也要查明陳姓女子身分以及她與張鎮東的關係。

5

每天早晨五點，六十九歲的張大安不需要鬧鐘就會醒來，喝一杯熱牛奶，吃七顆核桃，就換上運動服出門晨跑。他從住家附近開始跑，沿著馬路跑到最近的公園，沿著公園外圍，要用碼表計時，整整跑四十五分鐘，然後慢慢拉筋收操，再走路回家。回家後沖個澡，剛好六點半，他會讀三份報紙，一、兩本雜誌，做簡單的筆記，七點半下樓吃早餐。

他從五十歲開始養成這樣的習慣，除非緊急事故，不管身在何方，都維持這樣的紀律，這是他深信不疑的，相信細節與紀律，相信意志與控制。他深信人定勝天，但這份穩定不是一般的安定或鎮定，而是唯有強者才擁有的一種自我控制力，並且透過自我控制可以控制他人、控制局面、甚至控制大局，進而掌握、改變自己的命運。

他在事業成功之前吃過無數的苦、做過各種努力，他牢記祖父與父親的教訓，發誓要成為跟他們不一樣的人，他也毅然地做到了，接下來的日子是如何將事業推到高峰，並且傳承給後代，一代傳過一代，直到張家枝繁葉茂，成為無法被任何事物摧毀的王國。

他每一步都算到了，但算不到的事還是陸續發生。

比如子嗣問題。

說來自己都想笑，又不是皇帝啊，談什麼子嗣。但還真的是這樣，他父親與祖父都活過七十，注重養生的他，深信自己可以活到八十，若以八十歲作為人生規劃，他確實發達得太晚。他每每回想過往，想起年少時的辛勞，那時祖父還在經營雜貨店，父親幫忙送貨，家裡不算窮，也不寬裕，父親憾恨自己書讀得少，也沒有專長，所以對他的學業非常注重，但他自己沒有讀書的天分，自小就想賺錢。他會在學校賣玩具跟糖果，幫同學寫作業，幫附近住家的婆婆媽媽跑腿，能賺一塊是一塊，所有的錢都存下來。早期定存利率高，他商校畢業就攢下人生第一桶金，三十萬元。

退伍後，他已經立定志向，他疑惑自己為何出生在那樣的家庭裡，家族長輩沒有一個有理想有抱負，都是謹小慎微、每天為了小錢斤斤計較的人，若要說父母留給他什麼，也只有那個占地不小的雜貨店，即使沒有改裝，仍是破舊的樣子，但地最值錢，不擅理財的父親，曾經在人生幾度難關中將房子拿去抵押，幸而最後並沒有真的賣掉房子。等到張大安出社會時，那個地區的房價已經開始高漲，兒女成年，父親依然守著老店。

張大安做過各種行業，直到接觸到建築業，他覺得那是自己天命所在，他一步一步學習，沒想到後來真的有機會蓋自己的樓。他發跡很快，當然也是因為遇到了後來的妻子，妻子娘家就是做建築的，他與岳丈一起合夥，買下一塊地，做了第一棟建案，當時他力推找來知名建築師，結合樓下商店街一起規劃，三十幾年前，還不流行公設裡有健身房跟游泳池，他卻先想到了，那個建案一炮而紅，讓他賺到了錢。

他一直都知道錢滾錢的道理，比如當年的第一個三十萬，他後來拿去買股票，他雖然只是個高職畢業生，但靠著自己每天看股市行情、勤做功課，股市進進出出變魔法似地，把那個三十萬翻了倍。他發現到自己凡是跟錢有關的事嗅覺跟直覺都特別準。畢業後服兵役，在軍中認識了幾個世家二代，大家混得很熟，這些關係日後都用得上，他後來娶的妻子陳婉玲，就是同袍的妹妹。

說實話，陳婉玲確實有幫夫運，光是她的家世對他就是莫大的助益。以前他自己想破頭，用盡各種方法都打不進的圈子，岳丈一句話就帶他進入了。因為疼愛女兒，岳丈對他極力栽培，但當時岳家也不過是一家小型建設公司，靠著穩紮穩打經營，積攢大量財富。等到他積極參與後，他發現自己心有大志，喜歡冒險，甚至可以說是好大喜功，他夢想著要蓋一座摩天大樓，商辦合一，這個想法折磨了他好幾年，甚至曾讓他跟岳家的關係陷入冰點。

最後他另尋合作對象，花了三年時間打通關係，找資金，找地，各種努力，回想起來那真像是一場璀璨無比的夢。他甚至在夢裡也在構思他的摩天樓，他無數次想著等到摩天樓蓋好，自己將會站在樓頂，讓頂樓大風吹得他頭髮全亂，當他俯視地面，看見人車都渺小無比，他一定會驕傲地對天喊著，「我做到了，我知道我做得到！」這些想像都是他努力的動力。最後那棟樓花了七年時間才蓋好，四十七層巨樓，像一座巨塔矗立，他終於成為站在塔尖的巨人。

摩天樓之後開始發展百貨公司，此後就是建設公司與百貨業並行，張家事業版圖不斷開拓。六十幾歲的他，擁有幾輩子吃喝不盡的財富，他身強體健，很少生病，偶感風寒也是喝點熱水睡一覺就好了，一年四季他都穿短袖，只有正式場合才會穿上西裝。

看起來無可挑剔的人生，卻有他難以拋卻的煩惱，他只有兩個兒子，孫子生得太少了，沒有合適的接班人，這龐大的王國要由誰來接手？

五十歲時，他的事業達到顛峰，生平蓋過許多房子，他興起一個念頭，想在祖父當年開設雜貨店起家的那塊地上，蓋起一棟任何人都會瞠目結舌的三代宅，他花了幾年的時間去收購土地，規劃設計，六十歲開始興建，這是他花最多心思構想，最憧憬的建築。

果然，白樓完工後，二媳婦順利生下一個男嬰，大媳婦生了兩個女兒之後一直沒再懷孕，今年也透過人工受孕再度懷孕了，而且懷的還是男孩，張大安高興極了，他鼓勵他們繼續生育，多子多孫，越多越好。

如今，他的次子張鎮東被綁架了，誰敢在太歲爺頭上動土？他思來想去，這些年來闖蕩江湖，開發多少建案，爭強鬥勝，有人發達就有人被踩下，怎麼可能沒有仇家或敵人？天祥建設？陳天祥那個老狐狸，他們兩個鬥了一輩子，最後一個案子輸給天祥，當時張大安還去常算命的洪老師那裡算流年，洪老師跟他說，「是福不是禍，有失必有得」。後來張大安標到另一個更肥的案子，陳天祥卻吃了大虧，洪老師說得真準。

天祥也不過就是他競爭對手中的一個，張大安一直以天祥建設的例子為鑑。陳家就是父子爭產，纏鬥了幾年，大老婆跟兩個兒子把家產淘空，陳天祥中風，小老婆跟小兒子才接下爛攤子，磐石天廈從一塊人人爭奪的肥肉，變成棘手的爛尾樓，磐石那個建案硬得吞不下去，把陳家家業都拖垮了，幾個月前陳家小兒子還來跟他調過一筆錢，數目不大，但他沒答應，難道是因為這樣惱羞成怒，所以鋌而走險？他不知道，這得讓警方去查。

這些年他把他的孫兒孫女都照顧得滴水不漏，深怕有人來綁架，誰知道，張鎮東這麼大一個人，也能被綁走？如今被歹徒發現報警交付贖金失敗，鎮東會不會有危險？該怎麼辦，他亂了方寸，難得他一早醒來沒有去晨跑，反而又躺回了床上，他沒有睡好，妻子唉聲嘆氣，就是哭，把他哭得頭都快裂了，哭有用嗎？哭，孩子就會回來嗎？人家都說世家財閥的次子沒有承接事業的命，鎮東小時候好動叛逆，他與妻子想著乾脆送出國去，看能不能學會獨立。誰知道他到了美國，成天就是玩，跟一群富二代公子哥玩成什麼樣子，大學讀的也不是什麼名校，再多錢也扶不起一團爛泥。後來回國了，不顧他的反對硬娶了個門不當戶不對的妻子，但自從娶妻之後，鎮東似乎就起了事業心，想自己創業。張大安嘴上不說支持，也沒多看好，可是看鎮東第一家店開得有聲有色，心裡也高興起來了，說不定還是可以指望他幫忙接班，誰知道第二家分店開張沒幾個月，衰事接二連三。

如果不是陳家，那還有誰？白道黑道他都熟，張大安思忖著幾件較爭議的開發案，尤其是之前一個都更案有過頑強的釘子戶，為了拆遷補償，雙方打了很久的官司，起過激烈衝突，最後是花了大錢才順利擺平，這些事他都跟警察講過了，但他私下還得去查，到底是誰，綁走了他的孩子，不管花多少錢，他都得把鎮東救回來。

6

張鎮海還是一樣地早起，即使弟弟失蹤後，全家一起吃早餐的家規已經形同虛設。母親魂不守舍，哭哭啼啼，父親脾氣暴躁，夜不安寢，多年養成的早起習慣也破例了，張鎮海還是如常跟妻子小孩一起下樓吃早餐。說是習慣也是，但最主要還是因為他是個謹小慎微的人，即使父親不在場，他也不能壞了父親規矩，家裡亂成一團，他更得保持鎮定。

他心裡不能說不慌，但他的舉止就是一派從容，這跟他的性格有關，他天性穩定，做事一板一眼，有著父親的毅力，可惜父親從來不肯定他這個優點，時常說他不知變通。

想到父親對他總是那麼嚴厲、諸多指責，妻子說，那是因為你是接班人，當然要對你嚴厲。可是他知道，誰是接班人還說不定呢，父親那麼健康，一定會活到八、九十歲，以父親的個性，到九十幾還不會放手，那時他都六十幾了，還有可能接班嗎？他時常自比為查爾斯王子，可憐的查爾斯當一輩子的王儲，什麼作為也沒有。妻子聽到他這種感嘆就會罵他一聲，「沒志氣，老爸不死就不能接班嗎？你自己要想想辦法啊！」

他看到弟弟一回國就一股衝勁，沒有本錢也敢開餐廳，一玩就是玩大的，他本以為父親會生氣，沒想到父親表面生氣，私下卻很讚賞，直到餐廳垮了，都還說那不算什麼，「鎮東那份敢，多少錢都買不到。」

一個敢字讓浪蕩子張鎮東在父親心中地位大升，張鎮海心裡很不是滋味。敢？什麼叫敢？亂投資，亂闖禍，誰不會？他若不是端著個副總的位置，每天勞心勞力，他也敢啊，張鎮海恨恨地握拳，他有一種習慣，每次遇到壓抑的事，就會用力握拳，指甲都在掌心掐出印子。有一天他一定要讓他們瞧瞧什麼叫做敢！

擁有一個小自己九歲的弟弟，是一種很奇妙的感覺，看見弟弟出生時，只是個軟軟的小寶寶，看起來很可愛，誰能想到，有一天，他們會變成彼此的眼中釘、肉中刺。

從小張鎮海一直是以長男兼獨子的心情生活在張家，即使後有兩個妹妹出生，也絲毫沒有令他感覺到被疏忽或冷落。他出生時父親還在創業，家境富裕的外公外婆很疼愛他，假日他都會被帶回外公家，家裡有傭人，有獨屬張鎮海的房間，每週都會更換新的玩具跟衣物，他在外公家過著與自家不一樣的生活，相較於父母的忙碌緊繃，那邊的生活是從容優雅的，自小外公就教他讀書看報，外婆教他社交禮儀，還帶他去馬場騎馬，這些都是只有他才擁有的特權。

自從弟弟出生後，父親的事業慢慢飛黃騰達了，也因此將弟弟視若珍寶，覺得鎮東是帶來福氣的孩子，他每天回家一定會去弟弟的房間看他，他甚至還親自讀故事書給弟弟聽，知道這件事，儘管張鎮海已經快十歲了，卻還是覺得心裡一股說不出的委屈，他夢想中想要的，都是外公給他的，而自己的父親卻把那些不曾給予他的，都給了一個臨時跑出來的弟弟。

那不在人生計劃之內的，有人叫做意外，而對某些人來說是驚喜，對他而言，那是惡夢的開始。

這個弟弟自小就是闖禍精，時常都在學校跟人打架，父親寵鎮東，很早就送給他名錶當生日禮物，鎮東為了買遊戲機，竟然把錶拿去當鋪當掉，這種事他連想都不曾去想過，張鎮東卻習以為常，一向我行我素，父母也由著他去。

父親是嚴格的人，卻唯獨對於弟弟特別包容，父親常感嘆，「這個孩子最像我，以前我年輕時也曾因為賣東西給同學，卻被賴帳，因而跟同學打架。這需要膽量，要展示自己的力量，這樣別人才不會輕視你。」

但要說他恨他弟嗎？不是恨，是一種難以言喻的複雜情緒。

那一年，鎮東帶崔牧芸回家時，她一襲洋裝，一頭長髮，一張素淨的臉，瀏海用一個精緻的夾子夾起，露出光潔的額頭，很美，很動人。她不像一般的美女不是高傲就是驕矜，她好像想盡可能壓低自己的存在感，希望自己變得透明，她看人的時候眼簾低垂，那樣的神態惹人愛憐。這個女子是不屬於張家的，怎麼看都不像，後來崔牧芸嫁入張家，他時常看見她，卻也是每一回見了更增添對她的好感，這麼好的女孩，為什麼偏偏嫁給他弟弟？

他與自己的妻子周語嫣也算戀愛結婚，但戀愛前他是經過挑選的，他知道父母會喜歡周語嫣這樣的媳婦，她是所謂的白富美，學歷高，家庭背景也好，臉蛋也好看，家裡從商，她身上也有商人那種精刮算計，語嫣婚後很快就懷孕生子，無奈連生兩胎都是女兒，後來就很難再懷上了。生意場上很多應酬，他從沒有過不軌的念頭，但語嫣的強勢常讓他感到憋屈，家裡一個囂張的弟弟已經夠他受的，偏又娶了霸道的老婆，讓他連在自己家臥房裡都得忍氣吞聲，這樣的生活他真的受夠了。有時他幾乎不確定自己到底是個怎樣的人了，他只是期許自己是個符合禮教的人，他並非軟弱，也不是乖順，「我只是有教養，不想像其他人那麼粗魯」這種話他沒辦法對誰解釋，他希望自己像外公教育他的那樣，成為一個謙謙君子，但語嫣總能把他氣得心裡飆出髒話。

或許他不喜歡的是自己在周語嫣眼裡的樣子，他把隱忍當作教養，妻子卻總是嫌他霸氣不夠，唯恐自己的丈夫太過溫吞，讓弟弟占了上風。霸氣到底有麼好？在他眼中，張鎮東那些所謂有霸氣的舉動就是蠢、幼稚跟跋扈，可是父親就吃那一套，他的妻子也吃那一套。

然而崔牧芸不同，在眾人眼中他是軟弱溫吞的男人，可是他從崔牧芸眼中看到的自己，卻是一個誠實善良的大哥，而他對她的善意也是真的，他看慣了商場上的爭鬥，看盡了周語嫣跟父親的臉色，但這些討厭的東西，崔牧芸身上沒有。

她的眼神展現了一種包容，他說不出來，崔牧芸大大的眼睛裡，彷彿是一個無止盡的大海，可以包含這世上所有的不堪與汙穢，正如她包容張鎮東，也包容周語嫣對她各種言語的騷擾，她甚至也在包容自己這個大哥對她的愛慕嗎？想到這裡，他的心顫抖了一下，他愛慕著崔牧芸嗎？不，那不是愛慕，他只是欣賞她而已，她是白樓裡最美的風景。

他對妻子的感情早在生活中磨損，但妻子卻在張鎮東生下兒子後，求他一起去做人工受孕，他們努力了很久，才在今年四月懷上了，而且幾個月後檢查出來，懷的就是他們期待已久的兒子。為了要這個兒子，他吃了多少苦，所以他對張鎮東更多是羨慕吧，羨慕他不必背負長子責任，羨慕他手攬嬌妻，手抱兒子，還可以自己去創業，做什麼事都好容易，像玩遊戲一樣，嘩啦嘩啦變出魔術，開家餐廳搞得好像什麼社會大事，還上了新聞，被雜誌採訪。那時友人都還會來跟他請託，問看能不能幫忙訂位，他也真的為了人脈去跟鎮東要位置，他去過那家店，料理還不錯，但更多的是噱頭，張鎮東這個人整個就是個噱頭。

曾經，他幻想過張鎮東這個討厭的弟弟會消失，有一次鎮東晚歸，父親擔心地在客廳踱步等候，他心裡起過一個壞念頭，心想張鎮東會不會被壞人抓走了？張鎮東會不會就人間蒸發，再也沒有人來跟他爭奪父母親的寵愛。

後來張鎮東回家了，毫髮無傷。

那時他才知道自己心裡對他有惡意。這不太尋常，他自認是知書達禮的人，他是被外公領著讀書彈琴作畫，學習時事分析，懂得馬術，打網球，他是將來要做大事的人，可是只要有個張鎮東在，他心中那股優越感就會變成一種苦澀的滋味，他非常討厭那股滋味，卻無論如何都化解不了。

張鎮東的存在對他整個人生的信念都是一種嘲諷。

如果張鎮東消失，他的痛苦都解決了。

7

經過幾天的監聽，綁匪並未再度來電，警方不排除張鎮東已經被撕票的可能。警局留下兩位警員繼續在張家守候，李俊與周小詠分頭偵辦，重案組眾人也展開徹底盤查。

周小詠回想多年來的重大綁架案，有幾樁大案贖金交付過程警方都有涉入，綁匪與警方鬥智，也是拖了很久才達成協議，有些肉票最後被釋放，但也有人早就被撕票了。其中一個政界名人的兒子被綁架，手段殘酷，涉案範圍極廣，當時的綁匪就是與名人家族完全無關的人，可能因為名人樹大招風，引發歹徒覬覦，綁匪贖金一開就是上億，最後還是被撕票了。但這些年治安變好，勒贖案真的罕見了，張鎮東這次的案子，可能是對手尋仇，合作夥伴搞鬼，也很有可能是無關的人士涉案，光是張家的財富就可以是巨大的誘因。

若真的是陳天祥的家人，交付肉票的地點會不會太過明顯？到底綁匪是衝著張大安，還是張鎮東而來？令人費解。

一個人的失蹤，會牽動整個家族以及周邊多少人的生命，周小詠翻查張家的資料，張大安白手起家，他四十多歲事業就已經非常成功了，這過程得罪過的人，名單肯定很長。

此外，張家事業龐大，兄弟子女爭產奪權，也可能私下有糾紛，從張家相關人士查辦，也是個辦法。

張鎮東的手機二十七日晚間十二點後就關機了，最後的訊號地點是在張家，但二十八日晚上又開機了，撥了兩通電話，繞行了市區一個多小時，又關機，最後地點正是磐石天廈工地附近的超商一帶，但他們到該超商調閱監視器，沒有查到張鎮東的行蹤。

李俊前往天祥建設，公司大門已經拉下，他敲門，有人來開門，是天祥建設留守的警衛，李俊出示警徽，說因為查案需要聯繫負責人，警衛說公司已經歇業一段時間了，他給了李俊公司負責人陳德財的電話。李俊聯繫陳德財，陳德財說自己都在東寶醫院照顧母親，李俊立刻前往東寶醫院。

若不是李俊早已得知陳德財年約四十五，他那一頭白髮令人有五、六十歲的錯覺，陳德財是陳天祥的三子，一年前陳天祥突然中風，公司交由陳德財管理。

李俊詢問陳德財十月二十七到二十九日的行蹤，說有一件失蹤案與天祥建設有關，希望他協助調查。

「李警官，你也都看到了，我最近幾乎天天都住在醫院裡，因為我母親剛開刀，我必須照顧。到底是什麼人失蹤，怎麼會跟我們有關？」

李俊簡單說明張鎮東失蹤多日，說有相關事證跟磐石天廈的工地有關，所以需要調查。

「天祥建設不是跟張大安有些恩怨嗎？」

陳德財無奈苦笑說：「要說恩怨說不完，可是張鎮東去哪我真的不知道，磐石天廈那個工地我自己都好久沒去了。我們公司現在處於歇業狀態，父親中風，母親罹癌，我大哥二哥都在越南，家族裡接二連三的禍事都是我在處理，當初父親把建設公司交給我接班，就是因為他對我兩個哥哥都不信任，公司到我手上，只剩下磐石那個案子。父親與張大安那些恩怨與我無關，我這陣子幾乎天天守在醫院照顧剛動完手術的母親，還得跑去安養中心探望父親，我的行蹤你都可以查，要查我大哥二哥也很簡單，至於我老爸，半個死人躺在床上，什麼都做不了，要怎麼查都可以。」

李俊自知手上沒有線索，看陳德財的神情，他幾乎是油盡燈枯的狀態，對張家若有仇恨，恐怕也無力復仇。李俊詢問陳家與張家有過什麼恩怨，陳德財說：「張大安那種人，跟誰都有過節，我父親當年與張大安爭鬥，是業界大家都知道的事，但父親這幾年開始學佛，心態已經改變很多，磐石那塊工地本身帶煞，當初就不應該標下來，這幾年為了那個案子，把我父親弄得心力交瘁。我以前是不信邪的人，後來也不得不信，當初拆遷的時候，一對老夫妻上吊，後來興建時，連續幾個工人出事，蓋到一半的時候，又有一個流浪漢跑來跳樓，這種樓你說是不是有問題，不僅這棟樓，我們手上幾個案子都在這幾年出狀況。當然，公司被淘空，不是一天兩天的事，公司的資產早就被我大媽跟大哥二哥把錢一點一點往海外搬走，唉，都說家醜不可外揚，但我家真的有醜事，一個偌大的江山，說垮就垮，豈不令人懷疑。

「但這些事與張家無關，我自己跟張大安沒過節，跟張鎮東不認識，不過是在業界裡也聽說過很多張家的恩怨情仇，張家家族鬥爭戲碼恐怕也不亞於我家。要是我，第一個就會懷疑張鎮海，我以前跟他交過手，表面上看起來很老實一個人，但根本不把他弟弟放在眼裡。人家都說張大安把張鎮東放逐到美國，是要讓張鎮海獨霸，可是在我看來，那是張大安不肯交棒的藉口。等張鎮東回國，大哥一看，這個弟弟來勢洶洶，就跟我大哥二哥一樣，年輕的弟弟總有用不完的時間，張大安又很注重養生，是業界裡出了名的養生主義者，想要長壽一千年，永垂不朽，說不定是張鎮海對他弟弟做了什麼手腳。不過，一個大男人，失蹤個幾天也沒什麼大不了。

「當然啦，找人是你們警察的工作，輪不到我來想，但不管怎麼想，別想到我頭上來，你看看這是什麼地方，是醫院啊，這醫院把我給綁死了，我還能去哪復仇，只要我媽能平安沒事，我什麼冤仇都放下了。」

也不是信了陳德財的話，而是一開始李俊就沒有真的把天祥建設當作嫌疑犯。他去推敲這其中關係，他想自己能夠查出天祥建設與張大安的恩怨，綁匪必然對陳張兩家的關係有所了解，也不能排除綁匪為了故意嫁禍陳家，而把交付肉票地點選在磐石天廈工地的可能。

李俊主張還是回到張鎮東的交友與生意往來，目前朝向追查合夥人劉在旭的行蹤。劉在旭已失蹤多日，警方發布照片請求各單位協尋。

周小詠想，張鎮東十月二十七日晚間出門，綁匪在十月二十九日才打電話來勒贖，那表示張鎮東可能是在二十七、二十八或二十九日被綁架。張鎮東究竟是何時被綁架？在何處被綁？這些時間地點都是破案關鍵。警方詢問了附近鄰居以及便利商店店員，那幾日是否曾看到張鎮東的身影，但詢問多人，他們都沒有印象。張鎮東的手機訊號曾在二十八日出現在磐石天廈附近，這到底是張鎮東本人到過此處，還是綁匪拿著張鎮東的手機到此，如果是綁匪作為，那是否意味著綁架案與天祥公司有著一定的關聯，即使不是天祥公司犯案，可能也是一種暗示，可能是在警告張大安什麼，或者在凸顯張大安與天祥之間還有什麼不可見光的瓜葛？這些都需要詳查。

十月二十七日司機與管家都隨張大安夫妻去了K市，家裡只剩下張鎮東夫妻、小孩浩宇與保母阿蒂。警方調閱白樓大門的監視器，發現監視器沒有對著門口，而是照向大門左側前方馬路，當天沒有拍到張鎮東的畫面，但並不能排除張鎮東是從另一個方向離開的可能。李俊詢問監視器是否被移動了，張大安說是因為白樓附近常有陌生人來打卡拍照，實在不勝其擾，所以才把鏡頭轉向路口，貼上告示，警告說這裡有安裝攝影機，未經同意不得攝影，否則不排除提出告訴，沒想到卻因此無法確認張鎮東當晚出門的時間。

原本大家把焦點都放在綁架案的可疑人士，但周小詠認為張鎮東二十七日午夜過後的行蹤才是最大的關鍵。

李俊笑說：「小詠認真，有用心。」

李俊要周小詠再去詢問十月二十七日留在張家的崔牧芸與保母阿蒂。

這次周小詠是由管家迎接從一樓玄關直接搭電梯上四樓，在上樓的過程裡，她仔細觀察過張家的動線，即使張家的監視器沒有錄到，文明街的頭尾都有監視器，也應該有錄影，他們調閱過附近幾個街巷的監視設備，發現左側巷口的監視器並沒有錄到張鎮東的身影，而右側的那台監視器已經故障一週，還沒有修好。

照崔牧芸的說法張鎮東是十二點多離家，問題是張鎮東去了哪？又是在何時被綁架？歹徒如何知道張鎮東行蹤？埋伏策劃已久？或只是隨機擄人？

白樓的設計看似一個五層樓三代宅，但實際上每層樓都是獨立的，寬敞的樓梯間、電梯間與玄關，以及特製的大門，將上下樓的通道設計成各自獨立、互不干擾的隔絕狀態。

管家將周小詠領到四樓，在客廳坐下，崔牧芸款款到來。她真是個秀氣的女人，她移動腳步從房間走出來的模樣那麼優美，即使周小詠身為女人都為之心折，因為丈夫失蹤幾日而略顯憔悴，也因為還驚魂未定，顯現出一種脆弱得令人心疼的樣子。

「能否請你跟我們再仔細說明張鎮東十月二十七日的行程。越詳細越好。」周小詠問。

「說真的，我也不是非常清楚我丈夫每天的行蹤，他公司的事很少跟我說明，我只知道這幾個月鎮東幾乎天天外出，好像都是在跟人談合作案的事，因為之前餐廳廚師出走，合夥人也跑了，餐廳不得不歇業，他想盡快恢復營運。就我所知，他一直在接洽面試員工，好像已經找到合作團隊，只是他還沒有放棄要找到以前的合夥人，所以到處在搜尋，我也不知道他都去了什麼地方。鎮東二十七日大概晚上八點多回來，我們本來都相安無事，十二點他喝醉了，跑去抱小孩來逗，他以前就喜歡這樣，不管孩子是不是在睡覺，想抱孩子就抱起來玩，把孩子都弄哭了，我很生氣，要他把小孩放回床上，他也生氣，大罵：『我連抱自己的小孩都不行嗎？』我們吵了一會，他摔了遙控器，就走了。隔天是我們認識週年紀念日，我們早已經約好了要一起慶祝，他特別訂了我喜歡的餐廳，請廚師直接到我們家做菜，我本來很感動，因為之前為了教養小孩的問題，我們有過爭執，冷戰了很久，我也希望這次慶祝過後可以恢復關係。」崔牧芸說。

她難得說出這麼一長串話，但周小詠怎麼聽都覺得語氣很怪，「慶祝認識週年？不是結婚紀念日？」她問。

崔牧芸點點頭說：「從我們相識以來，鎮東每個月到了二十八日都會送我一朵玫瑰花，每年十月二十八日都會送禮或到餐廳慶祝，當然，結婚紀念日也都是有慶祝的，他很注重儀式感。」說到這裡，崔牧芸說：「他是個很浪漫的人。」

周小詠與崔牧芸再三確認過張鎮東的行蹤，之後便詢問保母阿蒂。

阿蒂是個年約二十多歲的外籍瘦小女子，受雇全職在張家當保母，除了照顧小孩，也幫忙做家事，四樓的打掃清潔都是她負責。

周小詠第一眼就對阿蒂有好感，阿蒂是個黑瘦結實、面容清秀的女孩，看似單薄，卻很有力氣似地，大大眼睛黑白分明，但或許因為張家最近的亂事，情緒也受到影響，臉色顯得消沉黯淡。

「張鎮東那天是八點多回來，十二點多出門嗎？」周小詠問。

阿蒂中文不好，但還可以表達意思，她怯怯地說：「先生那天是八點多回家。十二點多又離開。他常常這樣，半夜不在家，早上才回來。先生喜歡把小宇叫醒逗他玩，被吵醒後過小宇睡不著，要阿蒂哄他很久他才會睡覺，所以阿蒂知道。」

「二十七日那天晚上先生有跟太太吵架嗎？」周小詠再問阿蒂。

「先生跟太太吵架，摔了遙控器，然後出門了。」阿蒂回答。

「你有看到計程車來接先生嗎？」周小詠又問。

「我不知道先生有沒有搭計程車。」阿蒂說。

8

警察離開後，崔牧芸站在露台上，低頭望向庭院，園藝工人正在修剪花木，生活彷彿如同往日，即使張鎮東失蹤，白樓依然照常運作。

從四樓往下看，牆邊是高大的樟木，庭院內有一棵高大的白水木，還有幾株看來很貴重的矮松樹，石階從入口直到門前，刻意蜿蜒是照風水而設，石階兩旁是充滿禪意的碎石鋪道，一整片強迫症似地平整，她喜歡的是牆邊那些低矮的花草樹木，對於造景藝術一點也不懂。陽光下工人握著大剪子修整著樹枝，她望向更遠處，是高牆之外的街道，那是對面四樓的樓房，是一般人住的公寓，如她父母所在之處，在離這裡很遠的地方，也是巷弄裡尋常的四層樓房，三房兩廳，小小陽台上種幾盆植栽，父親每天上班前都會提著小水壺去澆花，陽台上總是擺著鞋，從鞋子的數量就可以知道家人回來了沒。

那曾是她想要的生活。

那才是她應該要過的生活。

而她如今居住之處，陽台上並不會擺著鞋，她住的獨棟房屋，有五層樓，有電梯與一般樓梯，梯間出來是寬敞的玄關，那片空間幾乎是她以前住的房間的大小，玄關放置著大型置物櫃、檜木穿鞋凳，綿延一整片牆的是鞋櫃，有時她打開鞋櫃的門還會感到心驚，丈夫的鞋超過一百雙，有一半以上是收藏用的，限量球鞋、訂製皮鞋、潮鞋，她自己也有近五十雙鞋。

從寬敞的玄關走進室內，觸目所及所有東西都是昂貴奢侈品，她是來到這裡才知道有些東西是為了展現豪奢而存在的。迎面而來的客廳，看似簡單，其實每一個細節都標誌著昂貴。

她記憶裡父母的家總是雜亂的，由各種顏色、材質、風格不一的家具組成，屋裡各處都有號稱會改善生活的東西，卻因為不實用而被棄置一旁。還有父母難得旅行買回的紀念品，就擺在電視櫃裡，對啊，老家有笨重呆醜的胡桃木紋貼皮電視櫃，還有很醜又不好坐的三人座黑色人造皮沙發，沙發上總是堆滿了抱枕，茶几上會有遙控器、零食、報紙，媽媽喜歡用廣告單摺出來的小盒子裡會堆著花生殼，爸爸總是不肯隨手拿去廚房洗掉的茶杯，茶葉都泡爛了。

如今，她時常想起少女時代的自己，她可以輕易想起那時候老家裡有許多她討厭的東西，比如她房間裡的巧拼，她好討厭塑膠巧拼的顏色跟材質，她偷偷丟掉過，但媽媽還是要買回來給她用。她討厭她的衣櫥，顏色醜、笨重，又不實用，床鋪也是，小小的房間，被這些巨大醜陋的家具都塞滿了。

還有家裡的鍋碗瓢盆，那麼多，那麼繁亂，媽媽就愛買些雜七雜八的東西給她。床單是她好不容易才爭取到自己買的，素色的棉質床單，是屋裡最不花俏的東西。

她也討厭天花板的吊扇燈，雖然很涼爽，也很明亮，可是就是廉價啊。

她婚前一直想要擺脫的，就是自己身上散發出的，濃濃的廉價感。她自認不是愛慕虛榮，也沒有追求什麼高雅品味，只是喜歡素雅簡單而已，但父母就是做不到，他們買回來的東西，都是隨機隨興，沒有考慮過整體風格，甚至也沒考慮實用性，就是覺得想要，這個可能會用到，隨手就買了，然後隨便擺在架子上，如果不合用，就扔在一旁，讓屋裡呈現更混亂的狀態。

然而，她如今卻好想念那股混亂，那種隨興，因為那裡面沒有刺傷人的東西。那甚至是溫暖的，她想到年輕時總愛逃家的母親，竟然會變成一個會摺小盒子、做手工藝的大媽了。如今甚至連媽媽給她鋪上的塑膠七彩巧拼也讓她懷念，對啊，因為她以前會夢遊，曾經從床上掉到地板上，碰傷了頭，媽媽就是怕她夢遊，才給她鋪巧拼，那種廉價的塑膠製品，是一個保護墊。

如今她觸目所及，所有入眼的東西不是俗氣的豪華，而是一種低調高級的奢華，是聚集著最菁英的設計，使用最高級的質料，經過最專業的手藝，用難以計數的價格打造成的環境。因為空間夠大，收納足夠，而且有管家與保母，整個房子總是乾乾淨淨的，屋裡時時都發散著高級香氛，這個經過名牌設計師設計過的空間，所有家具的配色呈現一種難以言喻的高雅。

想到這她突然不寒而慄，對啊，這世上竟然有某些顏色是昂貴的，是窮人永遠得不到的顏色，比如她有一個三十幾萬的包包，是大象灰，聽起來不起眼的名字，那灰色若不是使用高級皮革，並且透過特殊的調料揉製印染，不可能呈現出來，沒有經過複雜的工法，最後只會變成老鼠灰。

她慢慢也學會了分辨那些精美物品的質地與設計，有很多確實是好東西，不只是品牌，而是做工、設計、用料、顏色、形狀、大小、觸感，是用過了就很難再回頭的。

但有些東西，其價值與實際功能她不知如何兌換，比如丈夫穿衣間防潮箱裡那些一只數十、上百萬的手錶，比如丈夫送給她動輒十幾萬甚至幾十萬的手提包，婆婆的百萬元翡翠，公公展示在一樓走道難以估價的美術品，住家地下室酒窖裡高價的紅酒與茶葉。在這棟五層樓房中，有許多特別為了展示這些物品而建造的恆溫櫃子與展示廳，一個長長的走廊，以及許多穿衣間裡的層格、櫃架，無數珍稀寶物在屋子裡各處收藏著。她可能是這屋子裡擁有最少物品的人，但仍超過了她畢生所有。

她曾想過生活在這裡的她應該是幸福的，比如她身上這套家居服的價錢就可以買她以前上班時買過最貴的套裝，或者她只要一回身，走進客廳，那張三人座名家設計純牛皮沙發價值直逼一台房車。比如寬敞穿衣間，有濕度與溫度控制，鞋櫃還有殺菌除臭功能。想來這些應該是女人極致的夢想，裡面也真的擺放了如精品店展示間的美麗衣裙、包包、鞋子。比如酒窖裡面放著無數的、她在最痛苦的時候曾經偷偷拿起來砸破的，一瓶幾萬元的紅酒。她數算不盡這屋裡各種物品價值多少，那些曾令她心動、甚至感到不能逼視的華美事物，觸感輕柔的羊毛衫、可以穿過指環的真絲、純羊絨圍巾，用手觸摸真的可以感受到皮革的柔軟與溫度，彷彿活物的名牌提包，各種品牌對於皮革細緻的處理，那些縫線與手工感令人驚嘆，她曾經沉醉、癡迷，她曾經以為那是幸福的象徵，她曾以為，當她一點一點擁有、習慣、甚至理解了這個世界，那麼她就也是屬於這裡的一分子。

但或許事實不然，她那麼努力想要融入這裡，正是因為她與此地格格不入。

多年下來，她逐漸發現，這棟樓裡，最合適她居住的地方其實是保母阿蒂的房間。

那是這個屋子裡最讓她安心的地方。位在廚房旁邊的一個小隔間，看起來像是倉庫，沒有對外窗的空間裡，只有一張上下鋪的單人床，一個簡單的木製掛衣架，一個老舊的小桌子、折疊椅。她若去找阿蒂，她倆會坐在下鋪床沿說說話，阿蒂點開手機給她看遠在異國的家人照片，一家子七、八口等著她寄錢回去，阿蒂有個未婚夫是個農夫，他一直在等阿蒂回鄉跟他結婚。她給阿蒂買了很多中文書，也給她家人寄了很多東西，當她的孩子去上幼稚園，她偶爾會到阿蒂的房間休息一下，阿蒂一開始很害羞，也不理解她為何前來，但後來似乎就懂得了。

被稱為太太的她，雖是這屋子的主人，但她其實並不擁有任何一個她自己的空間，所以她有時需要一個這樣的地方，以逃離那屋子裡所有奢侈品帶來的壓力，她要去一個張鎮東找不到她的地方，應該說，沒有張鎮東氣味的地方，她要待在這個小房間，想像著她沒有他也可以活下去，她要待在這個房間，幻想著，人生可以重來，她將會帶著小孩離開這棟宅邸，走出這座樓，她會在某個地方，找一個小小的房間，在那兒所有物事都是潔淨單純平價的，平凡簡單，有人的溫度，她會去上班、打工、兼兩份差，做什麼都可以，她將會靠自己的力量養大自己的孩子。

有時思緒未歇，她突然就斷電了，腦中一片空白什麼也想不起來，像是負載過大以至於跳電。她會頹然倒臥在阿蒂房間的單人床上，那狹窄的床，堅硬的床鋪，單薄的被褥，卻讓她感到舒適溫暖。她徹底放空，彷彿躺臥在童年時代育幼院的後山山坡上。

她想像著那片山坡，春天會發著短短的草，夏天陽光灑落，秋天有涼爽的風，天空高遠亮藍，雲朵輕輕飄過，遠望是更高的山，以及山上那些看不太清楚的樹。他們總是一群人躺在山坡上，無所事事，有人會突然唱起歌來，或吹口哨，或者胡亂地說著玩笑話，又或者，他們沒發出任何聲音，只是躺著，看天上的雲緩緩飄過，他們快樂嗎？悲傷嗎？可能各自懷著各自的心事，或者只是想著晚餐會有什麼吃的呢？十來歲的孩子，可以擁有多少夢想以及傷痛呢？

當時的崔牧芸並不知道後來自己會有怎樣的人生，但當時他們四個人，曾經說好永遠不分離，好像這世界上只剩下了他們，所以他們必須好好地守護著彼此。在那片山坡上，李安妮說過她將來要當歌星，林曉峰說他要當太空人，崔牧芸呢？她說她想要當護士，只有陳高歌，什麼願望也不肯許，或者他想過了只是不肯說出來，當大家鬧著要他說的時候，他就說了，「希望我們永遠是一家人。」

永遠都是一家人！其他人也大聲喊著。

那時一定是秋天吧，陳高歌最喜歡秋天了。崔牧芸想著那句話，內心感到痛苦，後來她離開了那兒，她沒有兌現承諾，她先是回到了母親的家，又逃到大學宿舍，最後進入了她與她丈夫的家，後來她哪裡也去不了，只能躲在阿蒂的房間，懷想著童年種種，安靜地哭泣。

她想著，她為什麼會走到這裡來呢，嫁入所謂的豪門她並不快樂，她甚至時常有與別人格格不入的感覺，她想從這個屋子裡消失。

自己為什麼會變成一個無處可去，無路可走的人呢？她擺脫她原生家庭的寒酸，來到了一個高級、高雅的地方，但這兒不屬於她，那些她夢想過的東西如果抽掉了情感，都變成了銳利的刀刃，對，所有的奢侈品背後都有一雙銳利的眼睛在評價、嘲弄著她，那些身上穿著柔軟絲緞、溫暖羊毛衣、高級皮革的人們身上並沒有與那些物品相同的柔軟與溫暖。是啊，為什麼這些高級昂貴的東西無法改變他們的人性、使他們變成更好的人，反而將他們與其他人隔絕，使他們失去了人性裡的同理心、同情感，以及一種更公平去對待他人的態度，比如只是去善待其他人，把其他人當成跟他們一樣的人，去珍惜與愛護，這樣簡單的事他們就已經做不到了。好奇怪，當人們被美的事物包圍，不是應該變得更美嗎？為什麼她感受到的，卻是一種更為精緻的醜陋，不是巧拼、不是合板、不是廉價合成衣物的那種醜，而是一種因為站在雲端而產生的自我中心、蔑視輕忽別人的價值的高傲，以及絕對的冷酷，那才是讓她感到不寒而慄的。

她想著陳高歌，想著這世上曾有一個地方，她曾在那裡度過非常快樂的時光，但後來因為發生可怕的事所以她離開了，至今她也想不通自己到底為什麼會以為離開育幼院，就可以得到幸福。或許自己就是個不幸的人，不幸就像額頭上的胎記，永遠都會印在她身上。

然而不過短短幾天的時間，所有事都有了改變。

她突然意識到自己仍在張家，即使丈夫已經不在家裡，她仍屬於這個家，但她或許很快就可以離開了，只要她願意，她就能離開。

她有種奇怪的感受，彷彿自己可以離地飄起，從陽台飄向遠方，不用向任何人交代也能飄離此處，到達遠方，為什麼自己過去不曾這樣想過呢？為什麼她以為自己永遠也離不開張鎮東？她曾以為張鎮東是個無所不在的人，猶如天羅地網會將她團團包圍，而今，她的想法改變了，她知道她可以離開。

第2部

沉睡者

1

喜悅育幼院位於S市市郊一處山腳下，占地寬闊，遺世獨立。院區六百坪，設有六棟兩層樓房供院生居住，另有一棟教職員宿舍，一樓為院長住家。院區附設有幼兒園、餐廳、操場、圖書室、禮堂，設備齊全。育幼院在一九九五年開始採家庭制，將數十名院生分為忠孝、仁愛、信義、和平、青山、綠水六個家庭，青山與綠水兩家的院生均為十六歲以上，其餘院生則按年齡性別平均分配，一家五到八名院生，由兩個生輔員照顧，院區也有社工員加以輔導。學齡前的幼童在院區自設的幼兒園上課，其餘學生則到附近的中小學就讀，高中與高中以上則按照考試分發至各區就讀。

育幼院在山邊，離城鎮還有一段距離，從外觀來說，喜悅育幼院很像是老舊的小學，房舍陳舊，然而院內有高大的樹，草地如茵，操場雖會揚起沙土，但紅土跑道卻別有風味。院區後面有山，山中林木密布，院生們有很寬闊的場所可以運動與遊玩，他們自小就會到山上的溪畔玩耍。再往山上走，有個美麗的瀑布，叫做水煙瀑布，小小的瀑布水流沖積出大量的水煙，周遭的林木都染上水色，每年他們都會去那一帶露營。

崔牧芸還記得親生爸爸的模樣，他身上有一種油的味道，臉上手上老是髒髒的，不過爸爸做菜很好吃，也會逗她玩，爸爸帶她去參觀他工作的地方，是個大大的修車廠，爸爸用滑板將身體滑進車底下，再滑出來，手上會拿著奇怪的東西，很像變魔術。她也記得爸爸病倒的樣子，臉總是蠟黃的，肚子鼓鼓的像皮球，爸爸病倒後，爺爺奶奶就來家裡住，他們家很小，兩個小房間都擠滿了東西。爸爸死後，爺爺奶奶老是跟媽媽吵架，媽媽一生氣就跑出門，幾天不回家，爺爺奶奶也常出門就不回家，崔牧芸上小學了，學校沒有供應午餐，那是最慘的了，時常一整天下來也沒什麼可以吃。餓著肚子回家，屋裡黑黑的，一盞燈也沒有開。

媽媽不在家時，奶奶時常在哭，爺爺總是在生氣，他們若不是情緒不好，就是不在家裡，家裡沒人時，崔牧芸既不會遭到責備或感到壓力，但也因此可能不會有東西可以吃，沒有錢可以用，她根本分不清自己是希望家人在家或不在家，因為兩種狀態都會讓她痛苦。

崔牧芸不知道媽媽除了會失蹤，會罵她，會把她遺忘在家，讓她有一頓沒一頓地過日子，還可以做出更糟糕的事。有一天媽媽終於出現，買了一套很漂亮的粉紅色洋裝給她，幫她換上衣服，背好書包，還給了她一個洋娃娃，搭著計程車，說要帶她去新家。

後來她弄不清楚，到底是在家裡挨餓比較慘，還是被穿上洋裝送到育幼院比較慘，只記得剛到育幼院那段時間，她說不出話來，因為腦筋很亂，不知道這一切到底怎麼了。她只記得在車上時媽媽說要乖，只要她乖，就會帶她去新家，媽媽說，城裡有一棟很漂亮的房子，還有很多汽車，有遊樂場，還有圖書館、百貨公司，一路上媽媽說了很多話，帶她到處逛，逛了很久，她越想越不對，媽媽像哄小孩似的話語給她很不好的預感。車子來到一個大門前，開進庭院裡，媽媽把崔牧芸帶下車，交給一個阿姨，媽媽跟崔牧芸說要乖，媽媽先去辦點事，晚上就來接你去新家。崔牧芸很想跟媽媽走，但她也知道媽媽不會帶走她，她只能無助地留在原地徬徨，媽媽會回來帶她走嗎？她心裡並沒有把握。

一天兩天三天過去，很多天過去了，媽媽還是沒有回來，其實第一天，看到那個山腳下的大鐵門，門旁的大字寫著，「喜悅育幼院」，她就知道媽媽不會回來了，因為當媽媽幫她換上漂亮的洋裝，給了她那個洋娃娃，當媽媽突然對她很好的時候，她就知道，要大禍臨頭了。

把她腦子弄亂的是，到了這個地方，自己該怎麼做，她還打不定主意，還摸不清楚方向，想著想著，腦子就突然亂掉了。

崔牧芸很感謝那個來拉住她往前走的男生，後來她都喊他高哥哥，即使他不是她哥哥，他也不姓高。不知為什麼，崔牧芸有一些奇怪的執念，會幫身邊的人取綽號，因為哥哥很高，所以叫高哥哥，這很自然，比如院長有白頭髮，就叫白院長，輔導老師帶著眼鏡，就是眼鏡老師，崔牧芸喜歡這樣記住她身邊的人，林曉峰有酒窩，所以是酒窩哥哥，李安妮有長頭髮，所以是長髮姊姊。以此類推，每個人在她身邊都有一個清晰的圖像，占據一定的位置。

高哥哥越長越高，他都笑說，是被你喊高的。可是崔牧芸很喜歡這個高高的哥哥，可以仰頭看著他，感覺就像在看後山的大樹，看到樹冠張開，樹枝伸展，葉片搖動，以及葉隙間展露的天空，感覺那上面有無窮盡的故事，那象徵著可以追求的事物。

這世上可以安慰她的只有未來，因為有太多可能性，可以讓她想像。她以前覺得自己是個不幸的孩子，爸爸生病時，媽媽有時心情不好，會罵她，「都是被你帶衰！」說生下她之後，自己人生全都走樣，「現在連你爸都要死了。」崔牧芸聽見那些話，心裡很恐懼，如果自己真是帶衰的災星，那該怎麼辦呢？所以當爸爸去世，媽媽跑掉，爺爺奶奶也不照顧她時，她覺得自己不該有責怪的念頭，因為大人告訴她，那一切都是她造成的。可是她心裡會想，她只是個孩子，怎麼會有這麼大的破壞力？比如學校裡欺負她的女生，會罵她狐狸精，這個字眼太奇怪了，崔牧芸不是沒聽過，而是，她納悶本該是大人世界的思維為何跑進了那個女孩的腦中，或許因為大家最喜歡的國語課老師選了她當小老師吧，她也喜歡國語課老師，溫文儒雅的男老師，眼睛是細長的，笑起來有酒窩，性格很溫柔，但當他的小老師又怎樣呢？那個女生竟然罵她，「誰不知道你想當老師的老婆？」她驚訝於女同學們驚人的想像力，她們不過是還沒十歲的小孩，為什麼會想到娶老婆這樣的事？

這世上有很多崔牧芸不懂的事，當這些事出現時，她就跑去看樹，樹安安靜靜，任由風吹雨打，始終站得挺挺的，她要學習的就是那些樹，想要鍛鍊自己擁有一顆不為任何事物動搖的心。

沒有大樹的地方，她就望著陳高歌。高哥哥就是擁有那種不輕易動搖的心，這樣的人。

她就像會認第一眼看見的東西當作媽媽的野雁，她來到育幼院第一個認定的人，就是陳高歌，她把這個高高的人當成生命的指引燈。她是個迷信的孩子，過去當生活在痛苦裡時，她會迷信一些小小的徵兆，比如天氣好，奶奶就會給她零用錢，比如經過斑馬線時，只要她左腳出發、右腳到達，那麼今天一整天都不會有人欺負她。於是她篤信有次陳高歌為她找到幸運草，代表著她留在育幼院將會過得很平順，會有好的事發生。她這樣認定，也就決定遵守育幼院各種規定，並且設法讓自己融入周遭，快點適應生活。

仁愛家，她喜歡這個名字，這個所謂的家庭，比她原本住的家更像家，有小小的客廳跟廚房，吃飯時大家就聚在客廳的長條桌吃，簡單的三菜一湯，可以吃很多米飯，吃完飯大家輪流洗碗、掃地，然後就可以看半小時的卡通。

仁愛家一樓是公共空間，二樓有四間房間，兩間是輔導老師的寢室，另外兩間是院生住的，每間兩張上下鋪，滿床時可以睡到八個人，現在只有五個人，李安妮跟崔牧芸睡上下鋪，高莉莉自己睡下鋪。陳高歌他們睡另一間男生房。

學校的便服日，大家都會笑他們的衣服舊，這是真的，因為大多數的衣物都是善心人捐的，新衣很少，大多是舊衣，可是他們的衣服都很乾淨，以前崔牧芸在家時，大人不在，她自己不太會洗衣服，常常穿著髒衣服去上課，衣服破了也沒人幫她補，所以她很珍惜這些即使有補釘，也很乾淨的舊衣服。

高哥哥陪他們去上學，高哥哥帶大家打棒球，高哥哥是家裡的大哥哥，他什麼都會做，老師不在家時，高哥哥就負責照顧大家，他會買披薩跟麥當勞回來，讓大家喝可樂喝到過癮，也會跟同學借電動玩具跟漫畫，讓大家可以偷玩偷看，高哥哥不怕闖禍，老師說不可以做的事他偏偏喜歡去做，他說看漫畫打電動也可以學到重要的事，只要不要沉迷就好了。高哥哥說什麼話她都相信，因為高哥哥有自己的信念跟價值，即使跟老師說的不一樣，聽起來也很可信。

在學校裡，別人不敢欺負他們，都是因為高哥哥敢跟其他人打架，這種破壞規矩的事，他敢去做，即使被處罰了，他也不認為有錯，「我們要保護自己，就得還手。」高哥哥說。

崔牧芸最喜歡可以去後山的日子，因為後山有好多好多樹，後山有蟲鳴鳥叫，以及孩子們歡笑的聲音。

她對高哥哥除了一種認定的心態，逐漸地還增加了一份莫名的情感，她年紀太小了，說不出來那是什麼感受，只是有時想到高哥哥時，會覺得肚子有點痛痛的，或是胸口悶悶的，那種怪怪的感受要到高哥哥一臉酷酷地出現在她眼前時，才可以減輕症狀。

仁愛家另外幾個院生也都對她各有意義。李安妮是個爽朗的姊姊，教會她很多生活上的知識，夜裡她作惡夢，就會跑去上鋪跟李安妮睡在一起，姊姊教她把剪刀放在枕頭底下，這樣夢魔就不會來侵擾。

另外臉頰有著酒窩、眉心有一塊黑色胎記，叫做林曉峰的哥哥，他跟高哥哥很不一樣，他總是笑瞇瞇的，會做很好吃的東西，他還會用麵粉跟雞蛋做一種很好吃的煎餅，裡面加上了他們去後山拔的葉子，吃起來非常香。

如果不跟其他同學比較，仁愛家就是世上最好的家了。就算跟其他同學比較，崔牧芸也覺得仁愛家是世界上最好的家。這種想法很自然，她認定了仁愛家，認定了高哥哥，一旦認定，心裡就有踏實感，她知道什麼是踏實，踏實就是不再作惡夢，不再聽見風吹草動就驚慌，不再餓肚子，不再擔心被遺棄。

簡單寧靜的生活持續了兩年多，直到換了新院長。

2

每日早晨五點半，陳玉環從睡夢中醒來，剛意識到自己清醒，床邊的鬧鐘隨即響起，那是台收音機鬧鐘，廣播音樂取代鬧鐘鈴聲，多年來她已習慣早起，故總是比鬧鐘更早一點點醒來。

她快快梳洗，換上制服，開始一天的工作。

一天總是這樣開始的，先洗米、熬粥，然後用豆漿機做豆漿，雖然張家人七點半吃早餐，但她光是製作早餐也得花上一、兩個小時，這個時間她也會把午餐跟晚餐需要的食材預先準備好，該切該洗的蔬菜都處理好之後，她會先喝一點豆漿，吃個饅頭，然後就去準備洗衣服。她總是早上洗衣服，晚上熨燙、摺疊，她會在睡前把每層樓的衣服都拿到各樓玄關，各家太太會自己領回。想到「各家太太」這個詞，自己都覺得好笑，不過確實她是在一個豪宅裡，為一家十口工作，這個家庭恪守著嚴格家規，簡直像一個小小的世界自行運轉。

她來到此處之後，才知道所謂豪門跟一般人是多麼不同，而自己寄居於此，至今三年，好像某些價值觀也改變了，她變得更勤奮、更小心，但她已經不再相信「愛拚就會贏，努力就可以改變自己」，這類的話語都是老掉牙了。她知道人各有命，有些人生來含著金湯匙，有些人卻是即使身在富人家也不會快樂。

她想起自己本來也是個尋常的家庭主婦，在她四十五歲那年，丈夫想要在越南創業，一句「希望你支持我，讓我再拚一次」，她把房子拿去抵押貸款讓丈夫創業，兩年後丈夫跟合夥人的妻子外遇，在過程中早就一點一滴把財產過戶、轉移，等到丈夫提出離婚時，她才發現自己已經被完全淘空，只剩下身上五十萬的信用貸款，房子車子什麼都沒有了，小孩在讀高中，她從一個安逸的家庭主婦，變成打工族。

她做過麥當勞媽媽、便利商店阿姨，也去百貨公司賣過鞋子。各種行業轉換之間，有人介紹她去做家事服務員，她去應徵時，才發現自己過去近二十年的生涯裡，每日所做的事，掃地洗衣做飯帶孩子，居然可以兌換成金錢，而且她非常擅長此道。她有太陽處女座的龜毛、月亮天秤座的包容，以及上升雙子座的靈活，是個最稱職的「家事服務員」。

一開始被叫阿姨的時候，她覺得很不習慣，那時她才剛五十，還覺得自己年輕，後來，她索性不再染髮，任頭髮花白，讓自己更像阿姨。

最初是鐘點計時，時間彈性，工作對象眾多，後來開始接單一家庭的案子。她先是去一戶人家當月嫂，然後接著幫忙帶小孩做家事，最後輾轉才到張家服務。

她正在忙碌備餐時，張董回來過，張董比她還早起，每天定時會去慢跑，她總是掐算好時間，張董一進門，她就把蔬果切好，加上各色堅果、啤酒酵母、亞麻子等營養補充品，特製一杯精力湯，等張董沖澡過後，他會下樓來喝完這杯精力湯，然後再上樓讀報。

她很喜歡偷看張董喝飲料的樣子，動作是那麼果決，他快七十歲了，可是神清氣爽、神采奕奕，因為持續運動，注重養生，即使看得出年紀，卻是保養得宜，且依然充滿雄心壯志的模樣，張董長年維持身材，是個對自己非常嚴格的人，跟在他身旁做事，感覺自己也會變得精神抖擻起來。

張家人總是一起吃早餐，每天早上七點半準時開動。這麼一大家子男女老少的，可以在早上七點半一起吃早餐，這真不得不佩服張董的魄力，聽說這是家規，因為晚上要一起吃晚餐不容易，就改成一起吃早餐。張家人口味各異，所以早餐也得準備多種樣式，剛開始陳嫂真是傷透腦筋，還特地去書店找了各種中西式早餐的食譜回來看，後來菜色暫時固定下來，中式是以清粥小菜為主，燒餅油條替換，初一、十五夫人吃早齋，要特別為她準備素食。西式則是烤土司、法國麵包、可頌等幾種麵包替換，常備的有水煮蛋、炒蛋、煎火腿、熱狗、香腸，以及一大盆生菜沙拉。近來張婉菲在減重，周語嫣也加入，所以陳嫂還會特製減醣早餐，用麥片取代麵包，舒肥雞胸肉取代熱狗火腿。

早餐時間，張董總會開講訓話，夫人陳婉玲擔任百貨公司的總經理，大少爺張鎮海在旗下的建設公司工作，大太太周語嫣則在營銷部門當主管，二少爺張鎮東早期也待過百貨公司一陣子，後來自己出去開了一家連鎖餐廳，而張婉菲一向叛逆，不在家族事業工作，是在一家非營利組織上班。

張董除了檢討家人在各個企業的工作狀態，還會抽查孫女的功課，以及小孫子的學習，張浩宇三歲多，之前有語言學習問題，著實讓家人焦慮著急，但就在去年此時，他突然開口叫媽媽，之後語言天分就被開發了，現在在全美語幼稚園裡就讀，中文台語都沒問題，簡單英語對話流暢。「我們家浩宇是天才！」連最嚴格的張董，也以張浩宇的天分為傲。

陳嫂是接替親戚阿美姨的工作才來到張家，阿美姨替張家工作十多年，三年前中風倒下後一直在家休養，張家給了她一筆養老金，讓她頤養天年。陳嫂之前服務的是一個校長家，他們家只有兩老，孩子們假日會回家吃飯，屋子雖然大，但工作簡單，張家卻不一樣，他們家是獨棟豪宅，五層樓，光是樓地板面積就嚇死人，雖然有保母阿蒂幫忙打掃，但煮飯、洗衣、採買等家務，一家子十口要張羅吃喝，工程浩大繁瑣細碎。更麻煩的是，張董龜毛，董事長夫人神經質，張家規矩特別多，是連煮菜買菜的時候都要有人在旁邊看著的，剛開始接手時，陳嫂真的很不適應，感覺在這裡工作，隨時都有人監視，不管做什麼都會被懷疑，每天都提心吊膽。

只是這裡薪水高，張董開給她一個月五萬，包吃包住，年終還有兩個月紅利，年假十天，五十多歲的她，去哪找這麼好的條件？

陳嫂離婚後自己養大小孩，兒子現在在讀碩士班，住在外地，開銷很大，她在張家的薪水是要存錢給孩子留學用的。雖然張董跟夫人規矩多，不過心態調整過後，就當作是家規，也可以適應，況且後來一起共事的是二太太牧芸，牧芸太太人很好，被她盯著做菜一點也不會感覺難受，家裡人口多，但真正長時間在家的也只有她跟牧芸太太和保母阿蒂，三個人倒有點相依為命的感覺了。

早餐備料繁雜，蔬菜雞蛋都是有機的，火腿起司也都是去進口超市採買，魚肉則有負責的商家會定期送來，張家人重吃，董事長重的是養生，夫人則重視口味。午餐在家吃的人少，到了晚餐，那就是大場面了，不管人多人少，固定要有六菜兩湯，日日要變化。一開始陳嫂真的是想破頭，到處去找食譜，後來是夫人自己開的菜單，也帶她去幾家館子吃，讓她記菜譜，把喜歡吃的菜色都學起來，慢慢一點一點琢磨，總算讓張家人滿意。

陳嫂覺得自己在張家根本是在學藝，煮菜得講究，連家裡打掃、布置都有門道，所有掃除工具、吸塵器、清潔劑都有特定廠牌，怎麼掃地、吸塵、拖地都有規則，這些眉眉角角也夠人煩的了，雖然阿蒂會幫忙做些簡單的家務，但她還是得一一盯著看，因為那些繁瑣的細節，一點小差錯都出不得。真是到了張家才知道，有錢人那麼多規矩也不是沒道理，住在這樣美輪美奐的房子裡，不講究細節，怎麼能襯托出屋子的豪氣。

餐具就不用多說了，自然是高級骨瓷碗盤，水晶杯、琉璃碗、名牌餐具，多金貴的都有。最重要的是連餐巾、桌布、窗簾、被單、枕套、毛巾、洗手乳、護手霜，樣樣都講究，所有凡是涉及衛生與美觀的，就是一門浩瀚無邊的功夫。餐具要用環保無毒的清潔劑徹底洗淨，桌巾都要熨燙平整，得按照夫人喜歡的方式鋪上，玻璃杯一定是洗過再用乾布擦亮，那真是要亮得反光了不可，一點指紋都不能留下來。

陳嫂自己本身就愛整潔，對自身的工作能力自信且自律，但也覺得夫人的要求真算是吹毛求疵了。

所以每天光是花在採買、清潔、洗衣跟烹飪上的時間，真的是從早到晚沒有幾分鐘可以坐下來休息的，不只是她，負責監督她工作的牧芸太太也是非常累，她自己還得帶小孩呢！一般人可能覺得嫁進這種豪門很幸福吧，但就她的角度來看，在這個家裡，規矩太多，真正可以享受的部分反而不多。

就陳嫂自己的觀察，張家的兩個兒子跟媳婦，都是領家用的，感覺跟員工有點像，每天早上開會，每個月領月薪，大項支出都得申請，雖然開著豪車，身上也都穿著名牌服裝，出入都是高級場所，可是董事長跟夫人事必躬親，方方面面都掌控得很厲害，張鎮海都四十歲了，面對父親也還是唯唯諾諾的，張鎮東年紀差老大很多，才剛滿三十一。

陳嫂平時住在張家一樓，有自己的小房間，只有兩坪，放張單人床跟一個衣櫥一張化妝台就滿了，白樓最簡陋的地方應該就是她的臥室，以及保母阿蒂的房間。阿蒂住在四樓，差不多就是儲藏室大小的空間，一張不知哪弄來的上下鋪，下鋪睡覺，上鋪放東西，旁邊一個簡單的掛衣架，就是阿蒂全部的家當，阿蒂要洗澡還得到一樓她房間旁的小浴室跟她分用，真的是簡陋到不能再簡陋了。陳嫂的房間至少還有衣櫥，還有個小桌子，張家人似乎很怕她們住在豪宅裡忘了自己的身分，所以刻意把傭人的房間弄得寒酸不已。

這些心思陳嫂都看在眼裡，她曾問過阿蒂，阿蒂說有自己單獨的空間她就滿足了。陳嫂自己也覺得住的地方只要乾淨整齊，窄小一點並不是問題，她每日在張家樓上樓下打掃整理，對所謂的豪奢生活已不奢望，窄窄的房間反而簡單。吃飯時陳嫂、阿蒂跟司機老劉在一樓角落擺一張小矮桌，一桌三凳，簡單三菜一湯，吃得飽，算不上豐盛，看得出夫人的刻薄，也看得出老爺的嚴格。

每週她會回家住一晚，過年可以休假十天，那是她最快樂的時候。

張家規矩多，工作忙，但張董大方，夫人也時常送她衣服包包，光是拿夫人不穿的衣服鞋包，假日裡跟家人出去，也能打扮得稱頭，旁人都說她到張家之後氣質都變好了，其實她知道她沒變，改變的是身上的服飾，平時在張家穿的是訂做的制服，黑色套裝，寬鬆卻有型，方便行動，頂上梳包頭，包得密密實實地，做菜時還得戴帽子，就生怕一根頭髮絲掉進鍋子裡。

夫人最奇怪的點，就是什麼都要消毒，所以她一年四季酒精噴霧不離身，真的是走到哪噴到哪，碗盤都得用熱水燙過，平時好的衣服送洗，貼身衣物都得用特製的殺菌洗衣精柔洗，大概兩個月就會買新的。張家的財富，幾代也用不完吧，哪在乎這點小錢。

張家每個成員都有不一樣的習性，二樓老爺夫人最潔癖，三樓的大少爺跟大太太都算正常，一般要求而已，只是他們家兩個女兒正當青春期，屋裡衣服到處扔，收起來也很繁雜，到了四樓，真是最輕鬆的工作了，平時牧芸太太都把家裡收得好好的，阿蒂會幫忙吸塵洗衣，牧芸太太的衣服都是自己收取摺疊，不用她費心，她到了四樓根本沒什麼好做的。如果每個雇主都像牧芸太太這樣，輕聲細語，好聲好氣，她日子就太好過了。

她時常在想，像她這樣住在別人家裡當管家、阿姨，幫忙別人打掃房子，烹煮三餐，卻也是近距離地觀察了有別於她自己生活的人。每個家都有祕密。像夫人，年輕時是大美人，家世又好，丈夫是企業家，兒子是接班人，照理說沒什麼可煩惱了，但她天天煩愁、焦慮、多心，什麼都讓她操心。每天一家人聚在一起吃飯的時間，感覺氣氛好緊繃，好像隨時會擦槍走火。董事長訂了那麼多家規，然而有誰真的去遵守嗎？感覺大家都是做做樣子，只有張董一個人是最恪守紀律的。

但夫人有些怪癖讓她難以忍受，雖說世間人百百種，有錢人的眉角卻真的特別多，比如夫人名貴的衣服送乾洗店，其他貼身衣物一律要手洗，而且她還指定要陳嫂來洗，「阿蒂不乾淨。」夫人說。陳嫂覺得幫人手洗內衣褲，真是說不出的怪，她不知道夫人怎麼想，但她每次在後陽台水槽洗衣板一件一件洗著那些蠶絲、真絲的三角褲，會一陣心慌伴隨偶發的噁心。夫人年過六十，卻喜好穿著各種性感內衣褲，婦人難免會有髒汙遺落在褲底，陳嫂即使戴著手套，還是得強忍著噁心跟不適感才有辦法去洗。另外還有一些生活上的細節，夫人要求之高，令人匪夷所思。她總會安慰自己，要做一個專業管家，就要帶著專業的服務精神，這點噁心算什麼，其實噁心的不是人體產生的髒汙，而是夫人那種高高在上的感覺。

早餐是神聖的，每天早餐過後，家族成員報告各自當天行程，再決定晚上幾點開飯，幾人參加。比較麻煩的是週末，家裡常有宴客，一樓宴客廳有十二人座的餐桌，要客來訪時，張家會請外燴公司來處理，但如果只是熟人熟客，就由她的家常菜應對。張董對她的廚藝很讚賞，也時常要夫人和太太們帶她出去外面館子吃飯，要她多看多學。因為張家對食材講究，她覺得好的食材跟天然調味品、新鮮的香料、香草，簡單調味就很好吃，不過她也會幾樣手路菜，有些菜色光是前置作業就得兩、三天。

晚餐後，大家各自回自住的樓層，留下她一人整理，她把家裡一天生產的廢棄物丟掉，垃圾包好，做最後的巡視，然後關燈，回到她自己的小房間。睡前她會看一點書，大都是理財啦，居家，或者食譜之類的，她沒想過有一天她會變成一個會買股票的家事服務員，但事實就是如此了。她原本在張家過著穩定的生活，直到最近，張家的二少爺被人綁架，從此失去了蹤影。

如今，她早晨醒來依然照例做早餐，但老爺跟夫人卻沒下樓吃早飯，自從十月底鎮東少爺被綁架後，張家什麼都亂掉了，只有鎮海少爺一家依然照舊過生活。她聽見張鎮海夫妻在餐桌上小聲說話，感覺他們都壓抑著情緒，孩子們問起大家怎麼不吃早餐，語嫣太太就要小孩別亂說話。陳嫂突然感覺大少爺一家不受影響，甚至對這件綁架案沒有什麼特別緊張的心情，難道對他們來說，自己的弟弟被綁架了，一點也不會擔心嗎？連一向最嚴格的老爺都亂了方寸，夫人更是天天以淚洗面，臥床不起。

陳嫂想起生活裡許多點滴，她不禁想著，難道鎮東少爺失蹤，跟鎮海少爺有關？她想起他們去K市那幾天，二十八日早上在別墅吃早餐時，並沒有看到鎮海少爺，不知道他去了哪兒？難道他回T市了嗎？她當時問過司機，司機說鎮海少爺二十七日晚上把車開走了，說是有重要的事得去處理，陳嫂直到第二天中午才看到鎮海少爺出現在活動現場，一想到這裡，想起許多連續劇家族爭產、鬥得你死我活的劇情，她不禁打了個冷顫，但願是自己多心了。

3

每當那兩個一男一女的警察到家裡來，周語嫣總有一種腳底發涼的感覺。

嫁進張家以來，日子不能說不好過，她自己家世也很好，在家裡是受萬千寵愛的女兒，在職場上她也一直位居高職，沒有高攀張鎮海的感覺。但是被豪華婚禮迎進門之後，面對的就是生兒子的壓力，連生兩個女兒，後來又流產，她跟張鎮海感情時好時壞，漸漸少有親密，要生兒子難上加難，她不知道生不出兒子是什麼問題造成。她跟張鎮海都是外國留學回來，學業事業都很強，兩人身高外貌也很匹配，走出去誰都會說是金童玉女，堪稱人生勝利組。可是生不出兒子，想破頭也想不出辦法。

她以前沒想過這種非得生兒子不可的事會發生在她身上，婚前她做了所有心理建設，要努力當個好媽媽。為了家庭甚至可以放棄事業，為了懷孕她不再穿高跟鞋，她練瑜珈、吃中藥，還有她媽給她找來什麼奇怪的補藥，她被婆婆帶去算命、改運，去被氣功大師一掌一掌拍打說可以改變體質，拍得她頭暈腦脹，感覺智商都少了一半。她把氣都撒在老公身上，若不是張鎮海在家裡地位不穩固，公公婆婆也不至於這麼逼迫她。

但沒想到張家老二帶著漂亮老婆進家門，人家第一胎就生了兒子。

金孫啊！寶貝孫子！每天，她聽著一向嚴苛的張家老頭抱著那個孩子親暱地喊著，金孫二字總會刺得她腦門發疼，心臟亂跳，她這輩子沒有恨過誰，但是她很恨張鎮東一家三口，他們的出現讓她的處境更為尷尬，以往總是忍讓她的張鎮海也不給她好臉色看了。

智商高，長得美，工作能力超強，周語嫣一向就是完美的代名詞，可是，她現在成了不良品，因為她生不出兒子，後來她連女兒也生不出來了，年紀逐漸邁向高齡產婦，生子的希望越來越低。

有一段時間，她寄情於工作，到張家經營的百貨公司上班，可以運用她的長才，每天用心打扮，她是嚴格的主管，恩威並施，手下人無一不服。可是晚上回到家，那棟白色的屋子裡，總是瀰漫著爺爺奶奶哄孫子的歡聲笑語，她看著比她年輕的崔牧芸在屋裡走來走去，那模樣多麼愜意。她明知道崔牧芸以前只是個櫃姐，也沒有什麼好的家世背景，只讀了私立大學冷門科系，但是又怎樣，人家肚子爭氣，隨便就生出一個金孫。麻雀變鳳凰。

夜裡，她有時會赫然醒來，感到幾乎無法喘息，她感覺自己在衰老、在失控，她從一個無憂無慮的少奶奶，變成滿腹牢騷，充滿無力感的怨婦，這是為什麼？一個女人生了兩個漂亮的女兒，事業家庭都照顧得很好，為什麼還不夠？可是她知道不夠，沒有兒子，將來他們在張家地位就岌岌可危，這麼龐大的家產他們又能得到多少？她與張鎮海都在家族事業工作，一輩子也只是掙個管理階級的薪水，老頭把什麼東西都握在手裡，雖然住的是豪宅、開的是名車，手上提著愛馬仕，要什麼有什麼，可是，他們私人可以動用的錢財少得可憐，老頭管理張家的辦法就是掌握著錢，讓兩個兒子手上都沒現錢，更別提有什麼資產，買什麼用什麼都要申請，每一筆錢都要經過婆婆的手中批准。

沒有生兒子，將來要怎麼辦？萬一老頭想讓張鎮東接班，讓張鎮海在公司被架空，被隨便外派到什麼小地方管一家小公司，那他們就只能任人宰割，一家人的命運會是什麼都不知道。

她真的好恨張鎮東他們一家三口。

後來，有朋友介紹她去做人工受孕，一切都有科技幫忙，她幾經央求，張鎮海才答應跟她一起去，過程十分折騰，但為了生兒子，再苦她也願意，配合療程，加上一個中醫高人的治療，她終於受孕懷上妥妥當當的男孩，穩穩地熬過了幾個月，度過了流產的危險期。

想起來她都要落淚了，天啊，她似乎又變成了正常的女人，不再是一個故障的不良品，然而，即使如此，她還是討厭崔牧芸，討厭張鎮東以及那個金孫，因為所謂的金孫怎麼可能鬧雙胞，當然只能有一個，張鎮海是長子，她生的兒子才配叫金孫。

然後有一天張鎮東消失了，那個最囂張猖狂，那個時常在餐桌上對她無理，討人厭的次子張鎮東終於消失了。

4

排除天祥公司涉案可能，也過濾了一些張大安的商場對手，李俊思忖著其他各種可能，十月二十七日深夜張鎮東到底去了哪裡？是否跟人有約？夜裡住在哪兒？李俊站在白板前注視著張鎮東的人際關係表，上有父母、兄長、大嫂，自己有妻有子，經營的餐廳倒閉，父親擁有知名建設公司，全家人住在高級豪宅，有管家傭人司機，應該還有其他線索。張鎮東的合夥人劉在旭失聯多日，恐有離境出逃的可能，李俊下令警員在各大飯店、旅社、車站搜尋，請機場協助留意，劉在旭於十一月二日上午在機場被警察暫留，李俊趕到現場請劉在旭到警局協助調查。

李俊問：「你知道張鎮東失蹤了嗎？」劉在旭說：「張鎮東失蹤了？難怪這幾天他都沒打電話來鬧我，原來是失蹤了。不過他失蹤，你們找我也沒用啊，我們很久沒見面了。」

李俊要他說明自己與張鎮東之間的關係。劉在旭供稱，自己跟張鎮東是以前在美國留學時就認識的，劉在旭回台後，開始做生意，做過進出口，也做過冷凍食品，一次與張鎮東偶遇，兩人談起以前在美國就討論過想開創意料理餐廳，那時他們混過很多地方，談起美食可以聊上幾個小時，劉在旭就拉攏張鎮東一起合夥。他們開設的癮思餐廳，做的是創意美食，選擇市區最精華地段，重金聘請曾在國外摘星的名廚陳可擔任主廚，砸下兩千萬開店，最初因為張大安的政商與媒體關係，加上劉在旭擅長的網路行銷，請網紅試吃，找藝人代言，很快就竄紅，張鎮東心很大，一年半分店就開張了，不過因為前期光是裝潢設備加上宣傳費用就已經透支，後來又爆發使用過期產品等醜聞生意開始下滑，最後拖欠薪資，廚師員工爆發出走潮，引發跳票危機，張大安又不肯挹注資金，只得黯然歇業。

後期劉在旭與張鎮東因為經營理念不合早已鬧翻，張鎮東一直懷疑陳可出走的事與劉在旭有關，加上後來支票跳票，資金根本周轉不過來，張鎮東每天跟他吵，還威脅要殺人，他只好落跑。本來想跑回美國避禍，沒想到在機場就被攔截。

「你們該不會懷疑張鎮東失蹤跟我有關吧？我跟張鎮東確實是鬧翻了，但是我真的不知道他去了哪裡？」劉在旭著急地說。

李俊問：「請問你為什麼出國？時機又這麼湊巧就是張鎮東失蹤的時候？」

劉在旭又澄清：「警官，我選擇出國是因為沒地方躲，我怕張鎮東找黑道殺我。」

李俊問他：「你們的合作到底怎麼破局的？你到底有沒有捲款？廚師是不是你帶走的？」

「天地良心啊，廚師跟員工早就想走，還不都是我去安撫的，人家陳可是拿過一星的主廚，多大牌啊，張鎮東天天在那兒飆人家髒話，要是我也會想走啊。要說我捲款潛逃，還不如說我是為了保命才跑。跳票的事真的怪不了我，我當初就說，等經營穩定再開分店，他不聽啊，他老子有錢啊，他覺得自己可以呼風喚雨，不怕啊，可是開餐廳這種事，不是撒錢就可以。後來陳可不幹了，沒有陳可這塊招牌，餐廳只能倒店，這件事他只能怪自己，真的，以前一起玩的時候不覺得，後來我覺得這個張鎮東，腦子怪怪的，他好像活在自己的世界裡，誰的話都不聽，而且你越勸他，他越跟你唱反調，不該做的事，偏偏去幹，還要特別對著幹，好像什麼都非得照他的意思做，不然就跟你沒完。我真的也是被他逼得沒辦法了，那兩百萬是我跟高利貸借的，還不出來我就完了，張鎮東又放話要找黑道追殺我，我只能跑啊。」

李俊眼前的劉在旭是個型男雅痞，長相身材都不錯，劉在旭出身普通，是家人傾盡家產送他出國，但他在美國也沒拿到學位，回台灣後自己靠著買股票、炒期貨、跟朋友搞投資，三十歲不到就擁有千萬身價，他懂得包裝自己，打扮入時，談吐幽默，即使在警局面對李俊的問話也是不溫不火。

李俊詢問他最後一次與張鎮東見面是什麼時候，劉在旭回答：「大概九月底吧。」

「但是你們十月二十七日還有通電話。」李俊問。

「是張鎮東打給我。」劉在旭回答。

「聊了什麼？約見面嗎？」李俊問。

「有什麼好聊？都是律師在處理。他對我只有謾罵而已。他一直說要找黑道來砍我，我真的很怕。」

「二十七號你整天的行程都要交代清楚。」

「最近我都躲著，住在旅館裡，三餐都叫外賣，旅館可以作證，我住到昨天才退房離開，才到機場不就馬上被你們逮住了嗎？你們懷疑我就太傻了，你看我們有金錢跟股權糾紛，他出什麼事我不就是最大的嫌疑犯，我弄他對我有什麼好處？」劉在旭語氣輕佻，但李俊知道劉在旭故作輕鬆，有想轉移話題的意味。

「如果張鎮東不見了，就可以不用還債，這也是動機。」李俊說。

「警官，弄張鎮東對我沒好處啊，我們是有金錢糾紛，但不是欠債，我欠的是地下錢莊，不是欠張鎮東，他有沒有失蹤，我都得還錢。大家都沒搞清楚，公司後來發不出薪水，還欠我兩個月薪資呢，怎麼說是我欠他錢？當初如果不是他好大喜功要開分店，也不至於搞成這樣。他這個人，從小要什麼有什麼，想要的東西不得到手就不會罷休，當初一店開幕時，確實造勢很成功，這麼多年我們也不是混假的，是有準備的，可是二店就沒有那麼多優勢了，當初地點也沒選好，房子是路沖，租金又特別貴，裝潢預算無上限，早就超支了。

「張鎮東這個人，看起來很霸氣，其實很天真，很多東西都是因為仗著他老爸才那麼順利，可是他沒有自覺，一店成功，他就覺得自己不可一世了，說是我帶著陳可出走，怎麼可能，陳可根本是被他氣跑的，因為他亂改菜單，一點也不尊重陳可的創意，對誰都是動輒咆哮，我也是待到後來根本受不了他的脾氣，他這一年像變了個人似地，越來越暴躁，動不動就跟人起衝突，他這個人啊，一點挫折都忍受不了。

「我不是捲款潛逃，公司哪還有什麼款可以捲？我是怕張鎮東找黑道殺我，我才想去避避風頭，後續的事我都交給律師處理了，你們可以去查，我沒什麼理虧的啦，該怎樣就怎樣，照法律走，我沒什麼好怕的，我怕的是張鎮東給我來陰的。」

「以前你們合夥時，他私下常出入什麼地方？」李俊問。「有沒有得罪過什麼人？」

「張鎮東他大哥就是他的仇人，他老爸就是他最大的債主，你要問應該問他們那一家子。」劉在旭回答。

「給我認真點。說清楚。」李俊怒罵。

「我們幾個啊，我跟張鎮東還有另外三個以前在美國同時間讀書的朋友，人稱F5，你可以去打聽，以前在餐飲百貨業，沒人不知道，下班時，放假日，凡是找得到空，我們就是到處吃吃喝喝，蒐集情資，舉凡T市有高級包廂、有VIP的店，我們都有會籍。要說酒店嗎？我們不來這一套，我們是跑私人俱樂部，你不知道吧，小姐可以外帶，根本不需要去酒店。

「張鎮東喜歡去健身房，聽說一週沒去個四、五次就會不舒服，你也可以查查看，他有個很不錯的私人教練，叫安格斯，他去的健身房是小型會員制的，就在他們家的百貨公司六樓，我聽說他跟安格斯曾經起過衝突，還想叫健身房把安格斯開除，我覺得他們倆也算有仇。我能想到的地方就這幾個，但後來公司出問題，張鎮東跟我翻臉之後，我真想不到他一個人可以去哪？他這個人死要強，說不定就像那種失業老人，白天還是拿著公事包出門，結果都在公園餵鴿子，或者去網咖打電動。張鎮東在外面有個女朋友，叫珍妮陳吧，是寵愛俱樂部的經理，我可以給你俱樂部電話，張鎮東以前就常大搖大擺住在珍妮那裡。」

情婦？這點李俊沒聽張家人提過，但被情婦綁架勒贖，可能性不高，俱樂部倒是可以打聽消息的地方。

「你不知道多好笑，當初我們一店成功的時候，他大哥還來找過我，想談合作案，我拒絕了，因為跟他大哥合作不就等於背叛張鎮東嗎？當時我心想，這個大哥外表斯斯文文，看來也不是吃素的，以前張家人不把餐廳放在眼裡，畢竟人家家大業大啊，看不起搞餐飲的也是合理。但張鎮海來的時候，提的案子可大了，他說他們家百貨公司的美食街，都是外包給廠商做，一直沒做起來，想說我對餐飲這麼熟，要不要跳槽去幫忙他處理美食街，我聽了很震驚，這不是擺明要抽張鎮東的根嗎？所以我沒答應。後來聽說我們餐廳出事時，張鎮海有跑去找陳可，好像想直接把團隊買走，價錢開得很高，他們那種少爺，以為有錢就可以買走一切，我不知道陳可後來為什麼沒答應，但如果是我，這種兄弟鬩牆的事，我不會參與，不過看過去張鎮海的種種作為，他真心要弄張鎮東也不是不可能。他們張家一家子恩怨糾葛，誰弄得清楚啊。你要問就去問張鎮海，去問張鎮東他老子，這些家族內鬥的事，只有自家人最清楚。」

李俊知道劉在旭那邊問不出什麼，劉在旭有不在場證明，雖然劉在旭也有可能教唆綁架，不需要自己出面，但以他們的債務關係，張鎮東想害他的可能還比較高，就讓劉在旭回家候傳。如果正如劉在旭所言，張鎮海與張鎮東有爭奪家產、彼此仇視的問題，那張鎮海的嫌疑也很大，雖說十月二十七日到二十九日他人在外縣市，但也不排除他居中籌劃、教唆綁人的可能。不過在此之前，李俊打算先詢問安格斯跟情婦，先把張鎮東的人際關係釐清一下。

李俊前往健身房詢問安格斯，健身房的人說安格斯早在八月離職到南部工作了。李俊改為電話詢問，安格斯一聽到張鎮東的名字就開罵：「那個死媽寶，翻臉跟翻書一樣，以前我跟他多好，他來健身，我幫他上課、幫他按摩，他就說他想開健身房，要開很高級那種，裡面就要附設專用的按摩紓壓室，一切都要最高規格，我覺得可以啊，他們家有的是錢，我在公司也待膩了，他說想讓我入股，我雙手贊成。可是談了半天，他根本不懂這行，他腦子裡想的都是一些搞噱頭的事，我說健身房除了噱頭，最重要的是教練品質，給教練保障才能挖到好的人才，我們當教練，是苦力活，底薪低，做的都是業績抽成，如果像他所說的，要做高端客人，給客戶隱密性，對教練素質要求高，那收費就是加倍了，他沒有細想太多，反正我給他意見他全都反駁。我後來才明白，當客人他是好客人，出手大方、慷慨，人甚至滿幽默的，可是等他變成老闆或合夥人，他就變成惡夢了，他會三更半夜傳訊息，你沒回訊息他就打電話，真的很躁，不就起了個頭，八字還沒一撇嗎？他就急吼吼要開始叫我找人了，錢在哪，地點在哪，都沒定啊，我也很忙好嗎？

「但最後真的是他把我逼急了，竟然跑去跟我老闆說我要跳槽。你說有這樣的合夥人嗎？他有病耶，真的不能忍受一點挫折，沒辦法被拒絕，他跟我談合作那段期間我剛好要結婚，婚後又得搬家，時間體力各方面都不方便，叫他等我幾個月，他都等不了，而且他那時候不是在開餐廳嗎？我後來才知道，餐廳出問題了，他想趕快找個事業做，大概就是怕丟人吧，結果健身房當然沒開起來啊。至於我會調到南部去，是因為我太太找到了南部中學的教職，她是南部人，加上懷孕了，想說以後可以請她媽媽幫忙帶小孩，那時我又被張鎮東威脅，就想搬離T市省得膽戰心驚。你們可以去查，那一週我都在上班，每天晚上下班就是回家，我躲張鎮東都來不及，怎麼可能去招惹他。」

李俊致電安格斯上班的健身房，他那幾日確實都在上班，早上十點到晚上十點，家人也證實他下班後就立刻回家了。

當天傍晚李俊前往位於東區一棟大樓裡的四樓，門口小小招牌寫著「寵愛」，不知情的人還以為是美體沙龍ＳＰＡ之類的，他出發前先打過電話，店裡七點營業，但下午四點經理就在。他依約前往，俱樂部外觀像是普通的公寓住家，推門走進就看見一個長長的吧檯，大廳有小小的舞池，舞池邊有幾個雅座，裡間還有包廂，白天的俱樂部看起來有種人去樓空的感覺，裝潢擺設在白日裡沒有燈光的襯托，顯得很廉價，那些水晶燈、霓虹光，以及黑色牛皮沙發，櫃子裡成排的洋酒威士忌，都失去了讓人炫目的光芒。

經理是個貌美的女人，白天就頂著濃妝，但皮膚細緻、五官奪目，即使不化濃妝想來也是美人，李俊拿出警徽，經理送上名片，珍妮陳，當然是花名。

「這是你的客人嗎？」李俊拿出張鎮東的照片，照片是張家提供的，照片裡他站在餐廳門口，一臉志得意滿的樣子。

「我的常客，當然認得。」珍妮回答。「李警官坐一下吧，給你喝杯茶，還是要咖啡？」

李俊點了咖啡，珍妮去吧檯用咖啡機煮了兩杯咖啡，他們在大廳的沙發上坐下。

李俊詢問她十月二十七日前後有沒有跟張鎮東聯絡，知不知道他的下落。

珍妮陳回答：「張鎮東以前是我的客人，我們也有交往過，但是一個多月以前就分手了，後來這段時間，都沒有見過面。不過張鎮東喝醉酒時，還是會打電話給我，有時也會傳訊息來鬧，我多半不理他。二十七日那天他有打過電話給我，可是我那晚有客人，不方便跟他講話，結果他那天電話狂打，後來我就不接了。我是個工作狂，十月底那幾天，天天都在店裡待到半夜才離開。

「餐廳出問題後，他來過幾次，每次都喝得大醉，後來他老爸的特助過來找我談了幾次，我就跟他斷了。他壓力大的時候愛喝酒，可我真不知道他還會去哪喝？我跟他也是露水姻緣，他是愛他老婆的，只是在家裡壓力太大，來這兒比較輕鬆，我們這也不是一般酒店，招待的都是常客，有一定經濟水平，個性大多可以掌握，很多人來這裡談生意，但更多人純粹來放鬆，我們有很多服務。」

「看得出來，裡面暗間滿多的啊！」李俊說。

「李警官就別消遣我了，我們這裡的小姐跟客人都是固定關係，該有的都有，不該有的也不會有。」

「我不想知道你的經營策略，只想知道張鎮東的交友狀態，他家人對他的生活似乎也不太清楚。」

「鎮東就是跟劉在旭、李子龍那幾個人比較熟，他們都是做餐飲的，李子龍是酒商，也搞進出口貿易，鎮東對做生意很有興趣，他們家是豪門，認識的人自然很多，他在美國時混得很凶，回台灣後家裡管得嚴，交往的對象也都有挑選，但劉在旭也不是什麼好東西，他跟我們店裡一個公關交往了好幾年，把人家存了要開服飾店的錢都花光了。」

「那你呢？你跟張鎮東就分得這麼乾脆？沒半點糾葛？」李俊問。

「張董派特助給了張一百萬的支票，我沒推辭，其實這些年光是酒錢也不只了，何況我還付出了青春，兩年時間不短。鎮東自己手上沒錢了，開那兩家餐廳耗盡了他所有的資金，後來的錢都是用支票開出去墊付的，別看張家家大業大，他老爸對錢控管得很嚴，張鎮東拿的都是他媽媽的私房錢。癮思一店的構想很新穎，當時行銷策略很成功，一下子口碑就傳開了，但是一店做得成功，二店未必可以複製，後來合夥人和主廚帶著團隊跑了，這種事誰也料想不到，法律上也沒有違法，是很厲害的金蟬脫殼。聽說背後不只是劉在旭在操盤，有更厲害的人下手。其實張大安只要肯挹注就沒事了，但背後那個人看上的恐怕就是張大安，所以老頭自然也不會上鉤。

「鎮東是個不服輸的人，讀書不行，又不想空降進公司，他好不容易生下金孫，就想有一番作為，但是鎮東跟他哥哥鬥得很厲害，誰都想接掌老爸的公司，可是張大安天生是個控制狂，不可能把權力下放給兒子，他們家老大進公司那麼久，也還是沒有實權，一直都在各個部門磨練，鎮東這個人心大，不順從，他覺得可以靠著自己的力量打江山，其實那些江山背後也都是他老爸的勢力，可是一旦失敗了，就都是他自己的錯。」

李俊耐心聽珍妮陳描述張鎮東種種言行，企圖從她嘴裡找到張鎮東的生活版圖與人際關係，以便能釐清十月二十七日前後他可能的行蹤。

「鎮東很驕傲，愛面子，誰的話都聽不進去。」珍妮陳繼續說，「我提分手的時候，以為他會大發雷霆，沒想到他只是淡淡地說，連你都要背叛我，連東西都沒收就走了，他的樣子就像喪家之犬，我都擔心他會不會跑去自殺。以前他哪有可能這麼平靜，有時煩躁起來，就是摔桌子踢椅子，也推過我幾下，我若不是真心愛他，早就把他甩了。

「但是鎮東真要說有什麼仇家，我看也未必，他之前闖過一些禍，惹了一些人，可是等他店開張的時候，該請客的請客，招待的招待，我都幫他處理得好好的，像他們那種有錢人，沒有擺不平的事，看你願不願意去做罷了。」

5

從小，周小詠因為臉部缺乏表情，造成與他人相處的隔閡，在父親去世後更形嚴重，因為喪夫悲傷過度的母親，對於周小詠沒有表現出痛苦的神色無法諒解，也時常怨怪她。本來周遭的人就把她當邊緣人，很少與她接近，後來連母親也明顯表現對她的反感，覺得她這樣的孩子是怪胎，周小詠漸漸就把自己退縮到房間裡。從那時起，她就養成對著父親的照片喃喃自語的習慣，父親在世時，從沒因為她不笑而抱怨，反而時常鼓勵她，父親說：「喜怒不形於色，才能做大事。」

周小詠並不想做大事，她只希望母親愛她，然而漸漸地她也放棄這個希望，正如母親也放棄她可以變成正常人的願望，兩人同住一個屋簷下，卻跟陌生人一樣冷淡。周小詠進入警校後，可以住宿時她總是搶著要住宿，畢業後沒有提供宿舍，她就自行在外租屋，她長期孤獨，總是神色匆匆，沒有朋友，也無社交，只是埋頭鑽進案子裡，破案變成她生命的重心。到了重案組，起初旁人看她是女人，總覺得她不能勝任，加上她又沒有一般女子的嬌弱，一臉木木呆呆的，不好親近，同事私下都叫她臭臉周。她都知道，也習慣了，但唯有組長李俊不嘲笑她，她的缺乏表情對李俊好像不是什麼問題，因李俊自己也是一臉嚴肅的樣子，李俊只在乎公事，只看能力，不講究人情。有李俊這樣的上司，周小詠吃下定心丸，就更投入工作了。

綁架案開始，眾人都忙得暈頭轉向，張家人脈廣，張鎮東交友複雜，要清查的人數多不可數。李俊常找周小詠沙盤推演，重案組有個白板，李俊每開一案，就會開始黏貼照片，畫關係圖、拉時間軸，然後找周小詠來看，他們就像看電視那樣盯著瞧，有什麼想法，就用奇異筆寫上去，有了新觀點，就把舊的擦掉。

「劉在旭跟珍妮陳的涉案嫌疑幾乎可以排除了，餐廳主要員工那邊也有問過，都說躲張鎮東都來不及，根本不敢接近他，派人去跟監，也沒有特殊的行徑。你覺得接下來要查什麼。」李俊問她。

「我還是想從張家人開始查。我想去問問鄰居，鄰居可能知道些什麼。」周小詠回答。

離開警局前，周小詠有一種奇怪的預感，但是什麼預感又說不上來，就再回頭看了李俊，他的背影好瀟灑，周小詠怔了一下。

每日傍晚林秋美都會把巷子的落葉掃一掃，這是退休後她的休閒活動。起初只是清掃自家門前的那棵芒果樹的樹葉，以及偶有的狗糞，誰知道日復一日地，她清掃的範圍越加擴大，不自覺就把整條巷子都給清掃一次了。

她居住的是T市西區的文明街，以前這裡是老區，後來沒落了，但自從幾年前文明街二十三巷因為一家老屋改建的手沖咖啡店爆紅，這一帶已經成為新興的潮流區。周遭街巷逐漸冒出許多咖啡店與文創商店，窄窄的巷弄，被許多商人改建成文創小店鋪，頗有風味。文明街周邊幾個街區，鄰近捷運站、公園、學校，生活機能健全，因為機場航道管制，建築有樓高限制，所以天際線特別寬，這裡巷弄不寬，一樓幾乎都有種植樹木，有幾棵知名的老樹，會有人特地來觀賞。

林秋美今年六十歲，附近人都喊她秋美嫂，她住的是文明街四十五巷的一樓，這個街廓附近早期有很多日式建築，都是軍公教宿舍，也有許多當地人蓋的四層樓房，四十五巷就是純粹四樓公寓組成的街巷，屋齡超過三十年，住的都是老街坊，他們的公寓當初蓋得用心，每戶一樓都有庭院，所以也幾乎家戶都有植樹，落葉才會那麼多。四十五巷的居民幾乎都是熟識，看見秋美嫂那麼熱心掃落葉，大家也都會自動自發整理環境，里長就住他們巷子底，那一整棟公寓都是他們家的。四十五巷臥虎藏龍啊，住著一個老畫家，幾個老醫師，退休的教授都不知道有多少。她想，自己不過就是退休的國中老師，先生也從銀行退休了，他們住的三十五坪三房兩廳公寓，三十年前攢下頭期款貸款慢慢還了二十年才還清，屋子老了人也老了，她兒子女兒年過三十了還在家啃老，不娶不嫁，快把她急死了。結果反而是在外地工作的小女兒，二十五歲就未婚生子，一下子生出一個白胖的孫兒，讓她樂得不得了，小女兒把孩子丟給她照顧，自己跟男朋友出國打工度假，兩個人生了孩子還不肯結婚，也不做正職，收入不穩定，居無定所。她的退休生活反倒成了保母，一掃完落葉，就得去照顧孩子了。

每回掃地，林秋美總是在偷看那棟樓。她家住在白樓斜對面，白樓屋前不會有落葉，白樓主人自從知道鄰居有人定期掃落葉，他們動作比誰都快，好像連落葉也不肯給外人碰到似地，一大早派人快快清除掉了。

白樓是比附近任何一家文創商店都還神祕的存在，不知有多少遊客與路人刻意為了來白樓打卡而經過四十五巷，但白樓也不是輕易可以拍得到的，不知何時起，白樓的門前貼了一張告示，「非經同意，不得攝影，違者將透過監視器拍照存檔蒐證，不排除提出告訴」。拉拉雜雜一張告示，警告路人不得把相機對著白樓拍，可是白樓卻裝了攝影鏡頭對著巷子呢，到底是誰想拍誰呢？

從幾年前開始興建，這棟神祕的樓房就一直是爭議所在。首先是為了蓋白樓，把附近幾棟樓都拆了，拆的都是張家所有的建築，大家也不能說什麼，可是施工期長達三、四年，每天真是吵啊，巷子小，動靜特別大，施工期間大家都去抗議，最初當然大家都反對白樓的興建，不像話啊，文明街一點都不文明了，老老的街區，就應該是老樹跟老屋，盡可能低調樸素，靠著大家同心協力，把這巷子維護好。這裡住的都是老鄰居，士農工商什麼職業都有，大家守望相助，日子過得很和樂。早年張家在四十五巷也是好鄰居，家裡開一個雜貨店，方便大家採買，他們那棟樓還是古早時代還沒改建成公寓的老房子呢。因為有這個店，四十五巷也特別有古早味，以前張爺爺和張伯伯顧店的時候，張家還是跟鄰居有往來的，張伯伯的兒子張大安，是做建築的，也開了百貨公司，大家不常見到他，但就是這十幾年內，他把雜貨店周圍幾棟的公寓一一買下，當時據說連哄帶騙、出高價或低價，各種方法，四棟樓前後二十幾戶都清空了。有人賣掉之後很後悔啊，覺得賣得太便宜，後來房價一直漲，但有什麼辦法，賣都賣了。可是看到白樓把那些樓房推倒剷平，真的是一夜間像地震一樣，嘩啦啦屋子全剷掉，說是要建他們自己的房子，於情於理於法，都沒得說，只是等到屋子開始興建，挖地下室啦，蓋圍牆啦，怎麼說呢，種種舉措都跟四十五巷的氣質不合啊，可是又有什麼辦法呢？人家的土地，人家的錢，在當時，那一片地價值多少啊？光是他們自己家這麼個舊公寓，也要兩、三千萬啊，那一整片白樓的土地值多少錢？秋美嫂想都不敢想。

等到白樓真的蓋起來了，所有人都瘋了，那是什麼怪東西？方盒子一樣的建築物，白得刺眼，漂亮得讓人恍惚，可是高聳的石牆，高大的樹木，把整個樓圍得密密實實的，望著那巨大的量體，她知道這條街的平靜就算毀了。白樓硬是比鄰近的樓都高上許多，短短一條巷子，就多了這麼個龐然大物，變成了文明街新地標。

唉，秋美嫂站在白樓前嘆氣，白樓之為白樓，因為整棟樓大多是白色，只有大片玻璃窗框是黑色，其餘都是白。樓面的白，露台的白，以及樑柱的白，是各種層次難以言說的白之綜合，秋美嫂不知道那些叫做什麼風格，只見得一片雪白、粉白、霧白，紛紛落落地營造出一種濛濛的光暈，陽光底下看起來，眼睛都要閃痛了。也不能說這棟樓不好看，真要說，只是突兀罷了，她總覺得有錢人應該去住什麼地寶天寶的，住得高高的，離塵世越遠越好，免得一般老百姓看到了，本以為自己算是中產階級，後來才知道不過是賤民。

最煩的還是車道，現在光是他們白樓四輛車，每天進進出出就多少聲響，而且那些進口車啊，照理說高級車不是應該很安靜嗎？可那些車發動起來，說多吵有多吵，真恨不得人家不知道似地。

秋美嫂偶爾早起，會看到白樓的管家在掃地，就是掃落葉啦，一樣是掃落葉，她還真沒見過那樣子的管家，穿著一身訂製制服，有時是黑色，有時是駝色，也有白色，想到連管家制服都分季節換款式，她女兒玉珍就罵，「媽你看白樓的人好假掰！做樣子給誰看啊！」管家拿著看起來就很高級的清掃用具，慢條斯理地在掃地。玉珍跟白樓管家吵過幾次，是因為玉珍早晨去遛狗，那管家簡直有透視眼，玉珍心愛的博美狗嘟嘟每回不知怎地總是想對著白樓的大門抬腿撒尿，那狗狗後腿一抬，管家簡直光速飛奔出來阻止，兩人就吵了起來。

「那棟樓啊，不管人事物，什麼東西都很奇怪。」玉珍總是這麼說。她說得也沒錯，白樓的人從來不跟別人打招呼，除了那個二媳婦崔牧芸對誰都是客客氣氣的，她還記得崔牧芸剛結婚時跟張鎮東來看新房，張家本來三月已經入住了，為了兩人結婚作新房，四樓整個裝潢打掉重做，就是那時候秋美嫂看到了崔牧芸與張鎮東，真是一對璧人似地，金童玉女，讓人羨慕。那時巷子裡大家都看見了，都說張家二媳婦很漂亮，當然大媳婦也很漂亮啦，可是這個二媳婦美得不像話呢，而且會跟鄰居打招呼啊。

秋美嫂又望了一眼白樓，彷彿在豔陽下的一片深雪，感覺侯門深似海，慶幸自己的女兒沒有嫁進去啊，但又覺得自己癡人說夢，那種人家怎麼會看上自己女兒這種平凡女孩呢？於是她又想著那二媳婦到底是什麼出身，能進得了白樓。他們大兒子在建設公司工作，以後繼承家業理所當然，但老二張鎮東她是見過的，高大英俊的男孩子，聽說在國外學商，回來後自己開餐廳，張家老二在她女兒玉珍口中是韓系美男子，他跟他老婆是所謂的金童玉女，是那樣令人欽羨。但有時一點點風吹草動，秋美嫂還是會側耳聆聽，她不禁懷疑自己每天在這掃落葉，多半也是為了打探消息吧，就想靠白樓近一點，想知道高牆深院裡，大家族裡會有多少不為人知的祕密。

文明街區日漸繁榮，張家人的身影卻更加隱蔽了，本來這一家子就像是為了彰顯什麼似地在這裡興建家屋，但卻從不與鄰居往來，惹得大家閒言閒語更多。都說張家老輩破落，在當時的文明街，開的只是個破商店，他們住的房子是跟地主租地蓋的，破舊違章，後來就地合法了，才興建成較為齊整的樓房。張大安小時候在文明街顧店，就特別精明，會自己去批一些抽糖果的遊戲給鄰居玩，早年還沒有回收資源的概念，他就到處去收紙箱賣錢，據說家裡困窘，沒閒錢給孩子買書，張大安拿到有字的紙都會認真閱讀，讀完再拿去賣錢。張大安的祖父生意失敗，只留下一個雜貨店勉強度日，到張大安的父親，胸無大志，繼續守著雜貨店營生，到了張大安，張家的事業就在這個只有高職畢業的男人手上逐漸開展，成為現在的王國。

秋美嫂心想，她剛嫁過來的時候，張大安幾歲呢？那時張大安也剛娶妻，全家人都住在雜貨店二樓。算來張大安跟她丈夫何政鴻差不多同年紀，她問過政鴻，他說大家都是同一個國小的啊，這一帶的學區就是正義國小，張大安比他高一年級吧。政鴻說，以前就知道張大安愛賺錢也會賺錢，他還在學校裡賣彈珠呢，幫人寫作業、作弊之類的，每件事都有價格，「那時只以為他是家裡缺錢，所以愛錢，沒想到長大他變成什麼企業家呢！」夫妻倆想了一下，去把結婚照拿出來看，張大安真的是坐在宴客席上呢，他們翻閱禮金紀錄，三十多年前啊，張大安就包了兩千六，不上不下的價錢，說明他們還是有點交情的。不過張大安離開文明街，到市中心住了二十多年再回來，已經是可以呼風喚雨的人物了，進進出出這條街，從來不跟人打招呼。

說來最奇怪的是，如果風光回到文明街蓋起這棟樓是為了炫富，那這屋子也太低調了些，雖然看起來牆高院深白色方樓非常氣派，但那種風格真的不太像想像中的豪宅，所謂的豪宅不都是些什麼羅馬列柱、宮廷走廊，古典奢華風格嗎？可是白樓卻簡單到極致。說到這裡，還是她女兒玉珍有見解，「有一種炫富是低調的炫耀，為的不是讓人看了嫉妒，而是讓你覺得自卑。這種炫耀不是要證明比你強，而是要讓你看到立刻感覺到他創造了一個結界，讓你就算站在我眼前，面對面那麼近，那個界線一出來，立刻清楚界定你跟我不是同一個世界的人，為的不是炫耀，而是讓你眼界大開，看到他，才知道自己有多卑微。」

是這樣的嗎？秋美嫂不清楚，她自己當老師，一輩子當個平凡人的老婆，一兒兩女，日子過得安穩，因為丈夫的緣故可以住在這個美麗安寧的街區，她很知足。但確實白樓興建以後，她時常有種不確定感，好像平日的生活起了某種變化，人生好像會因為想像白樓裡的種種，有種，或許，我也可以過上不一樣的人生，那種原本不屬於她的幻想。

這時，一輛車停在巷口，一個女人朝她這邊走過來了。

6

周小詠在白樓附近巡看，對門的鄰居出來掃落葉，周小詠上前攀談，鄰居是個年約六十歲的婦人，周小詠拿出警徽，婦人停下掃地的動作，「你好，我姓周，請問貴姓，怎麼稱呼？想跟你請教點事情。」

婦人自稱林秋美，「叫我秋美嫂就可以了。」

「請問這幾天白樓附近有發生什麼不尋常的事嗎？」周小詠問。

「周警官為什麼打聽這個，是白樓有發生什麼事嗎？」秋美嫂反問。

「我們只是例行調查，你知道什麼都可以告訴我。」周小詠繼續打探。

「說實話，這白樓你光看外觀，也知道是不尋常的地方，所以發生了什麼事都不會尋常，基本上我們很少去打探，他們也不跟鄰居互動。」秋美嫂回答。

「十月二十七日晚上十一點多白樓有什麼動靜嗎？」周小詠問。

「我都十點就睡了，十一點多的事問我沒用，但你可以問問樓上的張太太，她都熬夜追劇，也常注意白樓動態，她跟張大安有親戚關係，問她可能比較清楚。」秋美嫂回答，她想了想，又說，「如果不是你來問我，我也沒機會表達意見。要我說這個白樓，古怪的事一定很多，我曾偷問過他們的外傭阿蒂白樓的八卦，每天倒垃圾都會遇到，阿蒂也是守口如瓶啊，倒是我們樓上的張太太跟阿蒂比較有話聊，因為他們家的外傭跟阿蒂是同鄉，張太太還給過阿蒂一些衣服，對啦，你問張太太，她見多識廣，去問她就對了。」

周小詠道謝，林秋美領著她上四樓，去敲張太太的門。

張太太長得富泰，一臉和藹，衣著光鮮，頭髮是美容院吹整過的，周小詠照例拿出警徽，秋美嫂在旁邊忍不住八卦地說：「這是周警官，她想問問二十七號晚上十一點多，白樓有沒有什麼特別的動靜。」

張太太領周小詠到自家陽台，指著對面對她說：「白樓的動靜，問我就對了，這條巷子啊，就是我們家看白樓看得最清楚。你看，從我們陽台這裡看得到白樓的三樓，四樓也勉強可以看見一部分。院子也看得到一些，我猜想張大安可能希望連我們這棟也買下來吧，就怕人家偷窺他，不過這些年，房價高，可不是他以前大肆收購的價格了，我們這棟住的大都是軍公教，不算富有，但也不缺錢，住自家房子，領退休金，還不至於要賣房產，所以我就安心住下，日日面對白樓，看他能囂張多久。

「倒不是說我愛偷窺，就面對面啊，我看得最多的就是張鎮東那一家，但是人家落地窗都關得緊緊的，什麼也看不見，有時白天，窗簾拉開，會看到崔牧芸出來澆花，有時也會帶著孩子在陽台的桌椅上，講故事或玩遊戲吧，感覺崔牧芸很少出門，就依賴那個陽台透氣了。四樓陽台很大，算是露台了，花草照顧得很茂盛，我想崔牧芸大概有綠手指，種什麼都長，但陽台植栽也是經過園藝師設計的，我看過那些設計師，會定期來更換盆栽，尤其是一樓院子，修剪花木啊、草皮修整，我都會看見。說實話我這人個性也算是雞婆的，我覺得張家有怪事，所以我就特別緊盯著。我也是每天要出去澆花，每天我幾乎都會看到崔牧芸幾次，她在上面俯瞰著我，卻沒有一副高高在上的樣子，有時崔牧芸會跟我點點頭。我們文明街，向來是出了名的靜巷，家家戶戶連看電視聲音都關小聲，文明嘛，就是要守望相助，互相體諒。不過白樓不來那一套，他們家的音響啊，是那種幾百萬的，特別響，一樓跟四樓都有，品味是很好啦，都是古典樂，可是成天那麼大聲響著，也夠煩的，因為有氣密窗，那種響聲悶悶的，要響不響的，特別讓人心煩。

「不好意思我岔題了，十月二十七號那天晚上，我在追劇，因為怕吵到我老公，所以我戴著耳機，就沒聽到什麼特別的聲音。倒是隔天，大概下午五點左右吧，有一台白色的廂型車開進巷子，停進白樓的院子。那時我正在陽台上晾衣服，說到這裡，真是氣人，白樓的人還管到我們晾衣服的事，說我們在前陽台晾衣服，有礙觀瞻，為此鬧了幾次，我們是有後陽台沒錯，但那是我媳婦要晾的，我們家大家衣服都分開晾，幾十年也沒什麼問題，況且我都晾好就收了，內衣褲什麼的也不晾外頭，關白樓什麼事啊，我偏就要晾前陽台，看你拿我怎麼著。有本事這片地張大安都買下來啊，說實話，照輩分，他都要喊我聲堂姊，還管我晾衣服呢。對啦，二十八日下午五點，有白色廂型車開過來，大概十一點離開的。」

周小詠再次跟她確認，車上有沒有什麼明顯的標誌，有看到車牌號碼嗎？

「車牌沒有特別注意到，但車身上印有什麼餐廳的 LOGO。」張太太說。

白樓附近的鄰居，對張家似乎都有不滿跟好奇，周小詠又詢問了幾個鄰居，張家神祕莫測，鄰居大多只是獵奇或排斥，把他們的存在當成是一件奇人軼事。

周小詠對於二十八日週年紀念的外燴服務一事有點疑惑，打電話詢問崔牧芸二十八日晚上訂餐的餐廳，崔牧芸說店名是「風雲創意料理」，周小詠在網路上查到這家店的地址跟圖片，餐廳開在市區一個巷弄二樓，周小詠打電話去詢問，老闆林曉峰說當天確實是他們餐廳提供外燴服務，張鎮東訂了三人套餐，不過二十八日他們五點到現場準備，當天男主人一直都沒出現，崔牧芸要他們正常供餐，因為丈夫隨時會回來，她跟兒子用完餐，林曉峰與助手再將餐檯、鍋碗杯盤撤出帶走。

林曉峰說，這算是另一種包店的形式，通常是家裡比較寬敞，預算也足夠的人會使用，算是他們餐廳的特色，主打情人節或者特殊節日，可以客製餐點，與一般的外送服務不同的是，他們是到府烹調，這是業界少有的，收費自然也很高昂。

周小詠決定到餐廳實地調查。

風雲餐廳是一家小小的店鋪，裝潢溫馨，餐廳算不上高級，網路評價也不一，老闆專長日本料理，常拍攝教人做創意料理的影片，粉絲有兩千多人，周小詠見到主廚林曉峰，長相沉穩，笑容可掬，給人一種信賴感，料理水平如何不可得知，但店裡氣氛很好。

周小詠在網路上查詢時，並沒有看到到府料理的服務，林曉峰說，那是只有熟客才知道的，沒有對外公開，周小詠問：「所以張鎮東常去你們店裡？你們很熟囉？」

林曉峰回答：「我根本不認識張鎮東，他也沒來過我們店裡用餐，是他的妻子崔牧芸常到我們店裡用餐，也會外帶餐點去給家人吃，因為她是熟客，又是週年紀念，所以特別為她提供到府料理。費用雖高，但他們出得起，我們自然也服務周到。」

「可否說說當天情況。」周小詠問，「去了幾個人，帶了什麼設備，幾點出發，幾點離開，過程說得越仔細越好。」

「我們約定好五點到達張家，有些東西我們早在店裡備好，因為很多菜要當場烹調，前置作業需要時間，當天是由我跟我的助手一起去，帶了食材、鍋具、餐檯、餐盤等，東西滿多的，但我們有特製的流程，操作起來其實很快。我們到張家後，才知道男主人還沒回家，不過崔牧芸小姐要我們繼續準備，說她丈夫很快就會回來。我們就如常出餐，當天是特製的套餐，從前菜到甜點共八道料理。小孩的餐點有另外特製，女主人跟孩子都把菜吃完了。我們用餐時間拉得比較長，七點到九點半，用餐完畢，我們就把東西帶走，差不多十一點離開。過程裡她先生都沒有回家，我看到女主人頻頻打電話。我們不方便多問，本來是男主人想給女主人的禮物，最後他本人卻沒有出現，滿可惜的，當初菜色溝通了很久，感覺男主人滿用心的。」林曉峰說話穩重、仔細，對於細節也記得很清楚。

林曉峰拿出當日的菜單給周小詠看，「沒有拍照嗎？」周小詠問。

「我們餐廳本來就不會拍照留存，因為畢竟是到別人府上，有隱私問題，加上那天男主人不在，我想女主人也不會想拍照留念吧。」

「你剛才提到的助手在嗎？我也想問他些問題。」周小詠問。

「助手今天休假。他叫陳高歌，當天負責上菜以及倒酒。因為顧客有小孩子，他也負責陪小孩子玩。我們有很多客製化的服務，訂餐的時候都可以溝通。」

「那我明天再跑一趟，親自問問陳高歌先生。」周小詠不放棄。

隔日周小詠再上門，陳高歌很快出現，接受詢問。

陳高歌濃眉大眼，略長的頭髮，五官深邃，但就是感覺有點尖銳，是眼神吧，還是一種氣質，說不上來是什麼地方讓周小詠印象深刻。陳高歌有點神祕感，他眼神對著你時，你會有點想躲開，不過周小詠隨即鎮定下來，陳高歌眼神裡的那股寒意也消退了，變成了帶點刻意的親切。

「周警官想問什麼盡量問。」陳高歌說，他嗓音低沉，感覺像是個沉默的人。

「請問二十八日當天你們何時到場，現場氣氛如何，整個晚上的流程麻煩向我說明一下。」周小詠問。

「那天我們是五點到的，那棟屋子很大，滿驚人的，不過有電梯可以把器具帶上去就很方便。以前我們送過四樓沒電梯的，後來還加了錢。張家的廚房設備也很齊全，還有中島很方便備菜。我們都是提供一整套服務，包括桌布、餐盤、刀叉等等，我們都會備妥帶去，至於客人要不要使用可以自行決定。

「那天的餐點都是張先生跟我們溝通的，下訂時已經付了一半的餐費，當天我們到場才知道張鎮東先生臨時出差，可能會晚一點回來，不過到了七點他還沒回到家，張太太要我們準時上餐，我們也照辦，主廚負責料理，我負責上菜，酒品都事先溝通準備好了。那天的餐點都是精選的，聽說是張太太最喜歡的，感覺上就是先生要給太太驚喜的情人節或結婚紀念日套餐。我們還帶了蠟燭跟桌花，整套下來花費不低，但我看得出來對他們來說是小錢，可惜先生最後沒回家，那個浪漫的晚餐是浪費了。」陳高歌回答。

「當天四樓看起來有什麼異狀嗎？崔牧芸的神情看起來如何？」周小詠問。

「四樓室內很寬敞，打掃得很整潔，張太太看起來是特地打扮過了，小孩也穿上好看的小西裝，就是等著先生回來一起晚餐的氣氛。之前張先生還特別交代說張太太手臂有受傷，所以我們都先幫她把食物切塊，方便她用叉子取食。」

「當晚崔牧芸有一直打電話給先生嗎？先生訂了晚餐卻沒回來，也不打電話回家，她不覺得奇怪嗎？」

「這個要問本人才知道。至少在我看來，張先生應該是屬於時常晚歸的人，張太太確實一直撥打電話，我似乎有聽到她說，電話進入語音信箱，感覺十分懊惱的樣子，但那時她的神情看不出來有什麼驚慌，我們一邊上菜時，都隨時帶著先生會臨時出現的準備。說實話這種情況我們也不是沒遇到過，太太訂了餐，先生晚歸，或者相反，反正有一方到最後一刻才出現，最後還是很完美地結束了，所以我們不擔心。以餐廳這邊來說，就是人家下訂，我們準時出餐，銀貨兩訖。」

看起來餐廳這邊沒什麼特別的線索了。周小詠收起電腦，離開餐廳。下樓時，在樓梯間看到很多照片跟卡片，有些是風景照，有些明信片，好像都是顧客寄回來的，還有一系列照片特別裱框起來，周小詠留意了一下，感覺是些懷舊的老照片。

7

綁匪沒有再與張家聯繫，案情陷入膠著，距離綁匪第一通勒贖電話已經三、四天了，警方開始擔憂張鎮東的安危。張大安自從交付贖款失敗後，就對警方的行動很不滿，私下找了徵信社來查案，徵信社那邊陸續傳來各種消息，張大安就叫警員去查，警方疲於奔命，經過搜查後，徵信社提供的資料也沒有什麼有效的線索。

李俊訊問過劉在旭與珍妮陳之後，得知張鎮東與張鎮海素來不合，兄弟也有爭權的問題，決定與周小詠再次約談張鎮海夫妻。

這次李俊與周小詠再訪白樓，張鎮海與妻子一起，在三樓他們的住家裡，周小詠心中感嘆白樓真的是每層樓都不同風格，三樓的裝潢走典雅風格，與張鎮海夫妻兩人氣質相仿，張鎮海看起來就是個氣質優雅的實業家。

「我是跟我弟弟不合，將來爭奪繼承權可能也免不了，但也不至於自導自演來弄什麼綁架案。」張鎮海對李俊說。

「說說你跟張鎮東的關係吧！」李俊說。

「我跟鎮東從小感情就不好，父母很寵愛他，對我卻非常嚴格，小時候還不懂事，只覺得弟弟出生後我就被忽略了，後來年紀稍長，知道父母對我也很用心，但我讀書很晚開竅，國高中都很吃力，那時父親嚴厲，時常打罵我，母親對我也很嚴苛，這種感覺很奇怪，家裡什麼都有，卻沒有愛，我以前常懷疑我不是他們親生的，為什麼有人會這樣毒打自己的小孩，說來見笑，我父親打人真狠，有時只是成績不理想，他能打我打斷一根藤條，母親總是要我罰跪，我高中之前日子過得很辛苦，家境雖好，卻沒有什麼歡樂，成天都在讀書補習，記得有一次挨打，家裡的管家阿姨跟我說，鎮海啊，你要想開點，有些人就是沒有父母緣，這種事是注定的，但你是長子，只要安分守己，不出差錯，將來事業還是會傳給你。

「阿姨的話我聽進心了，從父母緣這個角度去想事情，心裡就比較能夠釋懷。長大之後，就很少被打罵了。其實我跟鎮東年紀相差這麼多，不該有比較的心情，所以等到我自己上高中、交女朋友，對鎮東的種種跋扈，就可以接受了，他是小孩嘛，父母又寵愛，自小就是愛闖禍，後來他跑到美國讀高中，我們相處時間少，就沒有磨擦了。

「張鎮東是控制不住自己的人，除非我父親瘋了，不然怎麼可能把事業交給他，就算是我父親突然死了，遺產也是對半分，我不可能為了這些事去犯罪，這道理很簡單吧，我只要如常安分過日子，就已經擁有一輩子用不完的錢，為什麼會冒險去綁架他呢？我跟我弟弟也沒有深仇大恨，最不可能去綁架他的人就是我了。」張鎮海說。

「雖然兄弟不和，但對他的人際關係也有些了解吧。說來聽聽，你們白樓的人提到張鎮東，怎麼都是一問三不知，好像他根本不住在這裡似的。不是聽說你們每天早餐都要全家一起吃，關係很緊密嗎？」李俊問。

「關係很緊密，不代表我們互相了解。鎮東這個人就是個謎，真的，我們雖然住在一起，但其實生活都是分開的，除了吃早飯，都不會碰上面，而且只要我父親在場，誰也不敢大聲說話，也沒有誰會對誰推心置腹，家人不會聊心事，我記憶裡從來沒有跟父母說過自己在外面交什麼朋友，也不曾帶朋友回家，因為我們這種家庭，父母親整天耳提面命，都是叫我們要慎選朋友，提防他人，在他們的想法裡，每個人靠近我們，都是為了貪圖我們家的錢。

「鎮東以前在美國讀書，認識的也都是公子哥，大家臭味相投，回台灣有的接掌家業，成績並不理想，也有的就是亂投資，到處混，混不出什麼名堂，那種朋友自然不可能告訴家人，後來鎮東要開餐廳的事，根本沒跟我父親商量，是母親作主給了他資金，他就風風火火地開店了，但我們家還有這個餘裕，倒一、兩間餐廳也不算什麼，不過要是因為開餐廳的事引發糾紛，然後被綁架，真的是得不償失。」

「所以答案是不知道，不認識，不清楚，對張鎮東可能被什麼人綁架一無所知？你不了解張鎮東，也了解你們自己家吧，你父親母親有沒有什麼仇家，或者敵人，競爭對象也好，麻煩你再想想，有沒有什麼可能對象？」李俊問。

「要說我父親有沒有仇家或敵人，幹建築業這一行，要擺平多少人，怎麼可能沒有什麼仇家或死對頭？如果是十年前還有可能這麼做，那時候為了建案、搶地、債權糾紛、都更，出過很多問題，仇家也不少，那時代還真的有可能，但那種時代我父親就沒有出過事，走到現在更不可能出事，我們家的事業已經不是那種土法煉鋼，靠人脈靠打通關係的層次了，或許你也可以親自問問我父親，或許他也有我所不知道的那一面，是人都有吧，不管面對再親近的人，都有保留的部分。

「我自己的話，行蹤很好查，我自小被父親訓練，都是照表操課，每天該做什麼，行事曆上清清楚楚，但鎮東就不一樣，我父親也管不動他，我是知道他那個合夥人背景不單純，找來的團隊也出過事，開一店的時候很成功，不過二店開得倉促，地點也有問題，一開始我跟我父親就不看好，但開餐廳是小事，就沒去管他，誰知道越鬧越大，還上了警局，我覺得餐廳的員工跟合夥人都有動機，鎮東那人手段很狠，據說以前開店跟員工吵架，他還拿過菜刀想砍人。後來餐廳出事，鎮東找過他那些混的兄弟去喬事，後來廚師才會帶著整個團隊都走掉了，餐廳靠的就是主廚，口味一改變，客人就不來了。另外我知道鎮東有外遇，對象也是頗複雜的人，那邊你們也可以查查看。總之，我跟他被綁架的事沒關係，想查什麼你們可以自己去查。」

周小詠在客廳另一端詢問周語嫣，面對這個衣著品味良好，面容身材都保養得宜的女子，周小詠很難聯想到什麼豪門恩怨，但她深知這些豪門世家，家族裡定然有外人難以得見的紛爭，他們初步蒐集到的資訊顯示，張鎮海夫妻在家族企業裡都擔任要角，周語嫣學歷很高，工作能力強，一開口就有盛氣凌人之感。

「周警官，電視電影我也看多了，家人都是第一個被懷疑的對象，所以你們來問我，我自然也會誠實回答，只是，說真的，家族裡的人再怎麼不合，用綁架這招也太蠢了，先別說我們都有不在場證明，就算我們真的在家，我們交往單純，去哪找什麼人來負責綁架呢？

「你若要問我們跟張鎮東的關係，說實話，不能說有多好，但每天早餐都得照面，其他時間，能不見面是最好，鎮東自視很高，什麼都要跟別人不一樣，我婆婆縱容他，什麼規矩都給他破壞了，其實他這次要是肯跟我們去度假，自然就避掉了這個劫數。可是七月以後，他就成天瘋瘋癲癲的，牧芸也管不住他。

「周警官，你都可以去查，從我出生、讀書、結婚到工作，我這個人很好強，一生沒犯過什麼錯，你一定查不出什麼可以議論的事，我唯一的缺點，就是沒給張家生兒子，不過你看我現在肚子這麼大，裡面懷著的，就是個貨真價實的男孩子啊，我們家老頭總是說這個孩子是張浩宇帶來的，可是啊，我覺得誰旺誰還不知道呢，你說我們都要生兒子了，為什麼還會去在意張鎮東這個次子呢，父母再怎麼疼，長子就是長子，鎮海在公司地位多穩，這些年該學的他都學得差不多了，公公明年要七十，再怎麼硬朗，十年內也會交棒，我們就穩穩當當把身體練好，等著接班，為什麼要去動張鎮東呢？周警官，你比我聰明，這點邏輯一點就通，不用我多說吧。

「真的，要說是我公公的仇家綁架了張鎮東，那人家怎麼不來綁鎮海呢？這鐵定是他自己在外面結下的樑子啊。所以你多問我沒用，我的行程清清楚楚，電話通聯紀錄都可以查，必要時，電子郵件，手機訊息都可以給你們看，查我是浪費時間。

「我勸你們還是去查張鎮東跟崔牧芸身邊的人吧，我們這個崔美人，可不像外表那麼單純呢，司機跟我說，她常外出，都不知道去見了什麼人，她的出身不好，以前肯定也結交過一些不單純的人，說不定就是那些人貪圖我們張家的錢，裡應外合來個自導自演啊，去查查就知道了。」

周語嫣說話聲音很脆，聽起來字字帶刺，與她溫婉的外表落差甚大，周小詠想著這一家人每天的早餐，可能都是在這種明槍暗箭中進行的，想了就累。

李俊再下樓詢問張大安。這幾天張家兩老都在家裡接聽徵信社調查來的各種線報電話，穿梭在警局與各個消息來源的面會中。李俊第一次看到張大安顯露出老態，而陳婉玲雖然化了妝，還是顯得憔悴，可以看見她眼圈下方的眼袋浮出，感覺像幾天沒睡好了。

李俊問張大安是否在事業上或其他事務上還有其他的仇家，張大安就感歎地說：「事業成功的人，在商場上誰沒有幾個死對頭，不招人忌是庸才，是吧，以前同業很多人說我是靠著我老婆起家，這也不算說錯，所以我也不在意，重要的是誰撐到最後，誰得到最多。以前出過一些問題，都是土地糾紛，我們公司辦過幾次都更案，遇到難纏的屋主，死活不肯搬遷，跟你周旋很久，我也是跟他磨，早期有幹過那種找人去喬事情，派來的都是黑道，用恫嚇的手段，可是現在我們公司的形象，不可能做那種事。

「鎮東被綁之後，我想了很久，誰會對我下這種手段？警官啊，仇家這種東西，還真是不能去細想，想久了，會覺得誰都可能跟你有仇，真的，頭皮會發麻啊，不管你做再多善事也沒用，有人死活要恨你，你拿他沒轍。可是我想過，那些所謂的仇家，也知道拿我三千萬動不了我，所以真正的目標不是錢，而是我兒子吧，外面看起來我們家老大比較受重用，他一畢業就進公司，現在也當到了副總，幹得也不錯，可是我真心還是喜歡小兒子，即使他是個混帳東西，讀書時候就是一天到晚闖禍，到後來出去自己做事業，也遇到很多問題，但我還是覺得這個兒子像我，真的像，那種野心啊，霸氣啊，還有一種，老子想要沒有要不到的東西，那種雄心，真的是我的翻版，可惜我妻子太寵他，把他的霸氣都變成了霸道，雄心壯志變成為所欲為，不然，這孩子將來必成大器啊。

「我說那些仇家，大概就是商場上幾個人，都是工作上的糾紛啦，餅就那麼一塊，大家搶著吃，沒有不磕磕碰碰的，我恨他，他恨我，結果拍賣會上大家還是會見面啊，握個手，拍著照，親熱得不得了，但這些人真的會恨我恨到把我兒子綁架了嗎？我想了會怕，這個案子不破，我將來要怎麼立足，還有誰會忌憚我？沒有了，把我的兒子像狗一樣綁走？我能不吭一聲嗎？

「說真的，黑白兩道我都有人，可是這事真他媽玄，我錢都不知道散多少出去了，就是沒下落，徹底人間蒸發那種，他們不是想要錢嗎？錢都準備好了，沒人來拿啊，我心裡越想越毛，這人分明是要拿我兒子的命啊，李警官，到了這個程度，我處理不了了。多少錢都沒關係，拜託，把我兒子救回來。他是我的心頭肉啊。」

8

李俊派警局的同事調查張家人那幾日在K市的行蹤，意外發現張鎮海於十月二十七日晚間曾經開車離開自家別墅，至隔日早晨才回。李俊立即又調閱張鎮海的通話紀錄，發現他有幾個可疑的通話號碼，幾經檢查，發現其中一個通話對象是以前癮思餐廳的主廚陳可。李俊給陳可打電話，陳可說那陣子張鎮海想與他合夥開餐廳，所以頻頻打電話給他，但他沒有答應，因他準備去新加坡開業，「一個張鎮東已經搞得我頭大，他哥哥看起來也不會有多好。但是張鎮海的條件開得很高，感覺就是有意跟張鎮東別苗頭，落井下石。」陳可人不在T市，暫時也無法約談，陳可在電話裡說二十七日晚間張鎮海離開別墅，並非是去跟他見面，他們最後一次見面，是十月二十日，當天陳可拒絕了張鎮海的提議。但張鎮海仍不死心，時常來電。

周小詠詳查張鎮海的通聯紀錄，十月二十七日下午，有兩通來電號碼都是同一人，經過核對，來電者為位於T市的劉永龍。這個劉永龍是誰？周小詠細查，劉永龍有暴力與詐欺前科，三年前才離開監獄。

劉永龍這個人的存在，使張鎮海的嫌疑一下子變高了，兄弟爭產，爭奪主廚，以及張鎮海對於張鎮東的忌憚，都可能導致張鎮海想對自己的弟弟下手。

「難道張鎮海買凶綁架？」周小詠問。

「這正好符合劉永龍的專長。」李俊說。

劉永龍目前下落不明，李俊便下令嚴查劉永龍行蹤。

這些意外的發現，讓李俊決定跟周小詠當天又返回張家，約談張鎮海。

李俊問張鎮海：「我們查出你二十七日晚間離開別墅，到第二天早上才回來，這段時間，你該不會是開車回T市了吧。」

張鎮海回答：「二十七日晚上我離開別墅是因為跟朋友有約，我以前去這邊勘場時認識幾個朋友，這次活動前幫忙不少，為酬謝他們，就約出來聚聚，他們的電話我可以提供，你們都可以查。」

李俊又問：「那為何當初不交代清楚？另外，我們也查出你跟癮思餐廳的主廚陳可見過面，也頻繁電話往來，你想挖角他開餐廳？看來你對搞垮你弟弟事業的事也參了一腳啊！」

張鎮海說：「你們查的是張鎮東失蹤，跟我和朋友見面無關吧，所以我不覺得有必要提起，我父親不喜歡我們應酬，所以我也不想多談。但你們要查就去查，我沒有什麼不可告人的。至於陳可的事，我確實跟他聯繫過，好的人才誰都想要吧，鎮東餐廳開不起來，不是我的問題，既然癮思都倒閉了，我挖過來開新的餐廳也沒有什麼不可以，況且我也不是自己要私用的，我父親本就有意發展餐飲業，我也是幫我父親物色人選，陳可是好廚師，怪只怪鎮東不會用人。」

周小詠接著問道：「那劉永龍呢？你跟他密切的聯絡又是怎麼回事，他可是個前科犯。」

張鎮海聽到劉永龍的名字似乎嚇了一跳，隨後恢復鎮定地辯駁：「我們是開建設公司的，三教九流的人都有往來，劉永龍是我的小學同學，長大後才偶然有聯絡，他雖然有前科，但早就已經刑滿出獄，不是罪犯，我跟他往來也沒什麼別的目的，就是請他幫忙查一些壞帳，討債而已。」

李俊接著問：「就這麼巧，你跟朋友見面的時間，張鎮東就離家，他被綁架時，你正好跟暴力前科犯關係密切？加上你又想要搶你弟弟的主廚，你自己不覺得聽起來都嫌疑重大嗎？」

張鎮海厲聲地說：「你們沒有證據不要隨便懷疑我，張鎮東可是我親弟弟，我為何要綁架他？我沒有犯罪動機。」

周小詠拿到張鎮海提供的當晚聚會三個朋友的電話，朋友都異口同聲說有見面，地點是在K市一家會員制KTV，可以請當地的警方調閱KTV的監視錄影紀錄。

李俊與周小詠回到警局，警方已經查到劉永龍的下落，劉永龍人在W市，距T市有兩小時車程，他雖然有暴力前科，目前也有官司纏身，但十月二十七日那幾天人都在W市處理債務問題，有多名證人可以證實他沒有離開過W市，他隨身都帶著一個小弟，每天開著車子到處去堵債務人，晚上就跟小弟睡在車上，行車紀錄器都清楚顯示他的行蹤，但李俊仍然把他請到警局協助調查。

劉永龍向李俊說明自己正在幫張鎮海處理幾筆壞帳，所以才會有所聯繫，但那些壞帳都是建設公司的帳，跟張鎮東無關，他雖然幫忙張鎮海處理債務，卻從沒見過張鎮東，而且跟他也沒有任何過節。李俊反覆查問，劉永龍都否認張鎮海有與他談過要綁架張鎮東的事。

「不可能啦，張家大少爺，頂多就是找我們這種人幫忙處理債務，他雖然跟他弟弟不合，但人家是堂堂知名建設公司副總，為什麼要去綁架自己的弟弟呢？警察先生，我覺得很奇怪啊，為什麼你們反而要懷疑他哥哥呢？就我所知，張鎮東的老婆才有問題吧，別說我多嘴，我就不只一次聽到張家司機跟我說過，張鎮東會打老婆，這個你們難道不知道嗎？」劉永龍說。

李俊怒問：「你什麼時候又跟張家司機很熟了？知道那麼多內幕？」

劉永龍說：「我這幾年幫張家處理壞帳，雖然沒去過白樓，但也跟他們家司機有往來，以前有事的時候，張鎮海會打電話給我，約在外面談事情，事成之後就派司機送錢來，所以我跟司機見過幾次面，喝個小酒聊聊天，司機就什麼八卦都說給我聽。他說張鎮東打老婆，整個家裡的人都知道，可是張家人口風很緊，好像是一年前開始的，起初還是小打小鬧的，後來嚴重的時候，還打到住院，去住的醫院也都是他們熟識的，據說連警察上門，也都說只是從樓梯摔倒之類的，這些你們仔細去查，應該查得到。」

李俊與周小詠聽完面面相覷，當時到白樓查案，確實有發現崔牧芸身上帶傷，但當時只忙著綁架勒贖交付贖款的事情，周小詠雖然有懷疑，卻也沒有多查，這時再回頭去想，張家上下確實瀰漫一股詭異的氣氛，周小詠看李俊臉色一變，立刻知道該怎麼做，李俊跟劉永龍繼續問答，周小詠則立刻去查崔牧芸住院的事，兩人分頭行動。

9

周小詠離開警局，劉永龍的話還在她耳中迴盪，她心裡懊悔不已，當初看見崔牧芸的第一印象是準確的，她那時覺得崔牧芸長得美麗，卻有種苦命的感覺，一股說不上來的憐惜感，從她心裡竄升。她那時應該聽從自己的直覺，卻礙於爭分奪秒的綁架案片刻不能稍緩，這幾天也是忙著調查張鎮東周邊交往的人，然後查到他哥哥張鎮海有嫌疑，一路追線索，卻又追回了張家人，祕密應該都藏在白樓裡。這次周小詠再回到白樓，所見到的就不只是豪門的恩怨，還感覺到這個家族那種努力只保護自己人的強大意志，不論是張鎮海對他弟弟的妒恨或猜疑，或者是張大安對於家醜的隱匿，更可怕的還是發生在崔牧芸身上的暴力行為，她想起崔牧芸手臂上的護具，那肯定是骨折之類的傷害，她心中感到徹骨的疼痛。

周小詠再度上門約談。她對崔牧芸說：「你上次說八月住院是因為跌倒受傷，但我們已經查出你是因為被張鎮東家暴受傷才住院，看來他也不是第一次打你吧？」

崔牧芸思考了一下，然後才點點頭。

周小詠又說：「我知道你以前認為被丈夫打的事說出來不會有人相信，也不能幫到自己，但是你不說的話，會讓自己更受傷，我勸你還是把事情來龍去脈說清楚，我們才能幫助你。你放心，只要真的查到事證，警方會保護你的。」

崔牧芸又點點頭，然後緩緩開口，說起第一次被丈夫打的那天早晨。

那是張家尋常的一日。全家人七點半一到就得到一樓餐廳集合，一起圍坐吃早餐。挑高的餐廳裡左邊一張長桌擺滿中西各式餐點，燒餅油條豆漿，稀飯煎蛋醬瓜，土司火腿起司歐姆蛋。一旁吧檯上的透明壺裡裝著牛奶，咖啡機旁有各種風味的咖啡膠囊，現榨的柳橙汁，還有管家剛做出來的精力湯，豆漿也是自家做的，想吃什麼想喝什麼一出聲管家就會送上。有時還會為了小孩特製鬆餅，或者大人興致來了，就煎個蔥抓餅、做個饅頭包子，甚或墨西哥捲餅，管家廚藝了得，主人要求嚴格，連早餐都得變化萬千。

餐桌是長方形，十二張高背餐椅整齊排列，按照輩分逐一列坐，管家與保母分立桌邊，幫忙張羅食物上桌。無論家中有誰，只要在家，就得起床吃早餐，這是張大安的規定，早餐全家人要聚在一起，家業才能永續。往日的用餐時刻，窗外的晨光透進屋內，即使大白天屋裡的水晶燈也點得亮晃晃的，燈光下的杯盤反映出瓷器的光澤，刀叉敲擊杯盤的聲響，眾人刻意壓低的咀嚼聲，頂級揚聲器裡傳來悠揚的古典音樂。

這就是白樓張家一天的開始，但看似優雅平靜的用餐時間，時常暗潮起伏。

那天，張鎮東剛拿起麵包咬了兩口，就惹毛了張大安，問他為何拖到快八點才下樓，接著指責他頭髮凌亂，睡眼惺忪。

「最近做什麼大事業，要弄到那麼晚？又是去酒店應酬吧，我們張家不上酒店你不知道嗎？」張大安聲音響亮，張鎮東低頭不說話，崔牧芸怯怯地說：「鎮東昨晚有應酬，是我早上沒叫他起床，想說讓他多睡一點。」

張大安繼續教訓：「鎮海昨天才剛從美國回來，還有時差呢，也沒有遲到啊，什麼叫家規？家規就是沒有例外。」

張大安罵完，開始動筷子，大家也紛紛拿起餐具了。氣氛凝重，眾人吃食的動作特別小心，連呼吸聲也盡量輕微。

壓抑氣氛底下，大嫂周語嫣開口了：「小宇也該會講話了吧，都兩歲半了，只會咿咿呀呀的，這不正常，牧芸啊，你有沒有帶孩子去醫院檢查啊，我們糖糖可是一歲就會講話，兩歲就會背唐詩了。」

「不是每個人都像你們糖糖是天才。」張鎮東忍不住回嘴。

「大器晚成嘛，像鎮海大學也是讀私立學校，到了碩士班才開竅。只是浩宇這樣半句話都不會講，連爸爸媽媽都還不會叫，什麼時候才會開口叫爺爺呢？這孩子會不會是有自閉症？」周語嫣又開口。

「不要詛咒小宇！我的孩子我自己教。」張鎮東低聲抗議。

「有認真教的話，孩子不是早就該會講話了嗎？」張大安嚴肅開口。

「是不是應該帶去醫院檢查一下，說不定頭腦有什麼毛病？」周語嫣繼續追問，崔牧芸的頭則低得不能再低了。

「小孩子學講話每個人快慢不一樣，不用太著急。浩宇身體健康，性格又活潑，健康聰明最重要，我看他沒多久就會吵得大家都受不了了。」婆婆陳婉玲出面緩頰。

「但是兩歲半真的太晚了，還是去醫院檢查一下比較好。」大哥張鎮海說。

「我會帶孩子去看醫生，謝謝大哥關心。」張鎮東低聲說道。

「我們浩宇最可愛了，趕快會叫爺爺，爺爺包個大紅包給你。」張大安笑笑地說，「牧芸啊，辛苦你了，咱們家浩宇都虧你照顧了，等浩宇學會講話，我要開桌慶祝。」

張大安話中有話，語氣雖然平和，卻讓人感到壓力。他說完，朝大家點點頭，暗示大家繼續吃飯。話題轉到了公司業務，張鎮海與張大安討論著，張鎮東不在自家公司上班，話題與他無關，但他顯然坐不住了，頻頻檢查手機，張大安看見了，輕咳了兩聲暗示，張鎮東收起了手機。張家的規矩，不管發生什麼事，全家一起吃早飯，是最重要的事。吃完飯，各自去上班上學做事，象徵著好的開始。

大家把早餐吃完，立刻作鳥獸散，回到自己的樓層。唯有崔牧芸陪著管家陳嫂一起收拾碗盤，這是婆婆給她的任務，管家做家事，要她在旁邊盯著，說是盯著，但崔牧芸覺得不好意思，總不能只叉著手在一旁看，也該幫點忙。因為婆婆有潔癖，怕管家打理家務有疏懶，所以崔牧芸雖是全職母親，卻忙得不得了，大大小小的事她都得經手，管家買菜要記帳，管家做飯要查看，管家洗衣服要注意分類，管家掃地她得用手逐一檢查。公公尤其在意管家做飯這件事，真是從頭到尾她都得盯著，有錢人怕人下毒，崔牧芸心想，老管家離開後，陳嫂接手還不到三年，所以公婆信不過，但公公幾乎誰都不信任，他至今仍有用銀筷子吃飯的舊習，崔牧芸剛進張家時，非常不適應，過了這幾年規矩越來越多，簡直應接不暇。

兒子浩宇兩歲半還不會講話，崔牧芸並不擔心，她帶他去醫院檢查過，各方面都沒問題，只是缺乏說話的動機，要加以誘導。崔牧芸想著，果然還是自己的錯，沒有好好教導他，才讓孩子發展得那麼慢，她想著該送孩子去上幼稚園了，自己太寡言，或許也讓小孩遺傳了沉靜，但這屋子那麼大，卻沒有可以講話的人，怎能不沉靜？

忙完後回到四樓住家，客廳一片狼藉，碗盤碎了一地，她知道是剛才飯桌上一席話刺傷了張鎮東，但他們與大哥大嫂之間的攻防早就是常態，只要不回嘴，乖乖挨罵就沒事了，但今天他卻反應得那麼激烈。

可能被摔東西的聲音嚇著，浩宇坐在沙發上哭，她趕忙想去安慰，卻不料被什麼東西絆了腳，跌了一跤，她回神才發現是張鎮東伸腳絆了她，她嚇了一跳，張鎮東湊過來，她以為他要扶起她，沒想到他一巴掌就打過來了，她忍不住大叫。

隨著崔牧芸的喊叫聲，一直不會說話的兒子，在一旁喊了：「媽媽。」

一向不會說話的浩宇喊了媽媽，使得張鎮東忘卻了剛才的暴怒，轉身想去抱起浩宇，但小孩畏懼父親，反而跑去拉住了崔牧芸的手，又再喊了幾聲，「媽媽，媽媽，怕怕。」

這話使得張鎮東從憤怒中驚醒，發現自己打了崔牧芸，而崔牧芸也從被掌摑的震驚裡回過神來，臉頰還熱辣辣地痛著。

「但這不是他第一次動粗了。」崔牧芸說自己腦中有個字幕似地出現這句話。

怎麼會？他為什麼打我？剛才上樓時，自己不是感覺到害怕嗎？不是早就有預感張鎮東會生氣嗎？

那一巴掌改寫了所有記憶，她赫然回想起交往時張鎮東也曾動粗，結婚後也偶有幾次粗暴行為，但之前大多是因為兩人發生言語衝突，在激烈爭執中張鎮東會摔東西，拿抱枕或枕頭丟她，也曾撥開她的手，或用力推拉她的身體，那些看起來比較像衝突，而不是毆打，但這次崔牧芸明顯感覺到張鎮東是有意絆倒她，並且看見她跌倒後，還忍不住上前搧她巴掌，這已經越界了。

婚前張鎮東就曾經因為上班時她替男客人試穿外套對她發怒，把要送她的皮包往她身上扔，還砸壞了一個花瓶，那時她為什麼沒有想到那是一種暴力？那時她甚至以為張鎮東吃醋是因為太過愛她的緣故。後來還有過幾次，種種回想起來，那都是暴力，張鎮東的脾氣說來就來，什麼東西拿到就往她身上砸，或許因為都不曾真的受傷，所以沒有感到恐懼。也或許，她一直不知道真正的愛是什麼樣子，她過往人生裡所擁有的，都是匱乏，以至於當張鎮東強烈地追求她，明確地表現對她的熱情，以及強烈的占有慾，她真的以為那就是愛，正如張鎮東每次脾氣過後，對她的溫柔體貼，都讓她感動。張鎮東偶爾的動粗或暴怒，變成像是男子氣概的展現。

想到此處，她突然心上一熱，想起她第一次與張鎮東的性愛，那次張鎮東因為某件事發了脾氣，動手推了她，她的手臂被牆壁碰撞，有了一個瘀傷，張鎮東輕輕吻著那個瘀傷，突然將她攔腰抱起，旋風似地剝落她的衣服，強力地占有了她，對她先是粗暴接著又非常溫柔，隔幾天，鎮東精心設計求婚儀式，送上戒指，向她求婚，她感動之下就答應了結婚。婚後他們之間的性愛，有時溫柔有時粗暴，最後時常是以張鎮東的怒吼作為結束，她甚至以為那聲怒吼是激情的極致，是他愛她的表現，張鎮東喊著，「我愛你，你永遠都是我的！」她泫然欲泣。

但這次是真的了。她從體內深切感受到自己過去的隱忍、否認以及錯認，她從骨子裡感到寒冷與害怕，好像自己竟然是這一份暴力的同謀，她竟然不曾想過要離開他？她竟然默許了他對她施暴，以至於變成了真正的暴力。

過去兩人發生衝突，事後張鎮東總會道歉，將事情描述成是因為自己太愛她，而如今暴力的發生真真切切，再也無法用情緒失控來解釋，他既沒有喝醉，兩人也並無爭吵，而是在莫名其妙的狀態下，他惡意地絆倒她，並且走上前打了她一耳光，這一個耳光突然打醒了她，就像是過去其實已經被打過二十個耳光，只是那些耳光是以其他形式出現，以至於她渾然不覺。

崔牧芸帶著兒子回房間，把房門緊緊鎖上，她以為張鎮東會拍門大叫，但他沒有，她抱著兒子坐在房間的小沙發上，不知何時學會說話的兒子貼心地用手撫摸她剛挨過打的臉頰，但一碰就痛，崔牧芸退縮了一下，但隨即又把臉湊向兒子，握著他小小的手，放在臉頰上，「要輕輕的。」她說，兒子複述了一次「要輕輕的」，四個字說得清清楚楚，崔牧芸流下眼淚了，不知道是因為痛苦還是歡喜，或者兼而有之，她心裡很混亂，她想起以前有人對她說過，那種會打人的丈夫，有一就有二，一旦開始，就停止不了。

那一整天，她都心神不寧，丈夫出門後，她忍不住倒在臥房床鋪上無聲地哭泣著，對於未來感到惶恐，但兒子會說話了，她一直最擔心的事已經得到改善，她以為自己的處境會得到改變，想不到卻越來越糟了。床鋪是席夢思名床，床單是名牌寢具，純檜木製的古典梳妝台，經典雙人皮沙發，房間盡頭有穿衣間。寬闊的房間映入眼簾全是高級的用品，但一種刺骨的寒冷是再高級的家具被單也無法抵擋的。

崔牧芸對周小詠說，被打之後，她再回想起交往時的相處，那些浪漫與甜蜜已經變成帶著心機的誘騙，可是她仍記得一切美好，她記得張鎮東那時每天一束花一張卡片，每週都到她店裡消費，幫她衝高業績。張鎮東求愛的方式與眾不同，他是那麼熱切、浪漫，第一次約會，他就包下百貨公司裡高級日本料理店的包廂，她本以為他只是出手闊綽，一直省吃儉用的崔牧芸，被張鎮東像對待公主那樣地細心呵護、寵愛，那是從小沒有被父母好好愛過的崔牧芸最渴望的東西。

交往半年，張鎮東就對她求婚了，那時她二十四歲，張鎮東二十六歲，等張鎮東把她帶回家，她才知道張鎮東的家世顯赫，但他父母根本不能接受崔牧芸，可是張鎮東執意要娶她，跟父母爭執了很久，直到崔牧芸懷孕了，張家才願意接受她，風光辦了婚禮，將崔牧芸娶進了張家，婚後他們住進了白樓，至今她還是不適應這棟樓裡的一切，但或許是這棟樓無法接納她，他們彼此互斥，才產生這麼多磨擦。

白樓裡的所有，從建築、設備到人，對她來說都像是從另一個世界來的。崔牧芸過往對人生的想像中，並沒有這樣的畫面，即使當初張鎮東給她看室內設計圖，她也還覺得那棟樓是難以想像的畫面，她唯一的要求，就只有一台能洗脫烘的洗衣機跟可以練習瑜珈的地方。搬進來之後，整棟樓都讓她嘆為觀止，外觀冷靜低調，一、二樓極盡奢華，三樓高級典雅，而他們居住的四樓，不知該稱為什麼風格，一進屋，是寬敞的客廳，藍色的皮沙發，白色電視牆，超大液晶螢幕懸吊牆上，室內有三個房間和一間傭人房，餐廳有十人座餐桌，廚房更是專業級的進口廚具，漂亮的中島、高級洗碗機，以及各種為了讓生活更舒適而購買的設備與器具。

主臥室裡有獨立的穿衣間，當初擁有那個穿衣間時，崔牧芸是快樂的，雖然她也沒多少衣物鞋包，但每一件衣物都可以充分伸展，是每個女人的夢想。

「別擔心，很快你就會嫌衣櫥不夠大了。」那時張鎮東這樣對她說。

可是那些精品店啊，她都不知道自己是怎麼陷落的，第一個入手的當然是包包，香奈兒經典鍊條包，以前她就很想要一個，但她沒辦法像其他同事那樣，存夠薪水就下手買，她總覺得自己每個月領三萬多，手上卻拎一個七、八萬的包包是不合宜的，但剛交往張鎮東就給她買了香奈兒格菱紋包，小黑外套當然要有一件，長褲、洋裝、短裙各來一件，拖鞋、涼鞋、高跟鞋一應俱全。她打量著穿衣鏡裡的自己，以前在當櫃姐時，她販售高級西服，習慣了客人穿衣前穿衣後的截然不同，她懂得如何為客人挑選最合宜的衣衫外套，懂得分辨那一點點最精準的差異，她也見識過第一次來購買的客人的恍惚、不安定，甚至羞怯的感覺。

她二十二歲進入百貨業，二十五歲懷孕結婚，為了安胎離職，她跟其他慣用員工折扣大買特買的同事不一樣，她只要薪水入袋，一半交給媽媽養家，另一半扣掉吃喝，都要存起來，她只穿公司發的制服，休假日就是一套T恤牛仔褲球鞋，一個後背包和側背包可以用上五、六年。張鎮東在百貨公司遇見她的時候，若不是因為她穿著公司特製的黑色套裝，臉上畫著公司規定的優雅全妝，張鎮東或許不會看上她。最初張鎮東追求她，她覺得納悶，她不是櫃姐裡最美的，也不是身材最好的，她不知道張鎮東看上她什麼，但當她穿上全套香奈兒，張鎮東告訴她，自從見到她，他心裡就在期待這一天，他心中最美好的女人就是像她這樣，看似樸素無華，一身傲骨，好像什麼都不要，對物質沒有興趣，但其實充滿了可塑性。

「你看看鏡子裡的自己，不覺得很美很有氣質嗎？你的美是我打造出來的，你就像我的作品。」張鎮東這麼說。原來自己是他的作品，他想要的，就是把一個普通女孩打扮成名媛貴婦的過程，他要她變成他想要的樣子，而他知道自己做得到。

經典風衣、格紋圍巾、印花絲巾、紅底高跟鞋、機車包、編織包，她都不知道自己有這麼喜歡這些精品，這些所謂的名牌，那些服飾穿上身，怎麼說呢，那材質的舒適感，風衣的挺度、羊毛衫的溫暖、圍巾的輕柔，她覺得自己變得好有精神，「太漂亮了。」張鎮東說。她一直不覺得自己漂亮，頂多是清秀罷了，因為內心曾經被摧折過，她對自己並沒有信心，這也是過往許多人追求她，她卻只談過兩次短暫戀情的緣故，她的心像封閉的貝殼，一直無法對他人展開，而張鎮東將她開啟了，為什麼是她呢？他為什麼要選中自己呢？

寬闊的穿衣間開始慢慢有了展示品，那些原本對她只是一些外國字堆疊的精品，一些可望不可及的東西，開始有了清晰的面目，有了自己的系譜。她喜歡皮件、毛衣、洋裝、高跟鞋，這些事物中她最喜愛的是洋裝，以往她總是穿著輕便，甚少穿高跟鞋，如今她常有需要正裝出席的場合，她多半選擇造型優雅的洋裝，她第一次買下一件花色洋裝，打折後還要十二萬台幣，她感覺不可思議，但她看見張鎮東臉上竟然出現光芒，稱讚她的美麗，她就此愛上了購買洋裝。那樣一件輕若無物的衣裙要花去她以往三、四個月的薪水，而如今她竟有了十幾件，這就是代價吧，人不該貪戀自己沒有能力擁有的，一開始她就應該知道她已經越界了，是那件絲質印花洋裝穿在身上質感輕盈，使她飄飄欲仙，忘卻了自己不屬於這個世界。

後來崔牧芸開始懷疑這是一種洗腦，張鎮東砸大錢一點一點改造她，但目的何在？正如她婆婆裝修房子，幾乎每年都要動工一次，怎麼做都不滿意，所謂的有錢人就是這樣嗎？金錢不再是金錢，而是一種任性的自由？一種因為我可以，所以我比你高級的心態？崔牧芸不喜歡這些感覺。

張鎮東在浩宇一歲時出去創業了，他自己手上所有現金五百萬，陳婉玲借他五百萬，銀行借他五百萬，朋友投資五百萬，就這樣風風火火在市區開了一家高級餐廳，叫做癮思，張鎮東很注重排場，他什麼都要最好的，高價請來法國藍帶學院畢業的廚師跟甜點師，從別家餐廳挖角的選酒師，裝潢、家具、餐具都選最高級的。

打著張大安之子的名號，很多媒體報導，張大安的各界朋友也都來捧場，餐廳一炮而紅，一年半就開了分店。餐廳開幕那天，張鎮東送給崔牧芸一個柏金包。崔牧芸至今都還記得當時拿到那個包包時，一陣天旋地轉的暈眩，她在百貨公司工作那麼久，一直以來販賣的東西是自己買不起的奢侈品，而如今她就居住在一個充滿奢侈品的地方，難道不算美夢成真嗎？彷彿身處美夢，但最後卻都變成了惡夢。

崔牧芸說，懷孕後為了養胎，怕久站對胎兒不利，張鎮東就要崔牧芸辭職了，一開始說要讓崔牧芸去上英文課，學畫畫，還要帶她到處去旅行，「只要是你想做的事，我都支持」，他如此承諾。

但婚後不到幾個月，張鎮東開始疑神疑鬼，不喜歡她單獨出門，不喜歡她跟以前的同事聯絡，連崔牧芸回娘家，他都會不高興，他嫌崔牧芸的父母窮酸，同事碎嘴，張鎮東連崔牧芸想去上瑜珈課都會擔心班上有男同學，要她去找純粹女子的健身教室，這些質疑所為何來？那是婚後崔牧芸第一次跟他吵，她似乎到了這時候，才發現張鎮東對她的熱情已經轉變成一種控制，而且根本沒有任何需要防範的事，張鎮東依然不信任她。

崔牧芸過往的戀情簡單，高中初戀只維持三個月，為了大考兩人就分手了，大學時跟學長戀愛，親密關係只進展到擁抱接吻，崔牧芸那時就知道自己對親密關係排斥，感覺自己將來似乎不可能結婚，遇到張鎮東之後，她以為自己痊癒了，對男人的敏感與排斥，對親密關係的恐懼，都在張鎮東的強烈引導下逐漸轉變，然而，當她發現張鎮東對待她的方式是一種變相的控制，而開始反抗、反駁、與他爭論，張鎮東就露出了他殘忍的一面。

崔牧芸發現自己生完孩子之後，完全不想跟張鎮東有肉體接觸，不知道是產後憂鬱，或者她本來對性愛就不甚熱衷，但這件事又造成張鎮東的懷疑與指責。婆婆總是要求她要監督家裡的每一件家事，即使家裡有管家跟保母，她也幾乎忙得沒有任何自己的時間，與張家人的不和在日常點滴裡發生，這些事都將她往外推，讓她逐漸與白樓的所有人事物產生衝突。

他們剛認識時，鎮東是那麼溫柔體貼，為什麼會變成現在這樣？張鎮東原本真的是溫柔體貼的人嗎？那些狐疑、暴躁、發怒、專制，一開始沒有過嗎？還是那時都被她理解成「強烈的愛」以及「男子氣概」？崔牧芸已經弄不清楚了，她想要釐清這一切從何時開始變糟，卻如何也想不起最初的樣子了。

後來張鎮東每天回到家，臉色都不一樣，崔牧芸幾乎是揣摩著他的心過日子的，無論心情好壞，他都會質問她去了哪，見了誰，做了什麼，每天要檢查她手機，質問她的行蹤，實際上她早已斷了跟以前同事朋友的聯繫，就連娘家也很少回去了，她每天除了張家人，會見到的只有超市收銀，她的生活有什麼好檢查？

「我想我只是在逃避現實。」崔牧芸憂傷地說。

「但是從限制交友，查看手機，小小的推擠拉扯，發脾氣摔東西，到後來變成真的打耳光，我終於知道那就是暴力，他真的打我了，那好像是一個警戒線突然被超越了，鎮東一旦越過那條線，就無所忌憚了。」崔牧芸情緒變得激動。她說，第一次被打是因為跟哥哥嫂嫂之間的衝突，但，這些事並不是她造成的啊，張鎮東再怎麼煩惱，打她巴掌，故意伸腳絆倒她，這些舉動還是不對，這裡面有一種奇怪的惡意，是針對她而來的。

張鎮東的暴力越演越烈，後來會拿東西丟她，痛罵她「賤人」，她因為他言語舉動裡的惡意感到害怕，有一天崔牧芸像是大夢初醒般，終於提起了離婚。

「永遠不許提到離婚，我絕對不會跟你離婚，你現在就死了心，絕對不許再提起。你不可以離開我，你也不可能離開我，你躲到天涯海角我都會找到你。」

那天當她提出離婚時，張鎮東用手抓住她的領子，厲聲恐嚇她。她想到當時他扭曲恐怖的臉，還會感到害怕，事後張鎮東買了花，買了禮物，跪在床邊向她求饒，他說他是因為壓力太大才會暴躁，只要不離婚，他什麼都可以改。「我是那麼那麼愛你。」她還記得張鎮東涕淚縱橫的臉。

溫柔體貼是真的，控制與操縱也是真的，鮮花與禮物是真的，但巴掌與毆打也是真的，崔牧芸想離婚，卻也忍不住想要原諒，因為離婚就一無所有，而原諒，還有可能可以回到從前。她無法分辨自己是因為依然愛著張鎮東，還是她只是想要維繫婚姻，她有時會幻想張鎮東只是經歷一場情緒上的感冒，等病毒退散，症狀過後，他們的生活又會恢復正常。

但是張鎮東的暴力並沒有停止，反而隨著工作的壓力更加嚴重。尤其是二店生意開始出問題之後，張鎮東把生意上的挫折與經濟壓力都發洩到她身上。這是生病了吧，她還無法將張鎮東當作那種愛打老婆的爛人，她忍不住要為他開脫，試圖去理解他，她想張鎮東一定是因為工作不順利，餐廳連鎖擴展太快，又與合夥人有糾紛，所以兩家餐廳逐一倒閉，在張大安面前抬不起頭，他想要回到家裡的企業裡工作，但哥哥都在擋他的路，自己創業沒有做出成績，父親也不肯再資助，一定是因為這些事才會導致情緒失控。

「挨打的時候，我都會進入一種恍惚的狀態，身上的痛苦是那麼真實，但感覺卻像是在作夢，我好像分裂成兩個人，一個我在承受痛苦，另一個我卻拚命安慰自己，只要醒來就好了。」崔牧芸說到這裡，眼睛裡有一種迷惘。

當張鎮東的拳頭一下一下像雨點一樣落在她身上時，崔牧芸感覺生命裡所有的悲傷都回來了，很奇怪，她首先感受到的不是疼痛，當然挨打會痛，可是她身上的痛苦卻被心裡產生的悲痛遮蓋了，意志像脫離了身體，變成一個旁觀者，這是她自小就學會的伎倆，解離，我不是我，那麼我受的苦就不再是不可承受的痛苦，好奇怪，這是她最熟悉不過的事，她竟然以為自己可以逃離，以為張鎮東會是例外。她凝視著張鎮東那張因為激動與暴怒而變紅的臉，五官扭曲，眼球凸出，他竟然也擁有那樣一張惡魔的臉而自己卻沒有辨認出來，她起初用手擋著自己的臉，不想要讓他打傷她的臉，但他一手扳過崔牧芸的臉，開始瘋狂地搧她耳光，崔牧芸感到耳鳴，想哀求他不要打了，但卻開不了口，只能用力地伸出雙手企圖阻擋他的摑掌。她的身體因為失去平衡而摔倒時，他才像突然恢復了神智，停住了手。

崔牧芸倒在地板上，身體因為疼痛而蜷縮起來，他激動大喊著，「都是你害的！都是你害的！是你讓我生氣，我才會打你。」

他的喊叫聲是那麼痛苦，好像被什麼重擊了一般，她在那個叫聲裡聽到了熟悉的東西，那像是一種狂亂或某種失控，像是他體內住著另一個人格，像是他因為看到自己的另一面而感到驚恐。崔牧芸痛苦地閉上了眼睛。

張鎮東剛開始每次打她，過後都會後悔，他的脾氣是突然間爆發的，好像因為控制不住脾氣所以動手。暴怒過後，他會像突然清醒過來似地，又變回了那個之前的好丈夫，他還去拿冰塊幫崔牧芸冰敷，扶她到床上躺下，給她送湯送水，拿紙巾幫忙擦眼淚，好像她生了什麼重病似地，他一直跪在她的床邊，她閉著眼睛無法看他，他跟她說什麼她都沒反應，他就一下一下地用頭去撞床板，發出框框的聲響，他一直說著，對不起，對不起，我不知道我自己怎麼了。敏感、嫉妒、控制、恐慌、挫敗，到後來任何事都可以成為張鎮東打人的藉口，甚至不需要藉口，打她就是愛她，因為她是屬於他的，打罵或愛撫，都是他行使對她所有權的方式，崔牧芸是經過很長久的時間才徹底了解了這件事，一個男人打女人，並不是因為他口中所說的理由，而更多只是因為他覺得他可以這麼做，不需要更多理由。

「後來，我發現自己又懷孕了，我感覺自己再也無法跟鎮東繼續相處，我甚至不想生下他的孩子，那只是一瞬間的念頭，八月那次，是他酒後很粗暴跟我求歡，我拒絕了他，我不知道他怎麼了，他瘋狂地追打我，是前所未有的嚴重，他抓我去撞牆，踢我，我跌倒後，他又把我抓起來打，我慘叫時，他眼神發紅，好像完全失控了，我覺得自己可能會被打死，就一直大聲呼救，直到家人上樓來拉住他，好幾個人去拉他，才制止了他。他的眼睛真的就像野獸一樣凶狠，那雙眼睛根本不像人的眼睛。那次我被打到住院，流產了。」

崔牧芸說到此處好像精疲力竭了，她停了一會，再度開口對周小詠說道：「周警官，你知道嗎？從來沒有信仰的我，後來開始日日祈禱了，我向著天上不知名的神或者某種神祕的力量祈求，幫助我，讓我逃離這種痛苦。請幫助我。結果有一天張鎮東突然不見了。」

周小詠聽到這裡，彷彿感覺到自己身上好像也有很多地方在發痛，她問崔牧芸說：「你沒有逃走是因為無法離婚嗎？但為什麼不報警？」

崔牧芸眼中有淚，她用哽咽的聲音說：「報警有什麼用？我記得好像曾經有人報過警，警察來的時候，我公公婆婆只是說，是夫妻吵架，吵完就和好了，那些警察就走了，我根本沒機會說話。後來我住院的時候聽到護理師偷偷在說，這可能是被打的，但醫生馬上過來制止她們，還說我是自己從樓上跌下來的，我聽得毛骨悚然。

「周警官，你知道被丈夫打最痛苦的部分是什麼嗎？是你明明知道那是暴力，可是當這個施暴的人是你的丈夫，你真的會希望那是假的，會希望自己看錯聽錯，是自己多想了。這很傻對不對？可是有很長時間我就是這樣欺騙自己，因為我害怕自己不幸。被丈夫打的女人是不幸的，因為被丈夫打而去報警，是加倍的不幸，因為你不會受到幫助，還會被恥笑。我不知道這些念頭哪來的，但這些念頭牢牢地綁住我，讓我無法動彈。等到我終於鼓起勇氣提出離婚，下場只是更慘而已。

「逃走？我自己是想都不敢想，我不知道為什麼我不敢跑？或許因為小孩，或許因為我已經習慣了這裡，我不知道我離開白樓，要到哪裡去？你無法理解被自己丈夫毆打的女人的心理，我每一天醒來都要反覆思考，那件事是不是真的？為什麼我會從一個幸福的女人，變成不幸的人？他打我是不是如他所說的，都是我的錯？我是不是不夠體諒他，是不是要再給他機會，我感覺自己都快發瘋了，我想不清楚誰對誰錯，為什麼他會從那麼疼愛我，變成後來那樣子？離婚不可能，逃跑沒辦法，反抗呢，只會遭致更大的傷害，自殺，那太傻了，我能做的，也只是日復一日地忍耐與等待，或許，那會像是一種疾病，終究會痊癒，也或許不會痊癒，但自己會習慣，又或許，上天會幫助他找到一種方式，改變這種處境。」

周小詠問：「是不是因為無法離婚，也不能逃跑，所以你索性叫人綁架了他？因為你希望張鎮東消失？」

崔牧芸幾乎快笑出聲音來，那聲音帶著哭腔，感覺非常詭異，她反問周小詠，「周警官，你說，像我這種連逃走都不敢的人，為什麼會敢叫人綁架他？我既沒有錢，也沒有力量，連我娘家的人都叫我要忍耐，我有什麼能力去綁架張鎮東？」

周小詠問完崔牧芸時，李俊也來了，周小詠向李俊報告崔牧芸被家暴的事，李俊請組裡的同仁李廣強去杏林醫院查詢崔牧芸八月住院的事。

李俊與周小詠離開白樓，走在庭院裡，周小詠回身望向那座樓，從屋外看來一切都安靜美好，自動灑水器突然開始運作，均勻的水柱灑向整齊的草皮，水光在陽光下閃閃發亮，周小詠感覺一切都很魔幻，彷彿眼前的建築只是海市蜃樓，居住其中的人，都是些幻影，腳下踏著的草地猶如一片荒漠，是無止盡的黃沙，讓人絕望乾渴，而終於心生幻影，她好像看見四樓的窗簾晃動，閃過了一個人影，那會是崔牧芸嗎？崔牧芸住在這棟樓之中，她的感受是什麼？她不離開這裡，是因為孩子嗎？她如何去面對一個隨時可能毆打自己的人？如何去面對那些為了維護家人不擇手段的人？

周小詠心想，他們問了那麼多人，但這些問話不會得到解答，經過今天與崔牧芸的對話，她自己心中隱約感覺，事情關鍵是在崔牧芸，這棟樓裡真正與張鎮東有恩怨的人就是崔牧芸。

他們背對著白樓，慢慢走出大門，感覺身後好像咻地一聲，有張怪物的大嘴闔了起來，那個精美絕倫的屋子，竟似一張血盆大口，讓周小詠有種死裡逃生的感覺。

李廣強從杏林醫院回來，說當天崔牧芸的病歷資料已經被刪除大半，只有簡單的入院資料，但他找到當天照顧崔牧芸的護理師，經過逼問，護理師承認說，八月份崔牧芸住院，有手臂骨折，輕微腦盪，以及流產，雖然醫院無法證實是因為家暴導致受傷，但依照傷勢來研判，應該就是家暴。李廣強查出杏林醫院的院長與張大安是高爾夫球球友，關係密切，之前崔牧芸極可能就曾受過傷，都被杏林醫院掩蓋了。

「還是崔牧芸嫌疑最大吧。」李俊說，「是啊，是崔牧芸嫌疑最大，說不定崔牧芸有男朋友，或者前男友之類的，畢竟他們夫妻感情不好，崔牧芸如果在外另尋安慰也是有可能。」

「雖然崔牧芸嫌疑最大，但是，我真希望不是她。」周小詠說，說得很輕很輕，像是要說給自己聽似的。

「她看起來就是個楚楚可憐的人，如果下得了這種狠心，還會挨打嗎？」周小詠反駁。

「有時人會因為可憐，才變得可怕啊！」李俊說。

李俊的一番話，讓周小詠全身起了雞皮疙瘩。是啊，自己太天真了，不能因為看見崔牧芸的柔弱就以為她絕對無害。

誰是受害者，誰是加害人，要如何判定？以周小詠的立場，還是要交給法律來處理吧，但這世上是否也有法律照顧不到的角落，也有法律無法伸張的正義？她搖搖頭，家暴事件確實很難處理，尤其是受害者，她真希望崔牧芸當時是鼓起勇氣逃走，而不是綁架了張鎮東。可是她心裡有不好的預感，她的預感通常很準，而這次，她希望自己預感失靈。

10

警察離開後，阿蒂繼續手上的工作，卻怎麼都安不下心。她從菲律賓來台已經三年多，張家是她第一個雇主。剛來T市時，她才二十歲，她想過這一期約滿就回菲律賓，她的未婚夫等著跟她結婚。家人要她婚前再多存點錢，她很想念家人，但也很喜歡在台灣的生活，但是來到張家之後，白樓的一切都讓她很驚訝，有好的部分，也有不好的部分。

她的工作主要是幫忙照顧小孩，以及白樓的一些清潔工作。她來時崔牧芸剛生下小孩，起先崔牧芸和寶寶都住在坐月子中心，張浩宇剛滿一個月阿蒂就接手了，很乖的孩子，不太哭鬧，只是睡睡醒醒，有點作息錯亂，似乎是很敏感的孩子，阿蒂雖然自己未曾生養，卻對照顧小孩很有耐心。

牧芸太太也會自己照顧孩子，阿蒂好喜歡這個太太啊，又白淨，又溫柔。阿蒂住在白樓四樓的小房間，牧芸太太給了她很多衣服，有時也會給她零用錢，她很喜歡接收牧芸太太的衣服，感覺都好新，跟沒穿過一樣。

在阿蒂眼中，白樓就是一座宮殿，裡裡外外，都是那麼嶄新、高雅，有著她從未見過的各種東西。因為每天都要做清掃工作，屋子並不髒，但因為每家主人要求不同，她也得格外用心。每層樓都是石材地板，只有客廳的部分鋪了厚地毯，廚房因為每天大量使用，清掃起來比較費力，管家陳嫂也會幫忙整理，但即使兩個人一起打掃這個屋子，也得花上不少時間。庭院的部分有園藝工人定期來修剪草皮、花木，不需要她整理。阿蒂非常喜歡這個庭院，有機會在外頭走動時，她都會趁機多逛一會，白樓是高牆深院，但庭院四季有花，草皮永遠是那麼整齊，樹木又高又綠，對她來說一切都非常漂亮，她最喜歡早晨或黃昏，或者是冬天有太陽的日子，她帶著小宇在院子裡玩球，會有那麼一陣恍惚，希望自己可以在這裡住到天長地久。

董事長跟夫人幾乎不會跟她說話，其他樓層的先生夫人看到她會打招呼，五樓的小姐很少見到面，但看見了也會跟她點點頭，三樓的兩個女孩比較調皮，但很喜歡跟她用英文對話。一整棟樓，阿蒂最怕的是四樓的鎮東先生，最開始她也不怕他，甚至覺得他很英俊，鎮東先生聽說是美國留學回來的，他感覺上就有些藝術家的特質，眼神很銳利，他跟牧芸太太看起來是那麼相配，就像他們臥室牆上掛著的結婚照，簡直是王子公主愛情故事的真人版。

牧芸太太沒有上班，在家裡的時間很長，但她整天也是忙得團團轉，只有在哄寶寶睡午覺之後，可以短暫休息一下，那時就會看到牧芸太太自己手沖一杯咖啡，在單人沙發上望著窗外，阿蒂有時會問她需不需要吃點心，管家幾乎每隔幾天就會燉紅豆湯、燕窩、銀耳之類的湯品，牧芸太太不太吃甜食，時常管家端上來，她轉手就遞給阿蒂，阿蒂起初很惶恐，後來牧芸太太說，算是幫我喝吧，我就是不愛喝甜的，會泛胃酸。阿蒂聽得懂，但太太還是用手摀著肚子，比出胃痛的模樣，阿蒂覺得很可愛，就欣然幫她喝掉了。

太太望著窗外的模樣，感覺像是個被囚禁的人渴望自由，阿蒂不知道自己想得對不對，但經過幾年的相處，她清楚知道，牧芸太太過得並不如阿蒂想像中那麼幸福快樂，正如她知道後來的鎮東先生，也並非只是如外表上那樣瀟灑自如，而是在夜裡會喝很多酒，動不動就把遙控器摔壞、會毆打妻子的男人。

她不了解這些轉變背後的原因，她在故鄉的父親也是個會酗酒的人。父親因為工作傷害跛了腿之後，一直在家裡鬱鬱寡歡，就是成天喝酒，只是父親喝了酒並不狂暴，也不會揍人，只是默默地哭泣。但是那樣的父親還是讓她害怕，因為他眼神裡的空洞與悲傷，好像一團會將人抓走的黑暗，她是因為那團黑暗而放棄了讀書，自願到台灣來工作。

然而鎮東先生喝過酒之後，卻是異常興奮，有時滔滔不絕說話，有時忿忿不平，有時會對著牧芸太太大聲吼叫，起初，那些爭吵只發生在臥室裡，後來，在客廳裡，當著阿蒂跟小孩的面前，他也摔東西，發脾氣，甚至公然地打牧芸太太了。尤其是這一年，他幾乎每一週都會因為某件事發狂，聽他們夫妻的吵架內容中阿蒂知道，鎮東先生開餐廳經營不善，董事長斥責了他，不願意借資金讓他繼續經營，後來餐廳倒閉了。

阿蒂不明白，這些事跟牧芸太太有什麼關係？阿蒂認為是沒有關聯的，但鎮東先生幾乎任何事都會責罵太太。之前是因為寶寶不會說話，學習很慢的事，後來寶寶會說話了，鎮東先生依然不滿意。

是非對錯，阿蒂都看在眼裡，但她曾經感覺到鎮東少爺也是個可憐的人，因為她看過鎮東少爺向太太下跪道歉的模樣，她看過他發狂之後的懊悔慚愧，看過他買回一屋子的花，用太太最喜歡的桔梗、繡球花與百合妝點家裡，看過他給太太買的鑽石耳環、水晶手鍊，以及各種各樣美麗的包包，她看過先生在陽台上彈吉他唱情歌，看過他摟著太太在客廳跳舞，抱著小孩在沙發上睡著。

阿蒂認為他不是不愛太太跟小孩，照老家媽媽的話來說，鎮東少爺跟她父親一樣，腦子裡住著怪物，那個怪物會慢慢吃掉他的腦袋，把他變成奇怪的人，如果是在他們老家的話，她可以帶鎮東先生去鎮上的教堂，請神父為他禱告。可惜，這個屋子裡沒有人會為鎮東先生做這些事，於是阿蒂每週日去教堂時，她總會幫四樓的先生太太以及孩子三人祈禱，願神賜福於這個家，願怪物早日被消滅，願他們永遠安好，相愛如初。

不過後來，阿蒂不再相信鎮東少爺是好人了，因為他把牧芸太太打到住院，還流產了，在醫院那幾天，阿蒂每天都會哭，因為牧芸太太是那麼可憐啊，即使挨打了，還要說是自己摔倒的，她每天在醫院陪著她，會想起鎮東少爺追打牧芸太太的樣子，像發狂的野獸，那張臉已經不是正常人的臉了。後來的鎮東少爺，變得越來越可怕。

阿蒂什麼也做不了，也無法幫助牧芸太太，她能做的，只有認真照顧小孩，努力做家事，盡可能幫助牧芸太太減輕壓力。牧芸太太有時會要求要到她的房間躺一下，阿蒂就趕緊把床鋪整理乾淨，有時牧芸太太會跟她借手機，牧芸太太是個大好人，她要阿蒂做什麼，阿蒂都願意，牧芸太太是阿蒂的恩人，她一輩子也還不了她的恩情。

她沒有告訴警察牧芸太太借電話的事，也沒說出有朋友去醫院看她，以及牧芸太太有時會跟朋友出去，這些事，都是不應該說的，牧芸太太交代的，阿蒂一定會做到。

第3部

追擊者

1

今年七十歲的阿良伯，年輕時跟家人在栗子山上種水梨，結婚生子後，因為妻子廚藝很好，在山腳下開了家快炒店，直到她六十歲因乳癌去世，快炒店便由兒子接手。阿良伯賣掉果園，為了身體健康，也為排遣喪妻心情，他每天早上都會帶著土狗旺旺上山，他不走搭建好的步道，喜歡自己開發路徑，只要還走得動，他都盡可能想走沒走過的路線。

每天清早五點，都還沒吃早飯，他就會帶著旺旺，從他們以前住的山上工寮出發，沿途巡看走逛，老妻已死，孩子們早就下山發展，只有他還捨不得這一片風光，倒不是身體老邁無法工作，而是近年來種植不敷成本，果子長大沒有人力採收，任其凋落，看了心痛。後來果園賣掉了，後繼者另外栽種了較值錢的觀賞植物，也都有派工人定時整修採收，阿良伯就成了手上擁有一大筆養老金的老頭，身體勇健，精力無處發洩，每天早上都要去跑山，到處亂逛。

十一月四日這天，阿良伯帶著旺旺，循著他們往日熟習的山路走，這條路四季都美，秋天落葉，地上都是枯枝，只有常綠的樹還是那麼生機盎然，彎上山沿，旺旺突然狂吠，安撫不聽，最後旺旺兀自往山坳的地方跑去，然後嗷嗷狂吠。阿良伯順著山坳慢慢下坡，看到一棵枯樹，樹幹上不知掛著什麼東西，旺旺就是在吠樹上那個東西。

阿良伯終於下到山坳底，一看傻眼，那是個赤條條的人掛在斷掉的樹枝上。

他腿都軟了，還是努力爬到路面，開始狂奔，到了有手機訊號處，立刻報警。

那具無名裸屍，屍體已經開始腐敗，面容也還可以辨認，檢警首先就從殘餘指印、牙齒與ＤＮＡ驗定，確認死者就是張鎮東。

發現遺體的阿良伯受到不小驚嚇，故警局問話時還有點驚魂未定，他說那天早上眼皮直跳，本來不想上山的，但內心又有種非去不可的衝動，本來也沒有要走那條路線，但旺旺自己就亂跑起來，直衝到那個山坳，冥冥中一切有注定吧，張家後來想給阿良伯一筆獎金，阿良伯拒絕，最後則是給了兩萬元作為壓驚禮，阿良伯才收下。

遺體赤裸，也有受到野生動物咬囓，但警局的法醫初步驗傷，身上有幾處擦傷，亦有瘀傷，可能是鬥毆或跌落山谷時碰撞導致，關鍵傷口為四處刀傷，其中兩刀傷及臟腑，判斷凶器為利刃如菜刀或細長的水果刀。屍體開始腐敗，因暴露在野外多日也有些微損毀，須送請法醫所由所裡的法醫相驗屍體，研判正確死亡日期與死因。

周小詠與李俊聽現場法醫初步驗屍所得的資訊，發現屍體處理得很乾淨，研判棄屍的山區應該不是第一現場，作案地點應該在其他地方，但可以作案的地點實在太多了，一時間還無法鎖定任何地區。另外以拋屍的方式研判，綁匪應該是想要把屍體拋下山谷，卻沒料到山坳處有那一棵枯樹，勾住了遺體，這也才有機會讓警方發現。

「一切都是命，鎮東不甘被拋下山谷，才有那棵樹勾住了他，要我們替他主持公道。」張大安說，張家還請了法師到拋屍地點招魂。

2

因為兒子被綁架後交付贖款過程不順而驚慌不已的陳婉玲，沒想到還有更可怕的消息等著她，這天警察上門，她本以為會有兒子的消息，警察卻說找到疑似張鎮東的屍體，要他們夫妻去認屍。

老天爺，厄運像烏雲當頭，一旦籠罩就不肯罷休，陳婉玲偕同丈夫與小女兒前往警局認屍，屍體確實是她的愛子張鎮東，好好一個孩子只是失蹤幾天，就變成停屍間一具冰冷赤裸的屍體，被人用刀從背後穿刺，死後扔進山谷，吊掛在樹上數日，死狀是那麼悽慘。陳婉玲哭暈了幾次，醒來還是哭。

清醒後，她一直覺得還活在夢裡，直到警察再度找他們問訊。警方反覆詢問張鎮東生前交往，最後一天行蹤，問題是那天張鎮東去了哪，他們誰也不知道。陳婉玲是那麼悔恨啊，為什麼不帶著鎮東一起到東部去，為什麼張大安就是不肯放一些權力給鎮東，交一間分公司給他管，他就不會去開什麼餐廳，交上麻煩的黑道，還惹來殺身之禍。

在警局裡，她死命地捶打她老公，好像殺死她兒子的就是他老子，他們家那麼有錢，為什麼讓寶貝兒子為了一家餐廳燒破頭腦，滿大街遊晃，找他的合夥人？張大安政商關係那麼好，要找個活人有那麼困難嗎？為什麼不肯幫幫自己的兒子，陳婉玲哭得聲嘶力竭，張大安還是一張撲克臉，在人前絕不顯露一點軟弱，可是她看到她老公手在抖，真的，以前再怎麼困難的事，遇到多麼大的難關，他老公就是一張撲克臉擺平了一切，可是這次他手在抖，抖得像酒鬼酒癮發作，這些她都看在眼裡，她就哭得更傷心了。

陳婉玲活到六十幾歲，人生沒經過什麼挫折，她出身良好、家境富裕，求學也很順利，沒談過幾次戀愛，因為自小父母就要求她要當名門淑女，但她有事業心，大學畢業後在私人企業工作，得心應手，認識張大安時，張大安還是個野心勃勃的毛頭小子，她挺喜歡張大安的這股野心，張大安跟她認識過的男人都不一樣，他長得不差，很注重儀容，聽他說人生第一筆案子成交，就花重金買了一套高級西裝，但他其實很節省，錢都花在刀口上。

張大安追求她的方式也與眾不同，不搞什麼鮮花巧克力，他帶她去看他想買的地，對她展示他將要擘劃的人生藍圖，他帶她到一個高樓頂，往下俯瞰，他用手一指，這這那那的，說這以後都將是他王國的版圖。陳婉玲起初想笑話他，哪來的野心？卻又被他的認真給感動了，說不定他是認真的？張大安與陳婉玲認識的那些有錢公子都不一樣，他什麼都敢要，想要就去追，他有點土，有點狂，跟他走在一起有時會被他粗魯的言行弄得不知所措，可是張大安身上滿滿的男人味啊，這個是她父親身上都沒有的，溫文儒雅的父親像個文學教授，卻是搞建築的，而張大安就是一匹猛虎，他張開大嘴就可以吞下整個世界。

婚後，張大安發達得很快，一起生活之後發現張大安有很多怪毛病，近乎強迫，他睡覺會磨牙，有時在床上喊叫，好像身上被很多東西束縛不能動彈，她漸漸知道自己的丈夫扛負著一般人無法想像的壓力，可是他關關難過關關過，狼子野心吞下的江山漸擴，真的打造了自己的王國。

陳婉玲婚後安心當了幾年家庭主婦，孩子一個接一個，生完老三，又帶了兩年孩子，就決定出去上班了。那時他們自家的建設公司已經很興旺，陳婉玲喜歡施展她的公關才能，幫襯張大安不夠柔軟的部分，居中協調牽線，她很適合這種工作，有時要應酬，她跟人喝酒，那段時間她感覺自己也恢復事業心了。有時夜裡睡不著，她會吃安眠藥，身體感覺虛弱，就吃點補品，慢慢她開始依賴一些旁門左道的健康食品，主要是想保護她的美貌，以及旺盛的精力，她開始感到中年危機提早到來，她擔心張大安在外面招惹年輕女孩，生命危顫顫的，她很怕張大安事業正當如日中天之際，一個不小心把家給毀了。夜裡她賣力勾引丈夫，使盡渾身解數想把丈夫的心牢牢抓住，那些努力的夜晚有了結果，她在張大安快四十歲時，又給他添了一個兒子。

想到這個兒子她就心痛，她沒對張大安說出口的是，孩子自小躁動，靜不下來，說不定都是因為她亂吃藥，不然這孩子長得多俊秀，冰雪聰明一張臉，比老大俊朗得多，可竟是一個無法在教室好好讀書的小孩，成天挨老師責罰，跟同學打架，勉勉強強捱到了小學畢業，送去讀私立中學，老師說他更適合去美國讀書，高中沒唸完就送出國了。

她對張大安心裡有虧欠，因為張大安特別疼愛張鎮東，主要是長得好，而且是在張大安事業發達的時候來的孩子，感覺就是帶財，丈夫一直介意兒子生得太少，這個孩子的誕生讓張大安感到滿足，好像上天特別眷顧他，孩子自小活潑，張大安也不覺得麻煩，小孩子在學校闖禍，張大安不以為意，他常說，「我以前也都跟人打架，我也不肯乖乖讀書。越乖巧越沒出息。」同樣是孩子，他就不喜歡鎮海的沉穩，他眼中看不下任何循規蹈矩的人事物。

他們夫妻感情一直不錯，陳婉玲愛揮霍，從小養成愛買的習慣，張大安都不以為意，他認為自己挑的都是最好的，老婆當然也是，就隨她去，陳婉玲自從有了張鎮東，對張大安也就不再緊緊拘束，她似乎已經知道自己在張家地位不可動搖，她也終於了解她的丈夫不是那種會為了外面某個小狐狸就把家給毀了的男人，陳婉玲曾跟著張鎮東去美國住了一段時間，他們選擇的學校教育方式不一般，很適合張鎮東，但在美國待不住的陳婉玲，就又回台灣了。

鎮東在美國待得時間越長，他在張大安心裡的位置越高，他們每年去美國探望孩子，順便度假，也置了房產，甚至覺得在美國開家公司往後給鎮東經營也不錯，但張鎮東畢業後混了一陣子，說要回來了。

陳婉玲心痛地想著，如果張鎮東一直在美國，是不是後來這些事都不會發生？

可是張鎮東回來了，帶著父親滿滿的期盼，在T市這闖那闖的，試過幾個行業都不行，後來交了一個她不喜歡的女朋友，突然說要結婚，不久後說孩子都有了，這等於是強迫父母接受啊，張大安最注重子嗣，絕不可能讓張家的骨肉流落在外，就把崔牧芸給風光娶進了門。

剛開始兩夫妻甜甜蜜蜜的，張鎮東好振作，說要開餐廳，他眼中發光，雙手高舉，揮舞著手指彷彿可以點石成金，陳婉玲在張鎮東身上看到了年輕的張大安，就投了幾百萬給他創業，這點錢沒什麼，重要的是讓兒子有事做，有舞台可以發揮。

一切都是因為那個餐廳嗎？

她想不清楚前後關係，有天她聽說鎮東打了崔牧芸，奇怪她並不意外，或許因為張大安也打過她，夫妻之間，有時那是無法對外人說明的，不過後來打得嚴重了，竟把崔牧芸打進了醫院裡。夫妻吵吵鬧鬧，幾次她都以為會離婚，但也沒有，她不免擔心鎮東是不是有什麼問題，但又覺得一定是崔牧芸把鎮東惹毛，才會出手打人。

千想萬想，她沒料到這個結果，最後變成冰冷屍體的竟然是她兒子。

她對警察說，鎮東的餐廳歇業後，他就像個遊魂似地，早餐也時常不吃，張大安顧忌他身心狀況不穩，也沒有嚴加苛責，所以他想去哪，都由著他。夜不歸營，可能是跟老婆吵架了，可是這能怪鎮東嗎？他那個媳婦真的不盡責，孩子教不好，老公管不住，家裡出了事幫不上忙，連好好把老公顧著，在家裡待著，她都做不到，「就說不該娶那個女人進門，自從她進門那天起，鎮東就變了個人。」

陳婉玲說到此處，又嚎啕大哭起來。她說，當時就不該讓他出去開餐廳，在自己家裡公司上班多好，穩穩妥妥的事業積攢了多少年，只要等著接班就可以，但偏偏鎮東就喜歡創業，對於自己無論學歷、經歷，什麼都輸給大哥非常介意。鎮海在美國拿到管理碩士就回國進公司，鎮海性格沉穩，當初也是從基層磨練，上手得很快。鎮東不一樣，他個性急躁，老是坐不住，讀書有點注意力無法集中，喜歡交朋友、泡酒吧，高中時代出過一點事，跟學校裡的年輕人發生鬥毆，把人打傷了，父親跟對方和解後，就把他送出國了，在美國也是讀書不順利，大學轉過幾個學校，終於把學位拿到，回來後做什麼都不安定，讓他在公司待著，他也不喜歡，後來娶了太太，好像比較有心在工作上，就說自己要創業，張大安反對，鎮東堅持要做，所以她給了他五百萬，其他部分他說自己來，現在回想起來，還是應當家裡資助他，才不至於碰上壞朋友，被合夥人欺騙了。

那些錢都是小事，當初賠了也就賠了，她沒苛責過鎮東，只是見他日漸消沉，覺得不忍。她私下問過，總安慰他，想開餐廳，我們自己開一家就是，可是鎮東執著於被合夥人欺騙的事，總是到處想辦法找人，他忍受不了自己被友人欺騙，連店裡的廚師都背叛他，這孩子從小就是一股子氣無處發，也不知道生來為什麼就是這個性子，無法承受失敗，一點挫折都禁受不了。

陳婉玲說，或許是自己太寵孩子了，可是天底下哪個媽不寵孩子，她生下張鎮東是意外，生下鎮海後，連生兩個女兒，過了三十五歲了才懷上鎮東，後來又生了婉菲。那時夫妻倆都很開心，鎮東出生時多麼可愛，真是誰見了都說好看的一個白淨的孩子，她有時怪罪自己，因為不知道自己懷孕，那時工作應酬多，喝了很多酒，也吃安眠藥，各種成藥都吃了些，不知道是不是這些因素，鎮東這孩子生下來就是很躁動，脾氣陰晴不定。

說到底，還是不該娶了那個崔牧芸，就是個災星，結婚前他們調查過，崔牧芸媽媽只是個家庭主婦，父親開了家小小文具店，在小鎮裡就是不起眼的小人物，崔牧芸是私立大學畢業，本就是不怎麼好的出身，自己也不上進，畢業後在百貨公司當櫃姐，鬼使神差就給她碰上了鎮東，她那張臉確實滿漂亮的，可是要說嫁進他們張家，那還是不夠格的，陳婉玲想到這裡，不禁感嘆自己一步錯步步錯，當初就應該反對到底。

陳婉玲對警察說，她討厭崔牧芸，也不只是因為她出身不好，而是她進門後，張鎮東各方面都變得不好了，夫妻不和，事業怎麼會順利，雖然崔牧芸生下了兒子，可是這孩子很晚才學會講話，為此家人操心不少。崔牧芸性子倔，夫妻老是吵架，崔牧芸臉上掛彩，鎮東被父親罵過多少次，可是陳婉玲覺得，那還不是她自己討打？順從丈夫天經地義，可她那種個性，怎麼可能順從。

不過那次鬧到醫院去，她也是嚇到了，看到鎮東那失控的樣子，真的是幾個人都拉不住，打到骨折住院確實是鎮東不對，但是一個銅板敲不響，也不可能單單是鎮東的錯。

聽說崔牧芸鬧著要離婚，她想過乾脆一了百了，轟她出門算了，老婆再娶就有，她也不知道鎮東在執著什麼，不過她那兒子性格執拗，從小到大，他想的東西，不讓他到手是不可能的，把天捅破了都可能，說到離婚啊，也要鎮東願意才行。

陳婉玲跟警察講：「鎮東的死，一定跟崔牧芸有關，夫妻鬧成那樣子，裡面一定有什麼鬼，說不定崔牧芸外頭有人，被鎮東發現了，不然鎮東至於發那麼大脾氣嗎？

「對啊，崔牧芸那個樣子，一定是有人了，你看她一滴眼淚也沒掉，就是心虛的樣子，我知道我們鎮東打她了，夫妻間吵架拌嘴，崔牧芸也不是吃素的，當面不敢反抗，說不定私下就跟朋友串通了。警察先生，你們不要看崔牧芸手受傷了，就覺得她沒有嫌疑，這些日子我想了又想，崔牧芸不是要離婚嗎？鎮東死了，她不但可以不用離婚，還能分到錢，你說，誰最得利，立即的利益當然是崔牧芸啊。嫌犯就在眼前，你們難道看不見？」

兒子死了，老婆哭暈了，張大安卻哭不出來，強烈的麻痺感籠罩他全身，他記起多年前一次生意糾紛，對方帶著棍棒、開山刀跑到他們公司嗆聲，衝突一觸即發，那次是怎麼擺平的？有沒有人掛彩？他又想起許多個日夜，在酒店喝到爛醉，被一個市議員灌酒，對方還小他十歲，張大安很注重養生，大家都知道他酒喝得不多，尤其忌諱混酒，可是對方說：「連這點面子都不給？」也不是為了給他面子，而是有種什麼不得不的氣氛，不想讓事情拖延到難以收拾，那時候他事業還沒那麼穩，還有很多不可控因素，還需要貴人扶持，他硬是喝掉那杯紹興，不久後進去廁所自己催吐，那噁心的味道到現在他都還記得。

可是他兒子的屍身上就有那種味道，難以言喻，無法明說，那只是個開始腐敗的肉身，沒有靈魂，沒有姓名，不能稱為他兒子，但他是他兒子，他得去給他收屍，辦葬禮，最重要的是，他得幫他伸冤，把凶手找出來。

麻痺感再度侵襲他的臉，他有一種從胃部翻起的不適，彷彿融化屍體的，也正在從內部融化他的器官，那名為死的東西，謀殺，害命，那與他生命應該很遙遠，他賺這麼多錢就是為了遠離那些會傷害身體，招致毀滅的東西，可他最寶愛的兒子被人像牲畜一樣一刀一刀刺死，然後脫光衣物扔到山溝裡。這是為什麼？是他造了什麼孽嗎？他老婆一直咒罵他，激動時還大喊，為什麼死的不是你？一定是你的仇家報復才害死了我兒子？

為什麼死的不是我？張大安沒有這種想法，會殺死張鎮東，未必是因為自己的事業或作為，那只是藉口，這點理智他還保有。

但是，為什麼不要贖金要殺人？錢他都準備好了啊，乾淨的舊鈔，不連號，絕對查不出來的錢，不管什麼人，一百萬美金都是筆大錢，連他也不是輕易家裡就堆著這麼多現鈔，為什麼他們不要錢，要殺人？

真的有那麼深仇大恨嗎？自己不過是做做生意，蓋大樓、建商場，賣賣預售屋，確實因為弄都更案處理拆遷做過一些骯髒事，幾戶老頭子不肯走，兒子拿了補償金，老頭後來上吊了，也有另外的老頭因為離開舊有的社區很快就病死了，這些都是他小女兒跟他講的。他那令人頭痛的小女兒菲菲，還主張什麼他倆就是階級上的敵人，這麼天真，以身為建設公司老闆的女兒為恥，所以跑去做什麼非營利組織，以為這樣就可以自我感覺良好些。菲菲不懂自己可以讀到社工系畢業，還能去英國讀書，靠的就是他一磚一瓦，一棟一棟房子賣出來的錢，菲菲不愛回白樓，罵他什麼財大氣粗，白樓哪裡是財大氣粗，那是為了圓他父親的夢，他發達起來時，父親身體已經不行了，家裡住不下，父親又不肯離開老屋，搖搖墜墜一個破房子，說好聽是雜貨店，其實賣的都是些破爛，根本只是在做樣子，父親深夜在房間被四周倒下的雜物給壓死，這不是搞笑嗎？

他了解他父親，可是他的兒女並不了解他，恐怕連他妻子也不理解，他蓋白樓的錢，可以在市區買幾層樓豪宅，沒必要在這個老區讓鄰居翻白眼，說什麼白樓有礙觀瞻。漂亮的東西怎麼可能有礙觀瞻？周遭那些破房子才是破壞景觀的東西吧。其實都說不清楚了，但地是他合法買的，建築執照，施工許可，每一個項目都按照法律來，沒有一點可以挑剔的，如果父親還在，會笑得合不攏嘴吧，大安發達了，全家人住在一起共享天倫，這不就是賺錢的意義嗎？

當初要興建三代宅，本來想作為一個建案示範，將來可以在東部他們購置的大片土地上施行，但沒想到真的要實現時，他卻出現了瘋狂的點子，完全捨棄了當初建築師規劃多時的新古典主義風格，他想起發達後帶著妻子去旅遊，見到的泰姬瑪哈陵。那種白，既高貴又純潔，不，這些詞不夠，那是一個男人這一生夢想的實踐，也是他諾言的兌現，而他張大安雖不是君王，卻也有著雄心壯志，他沒有亡故愛妻需要緬懷，他要兌現的是當時對於「一定要成功」的誓言，他想要實踐的是，自己並不只是一個投機、好運的土豪，他雖然學歷不高，卻有過人的膽識與能力，他想藉由這一棟樓，作為自己人生的傳記，他要將他的精神，透過這個建築傳達給後世。

他找了好多家建築師事務所，後來找到了一個日本大師，與一位台灣名家合作，造就了這個令人不敢逼視的美麗建築，結果他是滿意的，雖然過程裡各樓層為了裝潢風格爭吵不休，後來他放手讓各樓自己負責，光是一、二樓他老婆就改裝了好幾次，最後大家都住得舒舒服服的，一切不是很美好嗎？他再過幾年就要退休了，把棒子傳給兒子，如果老二餐飲事業做得順心，他也想把事業版圖拓展到美食領域，不只開餐廳，還要做進出口水產海鮮食材，甚至可以做電商，他光是想，就覺得有無限可能。

結果他兒子掛了。平白無故被人殺死，棄屍山區。

這樣的事怎麼會發生在他身上？

他在警局裡望著穿制服沒穿制服的警員到處奔走，電話鈴響，講手機的聲音，吃東西喝飲料的聲響，一點點動靜都顯得刺耳，這不是真實世界，是虛構出來的世界吧。以前他還沒發達，最喜歡作白日夢，那時待在工地簡陋的辦公室，就著一張鐵桌鐵椅，他點根菸發呆，看似偷懶打盹，但實則他都在發夢，那種清明夢啊，夢境全由他自己編造，都是關於將來飛黃騰達的細節，他要買什麼車，戴什麼的錶，抽哪一種雪茄，他什麼都想過了，各種風格任意組合，總之那都是可以想見的美好將來。

他婚後不久就生了兒子，接連兩個女兒來到，快四十歲時又得一子一女，年過五十他就實現了大半的美夢，而今年近古稀，他感覺人生已臻巔峰，除了身體健康，已無其他可望。他以為他努力打下的江山，可供張家三代人生活無虞，如果謹慎理財，吃上幾代也沒問題，張鎮東被他當成心頭寶呵護備至，當年為了讓他好好求學，忍痛送到國外讀寄宿學校，兩地分隔了六年。這個心頭寶，他嘴上不說疼愛，心裡卻比什麼都寶貝的孩子，就這樣變成一具赤裸的屍體，他的孩子沒有了。

有人跟他說，屋子不要做成白的，像靈堂，那時他還大發雷霆，把那個朋友趕走了。他就愛白，白代表著美，一種奢侈的美，他年輕時沒享受任何有美感的東西，沒過過任何有餘裕的生活，他父親儉省，母親膽小，吃穿用度都是最低底線，他記得母親有一件白洋裝，是她最珍愛的，可母親從來不穿，說白色容易髒，髒了就要送洗，太花錢，那件洋裝留到了母親老去，衣服都被蟲蛀破了。

他喜歡白，他喜歡錢，他喜歡用錢買到的自由，買到選擇，買到餘裕，買到安全感，錢可以買任何一切，但是一百萬美金也換不回他的孩子。

以前張鎮東叛逆，鬧出很多破事，把他惹得大怒，他想過，兒子再生就有，何必被這孩子弄得心臟病發。可是他現在知道了，兒子可以再生，但失去孩子的悲傷卻無法消失。

難道白樓真是個詛咒？他不知道，不想知道，以前算命說過他命硬，什麼事都難不倒他，唯獨他的子女宮不好，得多添子嗣，那時算命也沒算出張鎮東會曝屍山區啊，去他的算命師。他什麼都不想再聽了，抓到凶手才是最要的。

3

找到張鎮東遺體那天，重案組收到上級指示，要限期破案，周小詠跟李俊處理完現場的線索，等法醫初步驗屍，鑑識科蒐證，兩人從山上趕回市區，半途李俊接到一通電話，說是一樁舊案有重要突破性線索，發現嫌犯藏匿的地點在一個廢棄大樓。那件案子是李俊最介意的，他一聽到發現嫌犯藏匿處，立刻急著趕去處理，因此李俊先送周小詠去處理張家夫妻認屍的事，自己前往線報地點。周小詠下車時，李俊還交代她，「小詠，要記得吃飯。」小詠覺得很奇怪，那個時間根本還不到用餐時間，她揮揮手笑著說，「你自己才要當心血糖過低。」

周小詠在警局剛辦完張大安夫妻認屍手續，就聽到電話通知，李俊在工地頭部受到重擊，對方斷斷續續說不清楚，只說李俊已經送到附近的教學醫院了，周小詠感覺自己好像又回到了父親中槍那天，腦子裡什麼都沒辦法想，立刻衝到醫院去。

據說李俊到現場時，嫌犯就躲在工地的棧板後，他用疑似木棍的重物從背後敲擊李俊的頭，李俊倒地，嫌犯逃走，事情發生得很快，其他前來支援的同事沒有來得及抓到嫌犯。

一路上她把車子開得飛快，怎麼辦？怎麼辦？周小詠感到害怕，她起初怕李俊死，後來是怕他不會醒，也怕他醒來失能或失憶，她什麼都怕，發生事情之後，她才知道自己愛著李俊，不知道是哪一種愛，但她很愛他，他是她與這世界唯一的連結。

李俊還交代她要記得吃飯，他從來不會那麼細心，那是最後的一句話了嗎？周小詠感覺自己的頭也受到重擊，腦子轟轟作響，為什麼會這樣？李俊不是天不怕地不怕的鬼見愁嗎？以前大家都說李俊背後長眼睛，第六感特準，什麼都瞞不過他，他怎麼可能被人從後頭襲擊？

時間彷彿回到父親中槍那天，她悲傷地想到人稱周公的父親，也是個鬼見愁，還不是被人從背後放槍，一槍打死？她想哭哭不出來，她還沒見到李俊，不願意相信這是真的。

她趕到醫院時，李俊已經進開刀房了，她想在外頭等，但局裡一通電話又把她叫回去。她告訴自己，張鎮東死了，她手上案子還沒破，李俊中伏擊，她不能慌。

周小詠回警局處理張鎮東的案子，忙完又趕回醫院，醫生說，李俊腦傷嚴重，手術過後，依然陷入昏迷。

在加護病房的李俊，身上插滿儀器，看起來都不像他了，局裡的人都很著急，長官也來探視，探訪時間人數都有限制，周小詠在加護病房外走廊焦急地徘迴，但是她覺得自己不該在這裡，如果換作是李俊會怎麼做？

一定是叫她認真回去辦案，「難過能破案嗎？哭有用嗎？」李俊一定會這麼說。如果他能醒來，第一件事一定也是立刻去辦案吧。

從警局到醫院，或從醫院到警局的路上，周小詠就是兩地跑，最近總是下著雨，鑑識人員說，張鎮東被棄屍那段日子少雨，保留了很多跡證，而如今多雨，天冷，好像刻意要為難已經夠難受的周小詠，她自小就怕雨天，說不上來什麼緣故，雨天讓她心慌，即使如此，她日日穿著防水外套，穿梭在各個場所，她每天還是帶一壺咖啡去醫院，以防李俊醒來想喝，但最後總是原封不動帶回去。

張鎮東死了，至少是一個階段的結束，但面對媒體各種聲浪，案子一下子受到更大的關注，綁架勒索，棄屍山區，熟人犯案，商場恩怨，豪門鬥爭，她都可以想到媒體會下什麼標題，可是標題破不了案子，只會讓他們壓力更大，線報更亂。她在雨中走著，昏迷中的李俊看起來像在夢裡一樣，一切都不真實，真實的只有張鎮東死了，她得去把凶手找出來。

4

自從昨天在電視上看到張鎮東被綁架撕票，屍體在山區發現的新聞後，張太太的眼睛幾乎都黏在玻璃窗上觀察白樓，每天澆花五、六次，掃陽台四、五回，他家人都笑她，乾脆搬張床去陽台睡，看得比較清楚。她確實很注意白樓動靜，從四樓可以看得比誰都清楚，尤其是出事情的白樓四樓，雖然隔著一定的距離，但棟距也不算太遠，而且那個落地窗只要沒拉上，勉強也看得見一部分，有些風吹草動時，她為了看清楚，就跑到頂樓去晾衣服，那就可以看得更清楚了。以前她時常看崔牧芸在澆花，如今想來，她老公被綁架後，她照樣每天澆花，在陽台上看書，陪小孩在庭院裡玩推車，日子過得挺悠閒的，彷彿沒事一樣，真沉得住氣。白樓有管家，還有保母，說保母是好聽啦，就是傭人，那個傭人長得挺清秀的，不太會講中文，一起倒垃圾的時候會遇見，白樓的垃圾真誇張，每天都是幾大袋丟出來，以前她先生就笑說，那種垃圾袋，大得都可以裝死人屍體，真是不吉利的話啊，而且發生了綁架案，大家一定會認為這裡治安不好，那文明街房價不就毀了嗎？

張太太自覺是知識分子，好歹也是退休的老師，可是自從白樓一蓋起來，她感覺自己整個心思都變了，那種軍公教的優越感不見了。她跟她老公兩個人退休金加起來不少，每年出國至少兩次，在山上還有自己的小木屋，日子過得很好，可是白樓在對面，怎麼說，好像就是在嘲笑他們，貧窮限制想像力啊，根本不知道所謂的好日子是怎樣，優渥叫做什麼。他們也不過就是有這麼一棟三十幾年市區老公寓，號稱房價三千萬，有一些積蓄、有股票、有退休金，兒子女兒都有穩定工作，可人家是出門有司機，在家有傭人，連管家都穿制服啊。那棟樓白光閃閃，閃得眼睛都快瞎了，他們在屋裡喝紅酒、品普洱，到拍賣會買骨董，做什麼事業動輒幾億幾億的，他們兒子才三十來歲，開一家餐廳不過癮，連開兩家啊。

她看過陳婉玲出門，沒搭車時，提著一個貴得要命的包包，那一身行頭，踩著高跟鞋，一身珠光寶氣，怎麼不去住別的地方，要來汙染他們這塊寶地，把她的人生價值弄得支離破碎，害她夜不安寢，魂不守舍。前陣子警察來文明街問東問西，那時她就在想是不是白樓遭了小偷，失竊什麼貴重物品？沒想到最後找到的是屍體。張鎮東被綁架撕票，人都死了，贖金也不用付了，想起來就毛毛的，害她現在心裡想的，嘴上說的，都成了八點檔，都庸俗了，她老公就罵她愛管閒事，愛比較，說住豪宅有什麼好，人都死了，還要比較嗎？

可是，怎麼說，沒有出現白樓以前，她的天是多高她知道，現在白樓出現了，天際線整個被改變了啊，她的世界觀、價值觀都被破壞了，到底是羨慕還是嫉妒，還是像她老公這樣，覺得還是平凡小日子比較好，現在連她自己也搞不懂自己了。

張太太一向覺得白樓怪事多，但連她也沒想到會出命案啊，真的越想越氣，白樓把這條街的風水都破壞了，說不定以後房價會跌，以前人家還說白樓會帶動房價，有助於都更，現在事情鬧得這麼大，還有什麼帶動，是帶衰吧？張太太這兩天都睡不好，每天像看連續劇那樣看著白樓那些人的生活，看久了也會有感情，可是，張鎮東死掉她並不難過，反而是生氣的感覺比較多，事出必有因，古人不是說，種什麼因，結什麼果，張大安沒積陰德啊，張鎮東又不幹好事，這一定會報應啊。只是為什麼報應要連文明街也拖下水呢？

以前阿蒂每次出來倒垃圾，都會姊姊長姊姊短地問候大家，這幾個街坊常把自己斷捨離的衣服跟包包鞋子送給她，可是那幾天，阿蒂倒垃圾時都站得遠遠的，也不跟大家說話，白樓的管家也不出門掃落葉了，現在她回想起來，原來是因為那時候張鎮東被綁架了，所以整個白樓氣氛才會那麼奇怪。她希望警察快點找出凶手，查出來龍去脈，還文明街一個清靜，恢復這條街的安全。

5

周小詠一顆心懸著各種事，李俊昏迷了，她想去醫院探望他、照顧他，但她去了醫院，什麼忙也幫不上，如果李俊知道，一定會要她好好專心辦案，李俊在生死之間掙扎，自己卻還在案情裡迷失，照這樣下去，要如何才能破案？她敲敲自己的頭，低聲罵自己，振作點，李俊一定會好起來的，她只要如常去辦案，不要慌亂，不要急躁，還是挨家挨戶一個一個去問，去查，就像以前李俊說的，沒有不透風的牆，越是想掩蓋的，就越容易露出馬腳，她要去把那些隱藏在平靜日常底下，不為人知的祕密找出來。

她反覆思考，雖然已經從崔牧芸口中證實她被張鎮東家暴的事，這畢竟只是崔牧芸的一面之詞，但也有可能是另有隱情，崔牧芸可能是因為外遇或其他事才被打的，這些都還是需要調查清楚。另外，雖然崔牧芸有嫌疑，但她手受了傷，不太可能獨自犯案，也需要去清查她的人際關係和交友情況。周小詠決定再訪白樓，要先問的就是白樓管家陳嫂。

陳嫂知道張家早晚要出事，她曾經擔心崔牧芸會被張鎮東打死，她也曾偷偷報警，但警察來了，只說是夫妻吵架，看牧芸太太沒什麼事，就回去了。其實鎮東少爺後來學會了，都是打肚子啊，後背啊，這種看不出來的地方，但夫人警告她很多次，不要插手管，也不能對外說，夫人對她說，少爺自小脾氣就不好，夫妻吵架動了手，也不是故意的，夫人說有找了個心理醫師，會幫少爺治療，總之，張家上下都有封口令，家醜不可外揚，老爺夫人自會處理。

她還記得曾經聽到老爺罵張鎮東，說打老婆不能那樣打，她聽了大驚失色，老爺子還親自示範要怎麼打，要打衣服遮得住的地方，不然被外人看到了傷痕怎麼行？陳嫂也記得有一次晚餐時，看到崔牧芸臉上有瘀青，那傷痕如此明顯，可是其他人都像沒看見，陳婉玲還交代崔牧芸，「用點遮瑕膏蓋一下吧，這樣能看嗎？」陳嫂趕緊煮雞蛋，拿去四樓讓崔牧芸敷眼睛，那個最有效了。

她上去四樓，以為會聽見爭吵聲，可是等她進去時，屋子裡一切如常，夫妻還在沙發上並肩看電視。張鎮東還用手攬著崔牧芸的肩膀，她看了全身發毛。後來她知道崔牧芸常挨打，甚至還受傷住院，她很替這個柔弱的太太心疼，也很擔心她會出意外，或是想不開。

結果死的人卻是張鎮東。

陳嫂心裡第一個念頭就是，該不會是崔牧芸忍受不了家暴殺夫了吧？雖然之前有綁票勒贖的事，可她記得多年前，出過一起殺夫案，很轟動，那個女子也是不堪丈夫多年家暴，才動手殺人。

但陳嫂冷靜想想，這不可能，如果她真的會殺夫，就該像新聞裡那個女人，是在挨打失控時反擊，才誤殺了人，不可能還籌劃什麼綁票勒贖。她私下有機會跟牧芸太太相處時，也曾勸過她，想開一點，不要鑽牛角尖，千萬不要想不開，這些話聽起來是風涼話，但她有跟她說過一句話，「如果需要幫助，要記得跟我說，我以前待過一戶人家，先生是律師，要離婚的話我們就去找他們幫忙。」然而牧芸太太眼神木木的，嘴上只是說，我沒事，不要擔心。

沒事就是有大事啊。

想到不是崔牧芸被打死，她心就安了一半，雖然不曾目睹她被打，但自己知情不報，也沒有伸出援手，自己都要埋怨自己啊，冷血啊，袖手旁觀，這都不是她的個性，難道是在白樓待久了嗎？心都跟這個花崗石地磚一樣冷？她真受夠了這些高級地磚，冷得人發抖、全室木地板不是很舒服嗎？他們偏不，就要搞一些冷門的昂貴地磚，讓你擦地板時冷到發抖，凍到手痛，讓你跪在那兒打蠟，兩條腿都快跪斷了。真的，這種有錢人有病，是因為太有錢才生的病，夫人苛扣阿蒂，讓她每天工作十幾個小時，給阿蒂吃的飯菜也都很寒酸，她是管家，地位還高一些，因為工錢多，自己可以買些外食來吃，司機工資也滿高的，不過就算如此，白樓的人是把她們當傭人使喚的，他們那種對別人不自覺的輕蔑，以及自我感覺良好到覺得世界都圍繞著他們旋轉，尤其每次家裡辦聚會的時候，一整群有錢人聚在一起，言談舉止真的讓她在一旁聽得目瞪口呆。

他們不是品味都很好嗎？可是男人就在聊股票，談投資，講他們養的馬，買的骨董，女人都在談醫學美容，真的，聊精品包包不稀奇了，現在聊的都是高級美容，幾乎每個月都進場維修，家裡都有私人教練，每天都在減肥。然後不在場的那個，一定是被笑得最厲害的，如果有誰落難了，衰運來了，大家就是一陣嘲笑。像夫人最討厭的一點就是，她明明每週都去護膚保養，也做SPA按摩，但是，她睡前，就是要叫陳嫂端洗腳水，那種水是特製的，各種中藥和祕方下去熬，然後用一個特殊的盆子裝，端到她房間，陳嫂就得在旁邊蹲著等，旁邊放幾條熱毛巾，等到十五分鐘泡完腳，就用精油按摩腳，然後再用熱毛巾包起來，每次做完一整套，陳嫂腰都快斷了。夫人解釋過，不是不願花錢做，是這個療程得睡前做，沒辦法叫外人來做，那可以自己做啊，陳嫂心想，不然，也得付錢給我。當然，這些只是自己的抱怨。

白樓的人是她服務過的人之中最有錢的，所以病得最重，真的，聽到張鎮東死的時候，她有點震驚，可是她一點也不難過，她覺得自己怪怪的，有人死了，她竟然不難過，還有點覺得輕鬆，這是怎麼回事？她最恨男人打老婆，所以覺得張鎮東即使死了也不可憐，她也恨張家的人護短，讓張鎮東為所欲為。崔牧芸住院的時候，她真的感覺張家不能待了，這家人沒血沒淚啊，所有人都知道崔牧芸是被丈夫打的，可是沒有人加以阻止。他們甚至連好好去勸說，去照顧，都不願意。她更恨的是，自己竟然不敢對崔牧芸伸出援手，不曾真的去警局跟警察說明，她的沉默彷彿成了幫凶，她怕什麼呢？為什麼自己會這麼軟弱？

然後張鎮東死了。好像正義得到伸張的感覺，但隨之而來的，卻又是對於崔牧芸的懷疑，以及擔憂。但如今警察上門了，她該怎麼回答？

「聽說張鎮東跟崔牧芸感情不好？時常發生爭執？」周小詠問。

「夫妻吵架總是難免的。」陳嫂謹慎挑選話語，生怕警察開始懷疑崔牧芸。周警官問話聲音冷冷的，這個面無表情的女警，語氣聽不出喜怒哀樂，一雙眼睛大大的，好像可以看進你心裡去。

「是張鎮東家暴吧。都送進醫院了。」周小詠又問，她似乎覺得用恫嚇的方式問話，對陳嫂有用。

「唉，男人要打女人，女人怎麼還手？」陳嫂回答。

「張鎮東是怎麼打她的？都沒人管嗎？」周小詠步步逼近。

「二少爺脾氣不好啊，老爺又很嚴厲，少爺心情不好，就跟太太吵架，吵著吵著，不免就會動手。」陳嫂回答，她心裡真的很想一口氣把自己知道的全說出來，以前是想幫助牧芸太太，後來是有罪惡感，如今，鎮東少爺死了，如果把家暴事實說出來，會不會害崔牧芸反而被當作嫌犯呢？她心裡各種方法互相衝突，感覺心好亂。

「那八月崔牧芸住院那次又是怎麼回事？現在出了人命，你們不要再隱瞞了，幫助我們釐清案情找到真相才是最重要的，知道嗎？」周小詠想動之以情，讓陳嫂把自己知道的事全說出來。

「牧芸太太開始挨打，我記得應該是一年以前吧，後來斷斷續續也常聽到他們吵架，說是吵架，幾乎也都是少爺在發脾氣，八月出事之前，少爺的情緒很不穩定，聽說餐廳出了很多狀況，少爺時常晚歸，又喝了酒，我有想過要跟老爺提，但我確定老爺夫人都知道的，因為牧芸太太受傷時，林醫師就會來，他都帶一個護理師，大多是我去開門的，所以我都知道，有一次牧芸太太額頭流血，我感覺打得太厲害了，我去問夫人，夫人叫我不要管，她說牧芸太太欠教訓。

「我問司機老劉，要他跟董事長提一下，牧芸太太實在可憐，那麼瘦弱的人，這樣打下去怎麼辦。老劉說，這種家務事我們不要插手比較好。

「但有一次我真的受不了，偷偷報了警。結果警察上門，老爺跟夫人對警察說，只是夫妻吵架，已經和好了，管區的人竟然沒問幾句話就走了，根本沒有問牧芸太太本人。我心想，這樣下去會鬧出人命的。

「八月那一次，最早發現牧芸太太挨打的人是我，因為那天我正好要上五樓去幫小姐收拾屋子，我都爬樓梯，很少搭電梯，到四樓時隱約聽見吵鬧聲，忍不住就停下腳步聽了。我聽見二少爺大聲吼叫，然後是摔東西的聲音，二太太在哭，浩宇小少爺也大哭，後來聽見二太太不斷大聲慘叫，我覺得會出事，就跑下樓去跟老爺太太報告，他們才趕緊上樓來。

「後來牧芸太太果然被送去醫院了。說真的，我覺得張家人心都很硬，牧芸太太去醫院，我想過去照顧一下，但夫人很快就會把我叫走，牧芸太太一個人跟阿蒂在醫院裡，真的好可憐，晚上夫人還把阿蒂叫回家照顧浩宇，說阿蒂又不是請來照顧崔牧芸的，我聽了好難過。張家的人都不會去看她，她也沒有通知自己家人，只是有一次我去送飯的時候，看到了兩男一女在病房裡，很年輕的男女，自稱是牧芸太太的朋友，我以前沒看過牧芸太太有什麼朋友的。

「牧芸太太住院的時候，我在白樓工作，突然感覺整棟樓陰森森的，好像裡面藏著很多我不知道的祕密，我想到牧芸太太出院後，可能還是會挨打，如果沒人幫她的忙，她可能會死在裡面。」

「那麼你覺得，張鎮東會是崔牧芸殺的嗎？因為不堪長期家暴？崔牧芸私下是否透露過什麼想逃走或反抗的訊息？就你的觀察，崔牧芸有什麼親近的朋友嗎？」

「你們見過牧芸太太就會知道她不可能殺人，她太瘦弱了，而且手臂骨折都還沒好呢！如果有能力殺人，挨打的時候就會反抗了吧。至於朋友，說真的，這麼多年，連她自己的父母都很少上門，我都沒見過她有半個朋友帶回家，那幾個去醫院看她的人，也不曾帶回家裡過。」

崔牧芸到底過著怎樣的生活？張家人到底如何看待她？而她的受暴與張鎮東的死亡有何關聯？陳嫂的話，讓周小詠感到好奇的是那話語中的欲言又止，以及弦外之音，張家人知道崔牧芸被打，管家司機也都知道，但，白樓隱藏的祕密是什麼？除了家暴，還有什麼是會導致張鎮東被殺的祕密呢？

李俊昏迷後，局裡還沒給她安排拍檔，她獨自去查案，常會心神恍惚，她有時會模仿李俊問話，有時，她又是靠自己的直覺提問，每個人看起來都很可疑，卻也沒有透露有用的線索，她感覺自己快要精神錯亂，幸好她生就一張冷靜的臉，誰也看不出她的慌張。

6

周警官離開後，崔牧芸感覺自己腳仍在發抖，即使喬裝鎮定，還是顫抖著。

過往這一年，崔牧芸每天醒來都感覺今天可能是活著的最後一天。睜開眼睛用力呼吸，感覺胸口會痛，可能是因為胸口的瘀血，也可能因為恐懼。丈夫張鎮東死了，死掉就不可能再回來打她了，可是她夜裡有時作夢，夢中張鎮東依然在她身邊熟睡著，鼻息聲好清晰。夢裡，她側身向他，凝視著這個男人，他的側面如此好看，熟睡時似乎還咬著牙，深夜裡時常聽見他磨牙的聲響，以前她總是心疼，覺得那一定是因為壓力太大導致的，但後來她發現那可能是一種性格，壓抑或控制都有。

夜裡的磨牙聲到後來變成崔牧芸恐懼的聲音，那聲響彷彿在告訴她，張鎮東是有兩張或兩張以上面孔的人，他那張帥氣的臉底下，隱藏著暴力、殘忍，而夜裡的磨牙聲，像是殺伐之聲，自己總有一天會在這樣的刺耳聲響中發瘋。她幾乎是大叫著從夢中醒來，她會一再確認，床上只有她，那個咬牙切齒發出可怕聲響的人已經不在了。

崔牧芸經常感覺有人在看她，明裡暗裡，有一雙眼睛注視著她，她指的不是那些追求者，或者刻意要嘲弄她的人，而是一種更為幽微的存在。

那是她心裡一股信念。

她問自己有沒有不需問理由、即使沒有力量也想保護的人。她有。那有沒有人想保護她呢？記事以來，她一直是孤獨的，進到育幼院之前，只有父親活著的那短暫幾年她有過被愛的記憶，那時她的生命還好好的，還稱得上幸福溫暖，但那時她實在太小了，對於幸福溫暖沒來得及好好珍惜。她只隱約記得父親是個有短鬍渣的男人，身上有某種奇怪的味道，後來她知道父親生前在工廠修車，母親是個普通的家庭主婦，她父母年紀差距八歲，母親生她時才十七歲，年紀太小了，以至於父親死後，母親就像闖了禍的孩子，不知如何面對接下來的人生，她變得逃避、貪玩、時常離家，她一直在等她回來，沒想到等到母親回來，卻把自己帶到育幼院拋棄了。

被送到育幼院的時候，她沒有哭，因為社工阿姨告訴她，來到這裡就不會再挨餓，入院第一天，她吃了個飽，很久沒有吃過那麼多食物了，後來的日子，她再也不曾挨餓了。

她生命裡最重要的記憶都是在育幼院形成的，八歲入院，被院裡安排去上小學，直到十二歲離開。那座位於山腳下的育幼院，傍著漂亮的後山，山上鬱鬱蔥蔥的樹林是他們玩樂的地方，美麗與醜陋兼有，正如那幾年時光，快樂與痛苦並陳，最重要的是，她遇到了陳高歌。

陳、高、歌，這三個字在她心裡突突地跳著，那可能是父母隨興起的名字，大她幾歲的陳高歌與她一樣，有著受虐的記憶，只是被虐的方式不同，她是被忽略，挨餓受凍，而陳高歌則是被毆打，長期遭母親男友的暴力對待，他身上有幾處舊傷，天冷老是會痛，但他總是說不要緊，痛一下就過了。陳高歌體育很好，頭腦也很聰明，最擅長跑步，崔牧芸在進入喜悅育幼院之後，就與陳高歌分配在同一個家庭，在仁愛家一起生活。

育幼院採家庭制，讓院生學習與家人互動，他們真的就像家人一樣生活，雖說育幼院的孩子大多根本不知道所謂的家庭生活是什麼，制度是這樣，大家就這樣做。每一個家有自己的一棟樓，兩位輔導員，還有幾名志工媽媽會來幫忙，每一個家庭收容七到八名十八歲以下的院生，他們一起居住、吃飯、生活，一起去上學，小學中學都在學區裡讀，之後就看個人申請或報考到什麼學校，也有人就此出去就業了。一般院生可以住到十八歲，甚至二十歲也有，S市房租昂貴，大多數的院生都住到年滿為止才搬走，也曾有院生後來結婚變成夫妻一起搬出去。

崔牧芸在十二歲那年被母親帶走，再度出現的母親像變了個人似地，原來是嫁人了，因為一直沒有懷孕，所以才想來帶走崔牧芸，這個原因也是她後來才知道，母親一直是這樣眼中只有自己的人，但她還是她的母親，崔牧芸想離開育幼院，也不只是這個緣故。

繼父人很好，安定母親不安的心，也讓十二歲的崔牧芸相信這次他們不會再遺棄她。新生活比她想像中的還要好，繼父在鎮上開一家文具店，家境小康，繼父愛家，所有心思都放在家人身上。可是平靜生活過不了多久，媽媽開始迷上打牌，有時徹夜打麻將，兩、三天才回來。剛開始，母親沒回家的日子，她很擔心母親又會拋棄她，但後來發現她消失幾天就會回家，繼父也由著母親去玩，她逐漸習慣母親的偶爾消失，漸漸開始依賴繼父，繼父供她讀書，陪她做功課，母親打牌輸錢的時候偶爾會打罵她，但那樣的時候越來越少，崔牧芸相信那就像一種潮汐，只要忍耐就會隨著時間過去，母親只要不要真的拋棄她就好，其他事都可以忍受。

幾年之後，母親終於安定下來了，不再流連牌桌，不再動輒消失。或許那時候起，崔牧芸就養成了一種忍耐的性格，她願意忍受痛苦，只要那可以換來安寧與平靜。她本以為跟著母親回家，就可以有家了，但離開育幼院越遠，她越感覺到其實她並沒有離開那間山腳下的家，因為真正屬於她的家，是那個有著幾個小房間，門口上寫著仁愛家的小木牌，屋裡沒有爸爸媽媽，只有輔導老師跟志工阿姨的模擬之家。隨著年歲過去，她越發懷念起那些與陳高歌、李安妮、林曉峰一起共度的日子，她也不知那是一種什麼樣的懷念，非常奇怪的感覺，好像自己就此停留在童年時代不再長大了，身體裡似乎一直殘留著育幼院生活留下來的影響，這樣是好是壞，她無法分辨，只知道越努力想遺忘，那些記憶就會變得越深。

有時她會納悶自己為何要離開育幼院，或許，她心裡有某種東西死去了，那也讓她有能力活下來，她想要趕快長大，結婚生子，擁有自己的家，擁有不會拋棄她的家人。

她時常夢見育幼院的生活，有美好的夢，以及恐怖的夢，她時常想起陳高歌，以及其他仁愛家的院生，被她喊作姊姊的李安妮，以及二哥林曉峰，他們幾個人真的就像兄弟姊妹一般生活過，或許也是因為如此，她對陳高歌的感情，始終不知道是像對待哥哥、或者某個自己愛慕的對象，只能說那份感情太深刻也太複雜了。

多年後，她意外在兒子就讀的幼稚園與李安妮重逢，八月受傷住院時，在醫院見到了陳高歌與林曉峰，重逢的過程恍然如夢。出院後她在家休養了一陣子，沒有送浩宇去上學，都是阿蒂或司機開車送去的。幾天後李安妮請浩宇轉交了一張紙條給她，紙條上寫著：「身體還好嗎？好多天沒見到你，我們都很擔心，請你記得，你不是孤單一人。你有我們，不要害怕，我們一點一點去解決，不要想不開，只要還活著，就有可能改變自己的處境，我們不都是從最絕望的境地裡走過來的嗎？我們一定會幫助你。有事就打電話給我們，請相信我們。」安妮寫了他們三個人的電話號碼，崔牧芸這時才知道浩宇這麼懂事，但恐怕也知道媽媽受了苦。

兩週後崔牧芸又恢復了接送小孩的工作，其他人問起，都說是意外受傷，回到幼稚園，又可以跟李安妮見面，透過李安妮安排，她終於去了一次林曉峰開的餐廳，也去了陳高歌租的房子。

那天大家都在，都鼓勵她離婚，他們也模擬各種可能，說會努力為她準備打官司前置作業，找工作、找房子，甚至以後要帶她去學才藝，但最難的還是心理建設。崔牧芸婚前上過班，求學時代也時常打工，她不是不能吃苦的人，但自從跟張鎮東戀愛之後，她以為自己會因為生活改善而變得更有自信，卻發現自己在丈夫的寵愛與凌虐之下，變得越來越退縮。她原有的性格都已經扭曲，加上與家人朋友疏遠，與外面世界的失聯，她好像已經失去了獨立生活的自信跟能力，一方面恐懼丈夫的暴力與恐嚇，另一方面又擔憂失去兒子的監護權，覺得自己已經不再完整、沒有價值。如果不是陳高歌與李安妮等人的一再鼓勵，她感覺自己好像沒有任何中心思想，有的只是怕跟躲，得過且過，一天過一天，變成一個腦子空空的人。

什麼可能都想過了，可以準備的都在準備中，然而有一天，她最懼怕的惡魔死掉了。

張鎮東既已死亡，就無需再離婚了，只要主張自己對張浩宇的撫養權，張家也無法刁難，但她沒有謀生能力，或許對於爭取撫養權有害，畢竟張家勢力龐大，可以動用最好的律師。該怎麼辦？一陣慌張又抓住了她的思緒，她感到呼吸急促，胸口悶熱，喘不過氣來。

煩憂的時候，崔牧芸總會到陽台澆花，看天空，傍晚時分，一整個夕陽西下的景象盡收眼底，以往她可以靜靜看上許久，而如今，那一團橘黃顏色遞變下沉的景象，不知為何讓她感受到的不再只是美，而有了些許恐怖與疑慮，一個生命的消失，那麼強烈地告訴她許多事實。她應該早些離婚，不計代價地離開。但她很清楚，自己就是因為小時候失去父親，又被母親拋棄，內心始終有著自卑自棄的感覺，才會讓她那麼快就結婚，那麼渴望擁有自己的家，她不能讓這樣的惡性循環發生在自己孩子身上。

如今的白樓，好像失去了魂魄，徒留一個華麗的空殼，早餐時間崔牧芸已經不再下樓，她跟小孩在四樓，阿蒂簡單弄給她們吃，崔牧芸能不下樓就不下樓，她暫時都不想見到其他人，不想被問問題，也不想再繼續忍受婆婆的指揮跟操縱，她似乎在張鎮東死後，就自動脫離了媳婦的身分，甚至也脫掉了張家人的身分，那些都是她不要的，會分到多少財產，不重要，她只想要孩子，想要離開這個家，張大安打算舉辦一個盛大的喪禮，但細節崔牧芸一點都不想參與，誰來勸她，她都不聽，奇怪為何以前在意的事，現在都不在乎了，她感覺以前束縛她的東西，一下子都解開了，她只想要小孩，其他都可以捨棄，以前還有很多矛盾的心情，突然一下子都明朗了，即使前途未卜，但她想離開這裡，她想脫離這個家，這個心情非常明確。

7

周小詠走進醫院，李俊仍在昏迷中，有一個女人來看過他，但沒有留下來陪他，診間只有一個看護照應，李俊從手術房出來，頭部的傷造成多少破壞都還不知道，警局的同仁輪流來看顧，因為李俊仍在昏迷，大家也就是在一旁呆坐著，做什麼都不合適。

只有周小詠來到這裡，就跟李俊說話，說些什麼呢，什麼都談，主要是談張鎮東的命案，旁人看了覺得吃驚，「小詠，你跟誰講話啊，組長昏迷聽不見啊！」周小詠沒理會，跟李俊說話就像自己腦中在思考，她攤開一些資料，對他覆述著誰誰的證詞，分析來龍去脈，思索前後關係。有時說累了，她就削一只蘋果給自己吃，病房堆滿水果鮮花補品，但李俊又沒辦法吃，周小詠喜歡吃蘋果，她記得李俊也愛吃，有時工作誤餐，就是一只蘋果度過一餐。她的蘋果削得坑坑巴巴的，沒有半點刀工，她倒是記得李俊曾給她削過一只蘋果，從頭到尾一圈皮完美削成，但即使是這樣的事，也沒能讓他們這兩個嚴肅的人有什麼反應，吃蘋果，談案子，最後把蘋果核扔進車上的塑膠袋，車子裡有時會有淡淡的酸味。

如今想到那些蘋果、咖啡、甜點，想到李俊吃東西的模樣，好像什麼都可口，他張開大嘴，賣力咀嚼，有時會發出嘖嘖聲響。以往她覺得李俊吃東西很誇張，好像多久沒吃飯似地，有時一起吃麵，因為匆忙，即使湯還很燙，李俊也是邊吃著邊喊燙，還是稀哩呼嚕吃下肚，當警察很少吃麵，因為吃東西得很快，但李俊嘴饞，偶爾還是要去麵館吃上一碗熱熱的湯麵，周小詠突然想起，李俊每次吃麵時，都是帶著她去的。他們在一起的時間很長，有時長得好像沒有盡頭，周小詠回想起那些時光，李俊無論多麼難看的吃相，都變成無比奢侈的記憶了。

周小詠自認為是個平凡無奇的警察，她在警隊沒有特別大的功勳，她辦案只有執著二字，跟她搭檔過的人都會被她的死心眼給氣死，後來索性隊長就把最難纏、最煩人的案子交給她，所有繁瑣細節都讓她去核對。周小詠從不抱怨，她很難對別人解釋她為何喜歡這份工作，因為她唯有在絞盡腦汁查案時，可以夜夜有夢，而夢裡父親會來與她相會。她知道這不是託夢或什麼神奇能力，這是日有所思夜有所夢，她思念父親、努力破案，兩者合一，就成了夢裡辦案的情節，但這就是她想要的，平時如何思念父親，也只能望著照片憑弔，唯有當真的大案來臨，當她全身心投入，鑽牛角鑽到快出不來的時候，父親會到夢裡來救她。

不是常有大案可以查，大多數的時候，都是些竊盜、詐欺、賭博、毒品案，出入賭場、毒窟或者一些風月場所，再來就是一些情殺，互砍，或者虐童案，其實每條人命都很貴重，她都慎重對待。兩年前母親因癌症病死，死前也沒有給周小詠好臉色看，罹癌的母親，對小詠埋怨更深，怨她工作忙碌，怨她不交男友不結婚，怨她跟她老爸一樣把生命都貢獻給死人跟壞人。「死人跟壞人」，母親真的用這樣的字眼描述周小詠的工作，怨她喜歡死人多過活人，寧願跟歹徒交手，也不跟男人交往。

周小詠很喜歡做檢視行車紀錄器、監控系統這些工作，對旁人來說這是枯燥乏味的事，但對她來說，卻有點像看電影，螢幕裡所有的人與車，都不是面目模糊難以分辨的整體，每一輛車都是獨一無二，每一個路人都有著各自的特點。她擅長分辨、分析與記憶，她可以從幾十幾百個小時裡看見的點點滴滴，在記憶裡構成巨大的網絡，將那些經過的人事物都變成一個一個圖像記在腦中，並且在適當的時候產生連貫，某些具有特徵、特殊性的人車或情況會突然像閃著光芒似地跳出來。

然而這一次，周小詠的特長並沒有辦法發揮，案發後組裡有幾個人幫忙監看白樓文明街附近巷口的監視器，沒有什麼可用的線索，那幾日無論在哪一台監控，都不曾看到張鎮東出入，但現在屍體已經尋獲，監看範圍就轉移到發現屍體的山區。山區範圍很大，棄屍地點附近沒有監視器，他們只好搜查附近幾條通往山區的道路，但範圍實在太廣，偏僻地方不像市區，到處都有監視器，即使找到最近的監視器，大多故障或損毀。

周小詠在監控室看監視錄影，需要監看的時間段長達一週，觀看經過山區周圍的人車，逐一紀錄，挨個調查，這裡人車稀少，行經的大多是登山客，查了兩日一無所獲內心沮喪的周小詠給李俊打了電話，手機進入語音信箱，她才想起自己早上才從醫院出來，李俊出事之後，沒人給他的電話充電，電池早就耗光了。

周小詠站在街邊哭了起來。

8

組裡給她派了新的搭檔李廣強，老實可靠的一個男人，辦案能力也強，以前大家作弄周小詠時，他從不幫腔，他倆搭檔似乎是最好的選擇。但周小詠自顧自地辦案，與李廣強各做各的，大家都知道李俊昏迷後周小詠受到打擊，長官同僚都沒為難她。張鎮東的命案上了很多新聞，連談話節目都開始怪力亂神，找來各種專家能人從各種角度談論命案，最可笑的是有媒體找上劉在旭，他竟也大咧咧梳著油頭上節目大談特談，新聞媒體剪接以前瘾思餐廳開幕盛況，當時張鎮東接受媒體訪問的照片跟影像到處流傳，八卦雜誌、新聞媒體、網路名人，各個都有主張，就在那時，有民眾爆料說張鎮東有家暴行為，爆料民眾是一位婦人，自稱是張鎮東的鄰居，她給媒體一段錄影，影片中有崔牧芸被送上救護車的畫面。

媒體開始捕風捉影，有人開了第一槍，把案情指向了「妻子不堪家暴痛苦，憤而反擊？」媒體曝光崔牧芸戴著墨鏡、手臂受傷的畫面，談話節目開始討論一件殺夫舊案，影射崔牧芸殺夫的可能，一些兩性專家就開始談論不堪家暴殺夫的話，是不是有減刑的可能。一時間，婦女家暴的問題變成熱議，一些曾嫁入豪門的藝人在談話節目控訴自己過往在豪門生活裡的辛酸內幕，豪門婚姻又成了另一個熱議的話題。豪門、家暴、殺夫等等都變成熱門關鍵搜尋，據說張大安找人去電視台施壓，但也沒能阻擋那些節目的熱播。

如今組裡一天到晚都有記者流竄，周小詠對記者沒有好臉色，當然也是因為她面無表情的緣故，但也有記者拍到周小詠一張臭臉，揮手要記者走開，網路上周小詠的照片旁大字寫著：「因為張鎮東身分特殊，警方拒絕透露案情。疑似幕後有黑手操作，不排除熟人犯案」。

周小詠索性把對外的事都交給李廣強，自己專心處理蒐證。

她心中有種說不上來的奇怪感覺，把整件事想了又想，目前崔牧芸嫌疑最大，她去查崔牧芸是否有外遇，但卻發現崔牧芸連常來往的朋友都沒有，目前掌握到的就只有曾去病房探病的兩男一女。她突然想起林曉峰說過，崔牧芸是風雲餐廳的熟客，所以才會知道有外燴的服務，這麼說來，風雲餐廳是崔牧芸常去的地方，餐廳的人反而才是崔牧芸少數的交友對象。

周小詠決定進一步調查風雲餐廳主廚以及當天助手的身分與背景資料。

她請李廣強透過警政與戶政機關交叉比對，李廣強在各個資料庫搜查，發現風雲餐廳老闆林曉峰與陳高歌以前都待過喜悅育幼院，且他們兩個都是海順商工的學生，這層巧合使她心中萌生一種奇怪的聯想。她請人調閱了崔牧芸的戶籍資料以及求學背景，最初的資料沒什麼特別，但細查之後，她發現崔牧芸、林曉峰與陳高歌都讀過同一個小學，後面的人生她與他們二人就沒有什麼關聯了。

周小詠去查詢崔牧芸的父母，發現崔牧芸的父親是繼父根本不姓崔，他母親是改嫁的，崔牧芸的生父崔智勇在她七歲時因病去世，母親後來才再婚，且崔牧芸八歲到十二歲之間的生活有一段資料是空白的，只查得到就讀的小學，周小詠打電話到崔牧芸家查問，崔牧芸的母親才說明當時情況，說崔父死後，生活困難，就把崔牧芸送進了育幼院，過了幾年才把她接回來，這段經歷當時為了保護崔牧芸，資料是被保密的。

周小詠恍然大悟，原來崔牧芸也曾經待過喜悅育幼院，那麼，他們三人可能都與張鎮東的死亡有關。

雖然還沒有證據，但光是這點就可以再次傳他們來問話。

她心中百感交集，她讀警校時，有個好友就是育幼院出來的孩子，好友曾對周小詠說過，對育幼院生活不堪回想，因為以前在那兒都是痛苦的回憶，她很少對別人提及過往，但她也知道有人是把育幼院當一輩子的家，與院生或輔導老師們變成像家人一樣親近。周小詠不知道崔牧芸他們三個是什麼情況，崔牧芸是被親生母親帶走，後來嫁入了豪門，那他們到底是一直都有保持聯繫，還是後來因為什麼原因又聯絡上了？而且他們幾個人的談話中，從未提過他們一起待過育幼院，為什麼要隱藏這件事？難道是為了隱藏其他不可告人的事？周小詠懷疑，張鎮東綁架案，是否就與風雲餐廳的人有關？她決定再度請林曉峰與陳高歌來警局說明。

9

首先到案說明的是林曉峰，林曉峰的穿著有點嘻哈風格，長相端正，眉心有個黑色胎記，他是趁著下午餐廳休息時間來到警局，他對於他們三人相識毫不避諱。

「周警官，牧芸離開育幼院之後，就回去跟她媽媽一起生活，後來又嫁入了豪門，我想她一定不希望以前待過育幼院的事被人發現，所以我們也努力幫她保密，但既然你問了，我也實話實說，我們幾個確實都是育幼院出來的。我跟陳高歌一直都有往來，我們是前後梯入伍，退伍後就出來自立，剛開始我們兩個跟另一名院生一起租了公寓住了好幾年，後來我開始到餐廳工作就搬走了，不過他們倆還住在一起，那個院生叫李安妮，我們小時候是最要好的朋友。安妮以前做美容，接著去做咖啡店，後來他們咖啡店租下薔薇幼稚園的咖啡吧生意，安妮去那邊顧店，才遇見了牧芸，一切都是巧合。

「牧芸十二歲離開育幼院後，就很少有她的消息，我們退伍後有去查過，知道她考上大學，跟家人關係穩定，以前我們總是擔心她媽媽，因為她媽媽曾經逃家棄養她，但後來再婚後家庭似乎挺圓滿的，牧芸怎麼會嫁到張家那種有錢人家，這也實在很離奇，但牧芸從小就很優秀，又漂亮又有氣質，或許張家少爺被她美貌與氣質吸引吧，後來我們再見面時，她真是變得好高貴，好優雅啊，臉還是以前那張臉，可是舉手投足間，就是那麼清新脫俗，如果不是張鎮東會打老婆，那真的是很好的歸宿了。

「牧芸離開育幼院之後，我們就沒有聯繫了，雖然默默關心著她，但只要她過得好，我們也都很開心，後來安妮與牧芸巧遇，之後她們兩個常聯繫，牧芸才對安妮說了自己被家暴的事，她八月住院時我們也去看過她。會有外燴這件事是因為我們重逢後，我招待牧芸過來餐廳吃飯，她很喜歡我們的菜，所以她要我們去她家做外燴，我當然說沒問題。

「對，是牧芸建議張鎮東找我們辦外燴的，不然張鎮東怎麼可能知道我們這種小店，但我們小歸小，做菜也是不馬虎，上過週刊特別報導的。

「我們本來是想藉由去她家外燴，觀察一下她的生活環境，我請高歌過來幫忙，因為我們都想親自看看張家到底是怎麼樣的，幫牧芸判斷到底要不要離婚。我們認真談過了，藉著外燴觀察張家，也藉機了解張鎮東，看看他們夫妻的互動，認識一下她先生，看看往後有沒有機會可以協助他們溝通，甚至可以幫忙處理離婚的事。因為牧芸的家人不希望牧芸離婚，只是一味地要她忍耐，說忍一忍將來就是富太太，小孩日子也會好過，離婚了就什麼都沒有，可是那怎麼忍啊，張鎮東把她打得骨折腦震盪，還把孩子都流掉了。

「不是，不可能因為流產就去設計綁架勒贖，還弄到撕票殺人啊，我們只是想協助她離婚而已。如果是你的好朋友發生這種事，你也會想幫忙吧，但是幫忙歸幫忙，不可能幫忙殺人，這種推測也太不合理了。

「周警官，我們曾經是家人，替家人著想是自然的，所有人都是勸和不勸離，但我們都是破碎家庭出來的小孩，像我，根本就沒爸媽，是徹底的孤兒，我長大也很正常啊，沒有好的父母，還不如不要。怎麼說服？動之以情，說之以理啊，不得已的時候，威脅也有考慮過，你看我這塊頭，凶起來，也有點架式吧，但重點是張鎮東沒出現啊。不可能跟不在場的人談判吧。總之，就是這樣，張鎮東二十八日晚上直到我們離開前都沒出現。我所知道的就是這些了。」

林曉峰離開一小時後，陳高歌也來到了警局。周小詠再次見到陳高歌，更覺得他好像是她夢中出現過的人，這種印象非常奇妙，陳高歌似乎是感應力很強、很敏銳的人，身上有一股難以形容的神祕感，長相算英俊有型，眼神銳利，但不喜歡直視對方。他的說法跟林曉峰很相似，只願意承認與崔牧芸一起待過育幼院，但其他部分一概否認。

「我們四個人小時候確實一起在育幼院生活了幾年，但牧芸十二歲就被她媽媽帶走了，後來逐漸就跟我們失聯，直到安妮在工作的幼稚園跟她相遇，我們也只是輾轉從安妮那邊得知她已經結婚生子，等我們再見面時，已經是八月牧芸住院的時候了。畢竟分開了那麼久，她也有自己的生活，我們不方便去打擾她，她出院之後，曉峰請她來餐廳吃飯，之後她偶爾會過來，通常都是她有過來餐廳吃飯，大家會相約一下，她夫家管得很嚴，也就吃過幾次飯，聽說回家就要挨罵很久，她住過育幼院的事，一般都是不對外說的，好像張家的人也不知道，不過這種事認真一查就查得出來，你們不是就查到了嗎？所以我想，張家應該早就知道了。

「不過，待過育幼院又怎麼樣，牧芸各方面條件都很好，嫁給他們也不算什麼高攀，她大學時就拍過一支廣告，也有人找她去拍戲，是她不想做而已，不然也可以當明星，將來前途也不可限量。

「嫁進張家沒什麼好的，我們在餐廳工作，也去過一些豪宅辦外燴，豪宅就是豪而已，有錢就覺得自己什麼都買得到，就像她老公張鎮東，事業不順，就打老婆出氣，連自己的孩子都打掉了，這種男人，算什麼男人，不過你別以為我生氣，就會去綁架他，還鬧出人命，我們沒那麼傻，根本沒必要為那種人渣犯罪。

「我們都想好了，先讓牧芸去找工作，培養一技之長，牧芸以前手就巧，我們都想好讓她去上課，學烘焙、做麵包，如果到時候離婚，真的可以把孩子帶在身邊，沒有拿到贍養費也沒關係，我們一起養啊，曉峰餐廳生意很好，安妮又會賣咖啡，我想過我們把餐廳擴大，做西餐也賣咖啡跟甜點，四個人一起經營，這樣以後小孩的教育費都沒問題。

「我思考了很久，要親眼看看張鎮東是怎樣的人，才能知道往後要如何說服他，我跟曉峰商量過，不管是說服也好，爭吵也好，威脅也行，只要能讓牧芸離婚，孩子的撫養權可以好好商量，牧芸擔心的那些人身安全的問題我不會讓它發生。

「牧芸住院時，我們協助她拍攝了被施暴受傷的照片，證明張鎮東家暴，到時候離婚官司上法院，贏的機率很高，我們就是輸在經濟條件而已。我們最近也在找房子了，想說租一個三房的公寓，我、安妮還有牧芸跟小孩全部住在一起，曉峰他有未婚妻了，不方便跟我們住，但是大家住得近一點，可以互相照顧，我們都規劃好這麼光明的未來，幹嘛去殺人。

「因為談判破裂起殺機？警官，張鎮東根本不在場怎麼談判？我不知道要怎麼證明，但他就是不在場，我沒見過他。是你要去證明我們見過他，而不是要我們證明我們沒見過他。你懷疑我們利用外燴服務綁架殺人？你想像力太豐富。我只能說，你要去證明我們犯罪，而不是我們要證明我們的清白。這個邏輯你懂吧。

「我再說一次，張鎮東很壞，是個媽寶，渣男，虐待狂，但我們沒有殺了他。我們只是想把牧芸帶走，只是希望和平離婚，得到撫養權，二十八日我們沒有見到張鎮東。你問一百次，我也是這個答案。」

10

那是九月中某個涼爽晴朗的午後，秋天的風吹過陳高歌的面頰，天空很高，雲朵潔白，在這樣的晴空下，他從大學校門口進入，目標清楚，路徑他已經熟悉。綠樹成蔭，風微微搖曳著樹葉，空氣透明澄淨，走在剛開學的大學校園，青春氣息滿溢，而自己身上竟毫無青春感。他等待鐘聲響起，便走向那棟學院建築，一群學生走下台階迎面而來，四男三女，陳高歌看見崔牧芸就在那群人裡。

這不是他第一次偷偷看她，自少年離別後，陳高歌就讀職業學校時，從以前的輔導老師那兒得知崔牧芸就讀某所知名的女子中學，但當時陳高歌並沒有去找尋她，直到他從軍中退伍，開始工作以後，得知崔牧芸就讀的大學，他才到大學裡去尋找她。

分離後再次看見崔牧芸，她已經是留著長髮的大學生了，他都只是遠遠地看著。她每週四下午有一堂課在文學院，陳高歌都是在這個課堂教室見到她，即使相隔多年他也能一眼認出，她的臉幾乎與當時一樣，只是變得成熟許多，那是一張潔白的鵝蛋臉，精緻的五官，在一群學生裡，有她在的地方，彷彿被燈光打照，周遭都是亮亮的。

陳高歌有意要靠近崔牧芸，他來過這個校園許多次，始終只是徘徊著，遠遠望著，他想先逛逛校園，感受一下大學的氣氛，他自己讀到商工二年級就輟學去當兵，讀書時也幾乎都在打工，沒認真待在校園，他當時讀的是建教合作的學校，大多數的時間都待在工廠裡。崔牧芸讀的大學校園非常寬敞、宮燈大道、杜鵑花叢、古典校舍，他感覺這一切都非常適合崔牧芸。畢竟她從小就那麼聰明，讀書、畫畫、跳舞，什麼都難不倒她。她一直想學的鋼琴，也不知道後來有沒有機會學習。

這次陳高歌大膽了些，他選擇直接與她面對，從十公尺以外逐漸靠近她，他感覺自己心臟突突地猛跳，他擔心自己的心跳聲會引人注目，但或許只是錯覺。崔牧芸和幾個年輕男女並肩走著，她手上抱著一疊書，肩上揹一個帆布包，身穿一件花色長洋裝、白球鞋，樸素清麗，她笑容開朗，光潔的臉上好像什麼傷害都未曾發生過，她看起來已經是與陳高歌不同世界的人了。

崔牧芸朝陳高歌這邊走來，陳高歌擔心她會認出自己，但隨即又想到自己頭戴棒球帽，臉上黑框眼鏡，寬大襯衫包裹身體，像一個黑暗的影子，只是一個誰都不會注意的人，崔牧芸不會注意到他們擦肩而過。那群學生的一個男同學撞到了陳高歌的背包，那人跟他說了聲對不起，他們沒有因此停步，在談笑聲中走過去了。

人群裡似乎飄散著一種香味，香味落入了陳高歌的鼻腔，竄進他全身的感官裡，他辨認出來，那是一種茉莉花的氣味，從他小時候就時常在她身上聞到的，那時，是他親手摘了茉莉送給她，讓她別在耳朵上，那麼現在是什麼導致那樣的香氣瀰漫？或者是自己的錯覺吧，陳高歌習慣性地揉揉鼻子，那樣清麗的女孩就該有股花香味。崔牧芸與自己錯肩而過，他仍忍不住回頭張望，想要多看她一會，就在那時，崔牧芸也回過頭了。陳高歌因為驚恐被她發現而立刻將頭扭過，在那短短的瞬間，陳高歌感覺她認出自己了。

他拔腿就跑。

陳高歌跑得那麼快，感覺像校園裡的風都被攪動起來，好像因此造成了一股不尋常的氣息，形成一個回憶的風洞，把往事都翻攪起來，他想起小學時的運動會接力賽跑，崔牧芸在場邊大聲地喊加油，還有校慶時參加兩百公尺賽跑，崔牧芸也在場邊加油，他只要想到她會在場邊看，就有動力跑得更快。他一直都在為她賽跑，參與各種比賽，就像她努力讀書，想要在學校得到好成績，他們都那麼拚命，想要越過自己身世帶來的陰影，他們都是沒有家的孩子，崔牧芸父親早逝，母親落跑，爺爺奶奶疏於照顧，瘦得只剩一把骨頭，最後被她媽媽丟到了育幼院。陳高歌的父親因搶劫坐牢，在牢中被獄友刺殺。母親與男人同居，他被母親的男友長期毆打，逃家後被警察送到派出所，最後輾轉被社會局送往育幼院。

他們是在育幼院一起長大的孩子。

往事攪亂了他的心思，但他沒有停下腳步，而是飛快地跑著，直到跑出校園都沒有回頭，他跑得氣喘吁吁，心臟快要爆裂。他跑出校園，跑過馬路，穿到地下道，穿越整個夜市街，直跑到再也跑不動為止，那時他置身於一個巷弄裡，他沿著巷弄直走，穿街走巷，經過長長的河堤，又爬上許多的階梯，他來到位於山坡的一個小屋，這是他的棲身之所，距離她就讀的校園，不過十幾分鐘路程而已。

陳高歌藏身於這個小屋已經一年，屋子簡陋，只是貪圖距離，以及這位在市區卻遠離塵囂的感覺，鄰居都是些榮民老伯伯，也有些年輕藝術家在這兒設置工作室，近來越發熱鬧了，這兒會讓他想起同樣位於山邊的育幼院，那曾經是他與崔牧芸一起生活的地方。

那是許久以前的事情，卻是他一生最貴重的回憶。

距離崔牧芸離開育幼院，已經好多年了，如今他們都已成年，不知道崔牧芸是否已經能夠獨立生活，需不需要打工，家裡給的錢夠不夠用？崔牧芸的母親曾經遺棄她，幾年後又突然出現將她帶走。仁愛家的家人都很擔憂，畢竟她曾被親人拋棄，母親又是那樣任性的人，但崔牧芸想跟母親離開，態度是那麼堅決，他知道崔牧芸想擺脫的不是他以及仁愛家的家人，她想擺脫的是在育幼院裡那些令人困擾的記憶。困擾，陳高歌腦中響起這個字眼，以前他們總是這麼稱呼那些令人傷痛的事，比如他身上陳年的舊傷，他不喜歡與人視線相對，習慣戴著帽子，把帽沿壓低，弓著身體走路，比如崔牧芸夜裡會夢遊，悲傷的時候會吃紙，把衛生紙撕成細細的條狀，一點一點掰下來吃，比如李安妮長期失眠，慣性暴食與催吐，造成牙齒損壞，那些心理的創痛都化成身體徵狀反覆出現，林曉峰是最正常的一個，卻也有強烈不安全感，非常愛哭。

那時如果也有人出現，說要帶他們走，他們必定也會樂意離開，但崔牧芸離開那天，大家是那麼傷心，崔牧芸的媽媽帶來好多禮物，她的繼父看起來是個好人，開著嶄新的車子，兩人慎重地來接她，當汽車進入院區，好多小孩都跑出來看，崔牧芸的媽媽打扮得好光鮮，她給了崔牧芸一件漂亮的洋裝，還幫她綁了辮子，可是那件洋裝讓崔牧芸有了不好的聯想，離開前，她又反覆跟陳高歌說：「媽媽當年帶我來育幼院的時候，也幫我買了新洋裝。」

但崔牧芸還是換上洋裝走進了那輛汽車，揮著手跟大家告別，院生都知道，超過五歲以上就沒有被領養的可能，而崔牧芸已經十二歲了，更不可能離開，但帶走她的人是她的親生母親，這樣的故事也是有的，只是鮮少發生。

陳高歌至今仍會心痛地想起崔牧芸離開那天，林曉峰追著車跑出院區，那輛車開得那麼急，車輪滾出塵煙，好像急欲甩脫車身後所有一切，他看見崔牧芸坐在後座，臉趴在車窗上望著大家，但那張他熟悉的臉越來越遠，終於消失不見。

他沒追車，沒哭泣，他知道讓她離開院區才是對的事，崔牧芸應該到外面去，即使那個惡魔已經離開了，但只要待在這裡，惡夢就不會消散，即使他是那麼想要繼續跟她一起生活，那麼渴望著曾經有過的溫暖記憶可以一直延續下去，但希望就如絕望，一直是他熟悉的東西，因著擁有希望所以才會絕望，但也因為絕望到底才又生出希望，這是他讓自己活下去的方法。

最初崔牧芸仍會寫信回到育幼院，但信件越來越少，後來崔牧芸就不再與他們聯繫了。

陳高歌與大多數沒被收養的院生一樣，待到了十八歲，他離開職業學校，先去當兵，退伍後就獨自到院外居住，崔牧芸離開後逐漸失去聯絡，陳高歌聽以前的老師說起崔牧芸考上了知名的高中，後來也考上大學，他一直等待著與她見面，但直到自己已經正式工作了，才開啟了尋找崔牧芸的路途。

他想著到底什麼時候自己才會走上前去，對她說出一句話，而那句話又是什麼呢？每次想到這裡，陳高歌腦子裡會出現一種奇怪的現象，他命名為當機，太多字詞、思想、感受齊湧而造成的感受失衡，他會覺得肚子很痛，像被人揍了一拳，他摀著肚子，放空腦袋，深呼吸，慢慢吐氣。他知道那種感覺是什麼，就像他們曾經放養過一隻小鳥，鳥兒掉落在院區的樹下，李安妮撿了回來，他們幾個人每天給小鳥餵食，直到鳥兒康復，最後他們決定將小鳥帶到後山，李安妮哭著說不要，但還是把小鳥放在手中，親自放飛。

這或許是像他們這樣的人，可以給予的，最好的愛。

11

法醫所傳來資訊，驗屍結果死因則是肝臟動脈破裂，失血過多。死亡時間目前只能推論為發現屍體的五天前，比較接近的死亡時間還需法醫透過培養屍體上的蛆進一步推算。

張鎮東屍體被發現之後，白樓天天都有記者守候，報刊雜誌，網路媒體，開始關注這棟位於市區的豪宅，巷子裡也常有好奇群眾聚集，張大安雇了一個保全專守門外，阻擋任何人靠近偷拍。

門禁森嚴的白樓，在張鎮東死訊確定之後，張大安又力圖振作，恢復了往常七點半的早餐時間，陳婉玲有時出現，有時沒有，治喪事宜瑣碎，加上凶手尚未查明，陳婉玲也還無法真正接受張鎮東的死亡，張家的小女兒張婉菲得知張鎮東死亡，立刻趕回家來，協助張大安與陳婉玲處理家中事務。

用餐時間，崔牧芸帶著兒子入座，但家人都不理會她，大嫂周語嫣甚至出言譏諷：「有些人就是不知道輕重，人死了，關係倒是撇得一乾二淨，卻也不知道自己嫌疑最大，還吃得下飯。」

崔牧芸沒有回嘴，張婉菲卻率先替她說話：「媒體愛怎麼寫，難道我們都相信嗎？二嫂手上有傷，怎麼可能動手？真要這麼說的話，事情沒有查清楚前，誰都有嫌疑。」

張浩宇聽見大人爭吵，又哭了起來，近來他時常夜啼，不肯單獨入睡，張大安與陳婉玲在張鎮東死後，對於張浩宇這個孫子更加寶貝，一聽見他哭，張大安立刻要眾人閉嘴。

不一會兒各家人吃完都回自己的樓層了，張婉菲留下來與崔牧芸說話，好不容易安撫了張浩宇，崔牧芸顯得精疲力竭。

張婉菲今年二十九歲，讀的是社工系，大學時代交了個男朋友，開始叛逆，她對於自家的父親擁有那麼龐大的家產感到矛盾，因為是老么，父親特別縱容，自小沒什麼管教，都讓她自生自長。張婉菲從小是家裡的阿姨帶的，阿姨都帶著她去菜市場買菜，張婉菲更認同的是阿姨生活的世界，沒有富家女的習性，畢業後還跑去慈善機構服務做義工，跟男友一起在外面租房子住。那屋子收留很多待業的朋友，一層公寓有時還住上七、八個人，鬧哄哄地，陳婉玲因故去過一次，屋裡竄出蟑螂，她嚇得不敢再去。一向與張家人作風大不相同的張婉菲，穿著打扮都像個普通學生，她從不穿名牌，也不愛跟家人去什麼高級餐廳，連她住的五樓，也幾乎沒什麼裝潢，白樓從施工到完工，她都是反對的。「那麼大一塊地，如果蓋公共住宅，可以住多少戶人家？只給我們一家子住，太浪費。」她對她老爸吼，張大安笑笑隨她去，張婉菲不會闖禍，在外頭也就是在做些救濟窮人的事，張大安有時還會偷偷捐點錢給他們單位，想說好歹能讓他們寬裕點。

張婉菲跟張鎮東年紀相近，小時候是玩在一起的，婉菲個性像男孩，張鎮東很疼愛這個妹妹，去哪都帶著她。雖然大人都說張鎮東靜不下來，可是婉菲記得自己小時候晚上睡不著，會去哥哥房裡找他，哥哥會放音樂給她聽，還會模仿吉他手來一段SOLO，逗得張婉菲笑個不停，兩人在床上笑著鬧著，也就睏了，張婉菲就睡在哥哥床上，一早才讓奶媽帶回房去。

直到張鎮東出國前，他們倆都很要好，那時張鎮東要是脾氣上來，又在大吼大叫的，家人就會去把張婉菲帶來，讓她去哄張鎮東，張婉菲知道哥哥生氣的點在哪，很快可以讓他安靜下來。哥哥有點沒自信，他又很好強，一般人分辨不了，以為他蠻橫，只有張婉菲知道，哥哥心裡有點扭曲，他發脾氣是為了得到關注，他表達愛的方式格外激烈。兄妹離別多年，漸漸地張婉菲也不是那麼了解他了，但張鎮東還是她敬愛的那個哥哥。張婉菲跟鎮海年齡差距太多，也沒什麼互動，她不太喜歡大嫂，覺得她趾高氣昂，她也知道大哥大嫂排擠二哥二嫂的事。白樓蓋起來之後，張婉菲很討厭那張長飯桌，每次吃年夜飯，每個人講話都夾刀帶劍，在那盞水晶燈映照底下，每個人臉上亮澄澄的，卻也映照出人心的黑暗。張婉菲感覺自己不屬於這個家，屋裡的金碧輝煌，家人的奢侈浪費，相較於她服務的那些窮人，白樓的一切都讓她感到罪惡。

二哥會打二嫂的事，她是無意間從父母的談話中聽到的，那時她非常驚惶，她知道哥哥老是闖禍，但變成一個會打老婆的男人，她還是覺得錯愕，記憶裡的哥哥，有他溫柔良善的一面，但她確實也記得，哥哥曾經拿家裡養的動物出氣，也踢過路邊的小狗，那時她就曾跟哥哥抗議，說他不應該欺負小動物。長大後，她聽說哥哥會打老婆，她覺得無法接受，更難以置信的是，她父母談起這件事的語氣，彷彿那只是樓下路燈壞掉那種等級的家務事，為了這些事，她更不想回家了。

她的男友聽到張鎮東打老婆的事之後，跟她提到一種「間歇性暴怒症」，男友說，這種病很容易被誤以為是脾氣暴躁，但實際上是一種精神疾病，張婉菲回家告訴父母，張大安氣得大罵：「他就是脾氣壞，哪是什麼精神病？這種話以後再也不要提起！」她總想著要跟哥哥好好談一談，但是哥哥事業忙碌，個性要強，一定也不願承認自己生病。她自己工作忙起來也是幾個月才回家一次，看醫生的事一拖再拖，等到她回過神來，他已經被殺死了。

張婉菲聽到張鎮東的死訊就趕回家裡，即使她對白樓的一切都反感，那還是她的家，特別是哥哥出事之後，媽媽常給她打電話，她經常安慰母親，她回家次數多了，越發感覺父母年老，家裡事多，自己終有要回來幫忙分擔的準備。

這次她回家來，白樓一片愁雲慘霧，一點也沒有往常的璀璨光亮，這個淒淒慘慘的家，反倒引起了張婉菲的同情，就像她服務的那些孤寡人士，那些無家無業的人，或許要等到真的面臨痛苦，她才感到自己是張家的一分子。

在警局時，望著哥哥冰冷的遺體，媽媽哭得很厲害，那可怕的哭聲裡，張婉菲想起很多往事，都是跟哥哥有關的回憶。哥哥那時還沒出國，還是個陽光少年，總會帶她去踢球，去附近公園騎腳踏車，當時他們家已經很富裕了，但哥哥喜歡的事都不需要太多錢，他們倆會去夜市吃廉價牛排，即使父母反對，他們也喜歡到夜市亂逛。她自小就喜歡這種人聲鼎沸的地方，哥哥會陪她去，以前她就會給流浪漢買麵包吃，也都是哥哥陪她去送的，那樣的哥哥，她都還記得。哥哥從美國回來後，改變了很多，習氣變得很不好，也變成愛炫富的人，對服務生頤指氣使，都是她討厭的特質，但是哥哥被殺，死去的哥哥彷彿又變回了當年那個有愛心的少年，她還是想要為他找出真凶。

她過去以自己家境富裕為恥，因她工作的環境面對的都是生活窘迫的人，而父親的事業，在她眼中不是令人引以為傲的事業，很多窮人無立錐之地，而他們家卻擁有那麼多產業，甚至父親還張揚地在市區老家附近收購土地，蓋造了這麼誇張的一棟樓。她每次回家，看到家裡那些豪奢的排場，看到大哥大嫂炫富的神態，都覺得反感，然而哥哥的死讓她覺得感傷，富有不是罪，至少不到該死的地步，這是她這次回家的心得，看到哥哥死得那麼慘，她反而心生同情了。她想要留在家裡幫助父母，把家裡整頓好。

12

崔牧芸帶孩子去上幼稚園，她想起今年六月某一天，就是在這個幼稚園的咖啡吧遇見了李安妮。

那天是下午三點半，下課前的三十分鐘，崔牧芸在司機接送下，來到私立薔薇幼稚園接小孩，她跟隨其他家長走進幼稚園的家長等候區，家長等候區有一個咖啡吧，幾張圓桌，母親們一小圈圍坐咖啡桌，彼此閒聊等著小孩下課，雖有其他家長跟她打招呼，但崔牧芸並不加入其中，她只是站在一旁，看著眾家媽媽花枝招展，高聲談笑。

薔薇幼稚園是知名私立全美語幼稚園，每年只招收少數學生，除了學費高，對家長的篩選也很嚴格，要進入就讀有相當高的門檻，崔牧芸在校區裡見過明星、企業家二代，以及知名的律師、學者、暢銷作家等。但她總是孤鳥一個，誰對她點頭她都回應，就是少見她坐到哪一桌去閒聊，因為人多嘴雜，不留神總會出錯，崔牧芸穿著簡便，但從頭到腳都是名牌，這是婆婆規定的，凡是在公眾場合，各種場合有不同的穿著哲學，像幼稚園這樣的地方，是以母親的身分出現，既不可過度顯擺，也不能過於隨興讓人輕視，「你站在那裡就是代表張家人，不是你自己一個人。」婆婆陳婉玲喜歡即興說出類似金句的話語，但句子如刀，時常令人疼痛。

下課鐘聲響起，孩子們一一像小獸那樣從教室衝出來，崔牧芸的兒子張浩宇衝進了崔牧芸懷裡。

「小妹！」崔牧芸聽見有人這樣喊，那感覺有些熟悉，「小妹！」那人又喊了一聲，然後一個年輕女子來到她面前。

「真的是你，小妹，我是安妮啊！」眼前的女子五官端正，聲音清亮，她一時反應不過來，那女子靠近她，笑著對她說：「我是仁愛家的老三李安妮啊！」

這時崔牧芸終於認出她是童年時代的朋友，記憶像是長毛象化石從冰原凍土裡緩緩裂開，距離再生還有很長的時光，她幾乎說不出話來，仁愛家，李安妮，那本是被她驅逐於生命之外的人事物，如今卻來到她面前，李安妮開心地說：「原來我們距離這麼近。」崔牧芸這才想起，生命中曾經有過那樣一個活潑的、傻大姊似的人，總是拉著她的手，帶她去玩耍，就像現在這樣，李安妮兀自拉起她的手，好像她們真有那麼熟，她感覺自己就快要記起了什麼，可是情緒卻無法跟上進度，錯愕之情多過喜悅。

安妮渾然不知她的尷尬，重逢的喜悅使她忽略了崔牧芸的遲疑，她自顧自地說起話來，「想不到竟然在這裡遇到你，我們都多久沒見了，十年？十五年？真的算不清楚了，我第一眼看到你的時候，以為只是長得相像的人而已，可是我再認真看看，你可不是崔牧芸嗎？我還是認得出來。」

崔牧芸終於整個清醒過來了，她不像李安妮那麼激動，但仍感到吃驚，與李安妮的相識是在童年時代，在S市市郊山腳下的育幼院，他們曾經是育幼院裡同一個家庭的成員，一起度過了好幾年的時光。崔牧芸八歲入院，十二歲離開，此後，喜悅育幼院以及仁愛家，成了她記憶中不能碰觸的事。如今，在育幼院的生活以及那幾年間所有發生的事，隨著李安妮今日的出現，逐一浮上眼前，她還記得離開育幼院那天，她搭著母親的車子，車輪往前翻滾，滾出大片塵土，開車的人是母親剛新婚的對象，她未來的父親，那個將母親從混亂生活中拯救出來的人，也將來拯救她的生活嗎？她曾想過不要離開，因為她所懼怕的人已經不存在了，可是，那兒還殘留著她不想記起的回憶，在親愛的人與恐懼的回憶之間，她選擇了逃離，選擇重新開始，她記得媽媽來找她時，那一臉歉疚的樣子，她幻想著母親會改變，會對她好，不會再遺棄她了。

喜悅育幼院，崔牧芸低語著，這幾個字像會燙嘴似地，一開口就會成為事實，她閉上嘴巴，用力吞嚥口水，李安妮出現在眼前，把過去都帶回來了。

沒想到長大後的李安妮會在幼稚園的咖啡吧上班，而且是這個星期才來上班的。以前在仁愛家，安妮最會照顧人，幫忙煮飯、洗碗、做菜，整理家務，主動照顧像崔牧芸這樣缺乏生活自理能力的院童。

曾經待她如姊妹般的童年舊友出現在眼前，崔牧芸定睛看她，李安妮穿著簡單的米色上衣，牛仔褲，紮起馬尾，帶著黑框眼鏡，模樣很清新，崔牧芸終於擠出一句話：「原來你在這個幼稚園上班，真的沒想到。沒想到啊。」

似乎除了沒想到，不知還可以說什麼，一句沒想到，包含了千言萬語，崔牧芸已經無法分辨，這次的偶遇自己究竟是開心還是傷心，她心裡有萬千種感覺，但直覺告訴她應該要停止寒暄，趕快帶著孩子回家，因為司機在外頭等待，因為她的時間是那麼有限，一旦脫開生活軌道，回去後又不知道如何向丈夫交代行蹤才好。可是她心裡又有滿滿的話想對李安妮說，如何都想不到會在這裡相遇，想不到自己是那麼的想念大家，她以為婚姻生活已經把她變成了另外一個人，可是李安妮還是認出了自己，是否代表她依然保持著自我，她還保留了崔牧芸這個身分的特質，並沒有完全被摧毀。太多感覺一起湧現，使她不知如何表達，太多話需要說明，卻不知從何說起。

「我們找時間聊聊天好嗎？今天如果不方便，我們再約時間，我情緒太激動了，什麼也說不清楚，請原諒我的激動，因為實在太想念你了啊。」李安妮不斷地道歉。

崔牧芸平復了心情，她想到這不就是咖啡吧嗎？只要打個電話給司機，請他在外頭等一下，一起喝杯咖啡的時間還是有的，雖然這樣的舉動不尋常，但遇見老朋友這種事，司機總是可以諒解的，但想想，還是要跟司機說，幼稚園老師把她留下來談話了呢？這樣的理由應該更為合理，好，就這麼說吧，不然該怎麼解釋呢？她想了想，問李安妮可以一起喝杯咖啡嗎？安妮用力點頭說當然好，她打電話給司機，說老師有事找她談，請司機等她半小時。

回過神來時，她已經跟李安妮喝著咖啡了，她喝黑咖啡不加糖，安妮喝冰拿鐵，她幫浩宇點了杯溫牛奶，並拿出一個小玩偶給浩宇，他就安靜地在一旁玩，本來就是很乖的孩子。一想起兒子的乖巧，她不禁心頭揪了一下。

那麼多往事，該從何談起呢？崔牧芸心想，李安妮握著她的手，連珠炮似地說著很多話，她幾乎反應不過來，只能任那些話語湧進她耳裡。李安妮說：「你變得好漂亮啊，不過你以前就是個漂亮的女孩。你離開育幼院之後，我們都很想你，我們都待到滿十八歲才離開，到現在還保持聯絡，我們三個人本來合租房子，搬來搬去的，後來找到一個久住的地方，住得很習慣，就沒搬家了。高歌長得好帥，你可能會認不出來，他有一百八十幾公分呢，退伍之後變得很強壯，他跑過遠航漁船，後來去當酒吧服務生，換了好幾個工作。你還記得以前的老二林曉峰嗎，以前最喜歡吃糖，他後來變成廚師了呢，不過曉峰後來有了女朋友，工作忙，就搬走了，他跟女朋友合開了家餐廳，把高歌找去他店裡上班。我有時也會去店裡幫忙，他們生意很好，還上過雜誌呢。你過得好不好呢？我一定要告訴高歌你生了一個這麼可愛的孩子，有這樣的小孩一定很開心吧，我真的沒想到我們會用這樣的方式見面，太神奇了，我等下就打電話給高歌，他一定也會想見你的。」

李安妮的聲音好溫暖，感覺就像從前一樣，但從前是什麼呢？現在又是什麼，她已經是一個無法分辨許多事物的人了，她真的還很漂亮嗎？她不確定自己，那個老是被罵著「賤人，婊子，你怎麼不去死」的崔牧芸，變成了什麼樣的人呢？她感覺到手臂以及腰臀上仍有真實的疼痛，那些痛楚常讓她在夜裡哭泣。

崔牧芸身體顫抖，好像有什麼東西從心裡湧出來，無法停歇地湧出，是一種酸楚、濕潤、苦澀的感受，這種感受從她的眼睛裡溢了出來，她開始無聲地哭了起來。

隔天，崔牧芸提著手提包，從汽車上走下來，不忘交代司機今天自己要跟幼稚園老師會談，請他先到附近等候，她一小時後回來。以往來接小孩是例行公事，而現在已經變成她生活裡重要的期待。因為來幼稚園接小孩下課之後如果沒有急事待辦，可以跟李安妮在咖啡吧聊上半個多小時，咖啡吧五點打烊後，李安妮就得趕到總店去上晚班。

總是安妮說話，她聽，她就像孩提時代一樣，對於能言善道的姊姊李安妮充滿仰慕，姊姊長得高大，五官明朗，舉手投足間都有一股英氣，如今依然。

咖啡座擠滿婆婆媽媽，每次談話都不出老公、孩子、婆婆、姑嫂，或者名牌包、醫學美容，崔牧芸以往很少加入咖啡桌的談話團體，她總是靜靜站在一旁。而如今，反倒是人去樓空之後，只剩下她與李安妮，在咖啡座聊天。她最近都梳著馬尾，李安妮也是，感覺像孩提時代一樣，她什麼打扮都要跟姊姊一樣，早晨起床，李安妮會幫她梳頭髮，有時紮辮子，有時綁馬尾，有時前一晚紮了緊緊的兩條麻花辮，隔天把頭髮垂下就會有細細的波紋。這些年來，崔牧芸都是在美容院做的頭髮，很少自己洗髮了，如今她又迷上睡前紮髮辮，讓頭髮有波紋，但為了整齊，還是梳起馬尾，倒是李安妮說為了方便工作所以也綁了馬尾。

崔牧芸支著雙手托住下巴兩手肘撐在桌上，這是童年時代她最常做的動作，上課、發呆、聽人說話，只要有桌子，她就會這樣做，彷彿頭太重自己支撐不了重量，但以前陳高歌說過，「牧芸那個樣子很可愛」，是啊，以前牧芸最在意哥哥姊姊說什麼，仁愛家裡的幾個哥哥姊姊，各有專長，自己是除了可愛以外別無長處的孩子，就像現在一樣，她過著錦衣玉食的生活，但生活裡除了孩子，幾乎沒有什麼可談的，不堪談，也不想談，早期她還曾經覺得白樓裡的一切都是美夢成真，而如今卻成了她不願提起的記憶。

李安妮說著許多，崔牧芸離開育幼院之後，大家的生活慢慢恢復正軌，新一任的院長恢復了舊制，社福單位也介入協助，後來每個家庭都有一名社工協助輔導，生活變得正常，大家各自上學，仁愛家幾個院生都不擅長讀書，他們三人都去讀了職業學校，林曉峰上餐飲科，李安妮是美容美髮，陳高歌讀了機械科。

分別後的日子太漫長，要補足所有的記憶需要多長時間呢？李安妮說話速度很快，像是怕來不及說完，又怕自己遺漏細節，只好拚命地說著。她說起陳高歌時，總會眼神一亮，說哥哥當兵的時候模樣好帥，她從皮夾拿出陳高歌當兵的軍裝照，崔牧芸心猛跳了一下，照片裡的人竟然是陳高歌呢，那樣的高哥哥，真想親眼見到啊。然後是林曉峰登上某媒體的照片，他現在是廚師呢，跟女友合開的創意料理店才登上週刊報導，他穿著黑色廚師服，還是一張圓臉、圓眼睛，眉心的黑色胎記還在，很貪吃又很溫暖的模樣，以前不管伙食如何，他總是吃得很多，也不忘把好吃的點心留給大家。

安妮說她畢業後先是待在美容院當學徒，把手都洗破了，才改行去咖啡廳打工，她前後待過幾家店，後來到這間咖啡店上班，咖啡店派她到幼稚園的咖啡吧工作，她才因此遇見了崔牧芸，如今想來這一定是上天注定為了讓兩人相遇。

崔牧芸能夠與李安妮碰面的時間不多，就這麼短短半小時，一週也只能找到一、兩天，她們忙著補足過往，向對方描述自己在失聯的日子裡發生的種種，李安妮說了很多，但每次她問崔牧芸過得好不好，崔牧芸只是笑笑說，我很好，真的。即使話語都已經堵到喉嚨，她還是想再忍一忍，她不想要才剛重逢，就讓好友為她擔心，只要知道大家都過得好，她心裡就感到安慰，那麼長久的分離，她甚至不敢去探問大家的去向。

最初，她感覺自己想要遺忘，想要擺脫那個在後山夜晚一切恐怖的回憶，她以為她跟著媽媽離開，就可以擺脫惱人可怕的記憶，她以為她可以重新創造一種生活，用來取代那時被扭曲的狀態，她不知道自己為什麼會萌生那樣的念頭，想逃走，想遠離，想置換記憶，但她就是這麼做了。她離開自己心愛的朋友，離開最熟悉的家園，投入另一個全然陌生，只有血緣上親近，卻與她沒有感情的對象，所謂的母親，以及父親，她投靠他們只是為了脫離過往的生活，那個像汙點怎樣都去除不了的記憶。

她努力讀書，考上好的學校，但她的天賦有限，或者是過去一直纏繞著她，即使離開了也沒有脫離那些事的影響，她長期失眠，容易憂鬱，注意力不集中。在高中交往第一任男友時，發作得特別明顯，她大學考試失常，只考上哲學系，越讀越糊塗。母親要她去考公務員，她不願意，畢業後她先做辦公室文書工作，感覺也不適合自己，為了賺錢，她去當了百貨公司櫃姐，先是賣女裝，而後賣男裝，她沒有什麼銷售手腕，但似乎適合站櫃，她在品牌西服店當銷售員，業績總是很好，她想趕緊賺錢自立，以脫離母親的控制。是啊，那是一種控制，母親是一個不懂中庸之道的人，她若不是活在自己的世界裡，全然忘了小孩，就是要緊緊抓住身邊所有人，老公小孩，全都要聽她的指令，她對待崔牧芸的方式，若不是漠視，就是監控，若不是遺棄，就是全然死命把人生希望都寄託在這個擁有美麗容貌的女兒身上。

崔牧芸大學還沒畢業，母親就急著給她相親，各種男人，經濟條件優渥，社經地位較高的，母親不分良莠，只計較身價。有的已經四十歲了，有人離過婚，有人禿頂，也有大肚腩，外表不計，個性粗俗也不管，反正包山包海，簡直像母親每週買彩券的惡習，幾乎每週每月都有安排。那些應該是母親自己想要嫁的人吧，母親當初看上父親的老實，婚後卻又埋怨他不爭氣，一家小文具店又破又舊，感覺人生要翻轉已然無望，只等著崔牧芸嫁入好人家，能夠連娘家一起挽救。

當她認識張鎮東時，她很驚訝這世上會追求她的人，也存在著年輕、英俊的高收入人士，而並不總是一些喪偶或想要再婚的男子，而且這樣的人明明有很多美女可以挑，卻偏偏對她示好，對她展開強烈追求。那時她還不知道張家那麼有錢，她只知道他可能是白領階級，收入頗豐，她喜歡張鎮東買東西的方式，他精挑細選，但絕不吹毛求疵，他喜歡的衣服都帶兩套，買東西既爽快卻又不顯得財大氣粗。他對待她的方式是那麼尊重，那麼客氣，好像販賣西裝是一件極困難的工藝，需要有特殊才華的人才能擔任，那時她不知道這是一種把妹的方法，讚美、尊重、紳士風範，並且適當地展現財力與品味。張鎮東不需要做那些事，也足以讓女人喜歡他，可是他想要那麼做，因為他在挑選獵物，他精挑細選，選中了崔牧芸，這是一個看似堅強、內心卻有著強烈依賴心，看似柔弱，卻又有一骨傲氣，外表亮麗，卻對自己極度沒有自信，征服這樣的女人，對張鎮東是一種挑戰。

這都是後來在爭吵中張鎮東無意間說溜嘴的話，當時她怎麼可能會想到一個富二代會在自己身上用那麼多心機，這些實在沒有道理。崔牧芸只感受到張鎮東逐漸升高的追求力度，感覺自己每天都在承受考驗，她一方面不想落入母親的價值觀裡去攀附有錢人，一方面又感覺張鎮東不只是個有錢人，她為他的氣質與風範著迷，更因為他各種貼心的舉止覺得感動。沒有男人這樣寵愛過她，以前讀書時代追求她的男孩都很莽撞，都讓她有不好的聯想。

但是張鎮東果決、帶著氣勢的態度卻是她未曾經驗過的，重點是他理解她，當他們約會時，他眼神裡透露出那種想要理解你的眼神，他那麼願意傾聽，好像她嘴裡說出的每一句話都很重要，她感受到一種久違的溫暖與信任。這個男人沒有任何理由愛上自己，但他愛了。他把她捧在手心彷彿他是世界上最貴重的東西，而她自己也喜愛他，沒有道理不喜歡，他幽默、風趣、見多識廣、溫柔體貼，天啊，回想起這些曾經是她對他的評價，人生到底是怎麼回事，為什麼有人可以本來是那個樣子，而後來全部推翻？

後來她慢慢對李安妮說起這些事，這十多年來發生在她身上重大的變化，她之所以離開，以及後來的發展，字字句句都是在李安妮溫柔的引導下一點一點說出來的。

是啊，離開仁愛家之後，她幾乎沒有交到什麼要好的朋友，不管對誰，都是不冷不熱地，保持一種安全距離，她可能已經放棄友誼這件事，以免自己再次嘗受失落，或者，當生命裡已經經歷過那樣刻骨銘心的友誼，以至於後來她跟同學間的相處，與友伴的互動都顯得那麼單薄、那麼表層，她內心裡有一個地方已經被占得滿滿的，以至於其他人不可能再進駐了，那塊地方，甚至是連她丈夫張鎮東也不曾碰觸過，那是被她封印起來的，只屬於育幼院仁愛家那幾個朋友的世界。

對，等她準備好了，她就要去見陳高歌跟林曉峰，光是這樣想，她就感覺心裡滿得要透不過氣來，只要找到可以單獨出來的時間，安妮就會帶她到那家餐廳去，只要到那兒去，就會見到自己想見的人。

她用力深呼吸，感受到胸腔裡滿滿的，疼痛、酸楚、甜蜜、後悔，太多複雜的情緒交織，但，都沒關係，就像安妮說的，「我們已經見面了，不會再分開了。」

13

自從六月與李安妮相遇，崔牧芸才終於有了一個可以說話的朋友，除了在幼稚園的咖啡吧聊天，偶爾她也會趁買菜的時候，跟李安妮相約，即使只是短短的時間相聚，也讓她感到安慰。她逐漸開始一點一點對李安妮透露自己遭到張鎮東家暴的事，但沒想到八月七日，卻發生了更嚴重的暴力。

那場意外是怎麼發生的呢？回想起來仍像是一場夢。

張鎮東的情緒隨著餐廳的生意起起伏伏不是一天兩天了，剛開始營業時他很狂傲，開第二家分店時他先是陷入狂喜，過一陣子又呈現歇斯底里的焦慮，二店才開幕不到半年就出問題了，突然爆出食物中毒新聞，然後又被踢爆使用過期肉品，公關第一時間選擇掩蓋，最後就變成醜聞，之後主廚領著廚師集體出走，合夥人人間蒸發，然後是一連串跳票事件，最後不得不宣布歇業。

張鎮東像從雲端層層摔落直墜地獄，餐廳才開了兩年多，最初人人看好、新店爆紅，而後又開了分店，最夯的時候一位難求，很多人透過關係來跟他訂位置，那時媒體多捧他。而一切災難無預警來到，危機一個接一個爆發，每個都來不及處置，感覺像是一個所有人都串通好的詭計，唯獨他一人被騙，他開始每天買醉，回家後就把氣出在她身上。

八月七日那天，張鎮東回家時醉得不成樣子，他粗暴要脫崔牧芸的衣服，她拒絕了，張鎮東對她大叫：「所以現在是連你也看不起我？你也要跟他們一起嘲笑我嗎？」他推倒她，開始用腳踹她，接著拳頭如雨下，嘴裡髒話粗話狠話不知哪來的各種辱罵隨著他的暴行而至，崔牧芸嚇得失去理智，高喊救命，張鎮東繼續踢她，崔牧芸最後失去了意識。

等她醒來，自己已經在醫院病房裡了。那天公公婆婆也在，公婆離開後，張鎮東還威脅要把孩子帶到美國，要她不要亂說話。

張家人離開後，崔牧芸要阿蒂給她鏡子，阿蒂不忍心讓崔牧芸看見自己受傷的臉，就說這裡沒有鏡子。崔牧芸從臉部的疼痛可以感覺到自己的傷痕，眼睛應該瘀青了，嘴角破裂，過程裡她一直用手護著自己的臉跟頭，以至於肚子跟手腳被踢得很慘，手臂用護具跟綳帶固定，應該是骨折了。後來她才知道，自己流產了。

第一次被打時，就應該逃走的，應該不顧一切地帶著小孩回娘家，讓父母替她出頭，應該找醫師驗傷，應該尋求法律協助，她父母會幫她的，為什麼她不尋求幫助？她無法回答自己，「都是你自找的」張鎮東總是這麼說，「你這個骯髒的女人」他這麼說時，她的腦子就會發出嗡嗚聲，有人也這樣罵過她，那些話語滲透進她的腦子裡不斷迴響。

夜晚的杏林綜合醫院裡異常安靜，深夜裡，連阿蒂都被叫回家了，病房只有醫院的臨時看護陪伴崔牧芸，崔牧芸閉著眼睛休息，睡眠斷斷續續，張家的人沒來，她反而感到安心，倘若浩宇可以陪在身邊就更好了。在醫院的期間，術後的疼痛只是小事，令她煩亂的是關於出院後的生活，她難以想像自己還要回到白樓，跟張家的人一起生活，她想到昨天看見自己的公公婆婆跟丈夫站在病床邊，「沒想到好端端的會從樓梯上摔下來啊！下次要小心點啊。」婆婆這麼跟醫生說，語氣裡都是意外，醫生也表現得她就是從樓梯上摔下來那樣，彷彿那天晚上她挨打、被踢，公公拉開張鎮東，婆婆找來杏林醫院的醫生，醫生叫了救護車，這些景象都是假的，都是她一個人作夢夢見的。她想過要報警，只要警察一到，申請驗傷，那麼她長期受暴的事就不再只是被掩蓋的祕密，但是她沒辦法這樣做，為什麼呢？因為沒有人會相信她，她清楚知道，即使她喊破喉嚨，她受傷的事依然會被描述為一場意外，她證明不了。

住院期間，她昏睡了幾次，偶爾進食，有時阿蒂幫她擦澡，她感覺這世上唯有她與阿蒂兩人生死相依，但她也知道，即使是阿蒂也不能為她作證，阿蒂所能做的只是陪伴與照顧，沒有人可以協助她逃離這個婚姻。

昏沉中，感覺有人推門而入，崔牧芸張開眼睛，驚訝地看見了一直想念的朋友們。

崔牧芸以為自己在作夢，夢見李安妮帶著陳高歌與林曉峰來看她，可是當陳高歌出現在視線裡，她立刻知道這不是夢，因為即使在夢中，她也沒見過陳高歌長大的樣子，他們三人站在病床邊，崔牧芸感覺看不太清楚，用力眨了眨眼睛。李安妮走上前來，「我就知道會出事。」跟著走上來的是林曉峰，他握著崔牧芸的手，大大的手包裹著她的手，好溫暖，林曉峰垂下眼睛，像是要落淚，他低聲說：「太可惡了，我們應該報警。」「醫生怎麼說，沒事了吧。」他斷斷續續又說了些什麼，崔牧芸都聽不太清楚，她哭得眼淚鼻涕齊流，視線與聽覺都模糊，她不知道自己這麼會哭，想必是因為見到了親人，因為她發現自己竟是那麼想念大家啊。

陳高歌站得比較遠，一身黑衣黑褲襯出高瘦的身材，他戴著棒球帽遮住半張臉，帽沿底下的五官俊秀，神情嚴肅。林曉峰體格壯碩，但五官跟表情還是像小時候那樣可愛。崔牧芸流著眼淚，李安妮跟林曉峰也哭了起來，他們上前探看她的傷勢，李安妮趕忙去拿紙巾給崔牧芸擦臉，但眼淚那麼多，根本來不及擦拭，崔牧芸想著，原來見面這麼容易，只要有人主動開始聯繫就可以發生。但是見面卻也那麼困難，這麼多年過去，自己一直都在逃避，她以為離開對大家都好，她逃得那麼遠，最後，自己差點就死了，重逢的地方竟然是醫院的病房。

陳高歌是最後走過來的，崔牧芸終於看清楚帽沿底下那張臉，他改變了很多，但還是一眼就能認出來，他的臉很窄，像要被黑影吞沒，他沒有流淚，但眼睛裡都是怒火，他望著她久久不語，他倔強的表情就像小時候一樣，陳高歌的右邊眉毛尾端有個疤痕，淡淡的，那曾經是撞到桌角受的傷，差點就傷到了眼睛。崔牧芸想起自己的臉，現在應該滿臉腫脹青紫，她真希望重逢的時候，自己可以更漂亮一些，而不是現在這種狼狽的樣子，陳高歌蹲下身子，細細看她，那神情如此小心，好像在凝視一個非常脆弱的東西，陳高歌一直無法開口，只是小心翼翼沿著她的臉、她的頭髮、她的傷口逐一巡視，眼神裡都是心痛。

崔牧芸感受到他的凝視，她看到他眼神裡的疼痛，心裡升起只有在夢裡才會有的感受，這才是幸福吧，她想著，他沒有忘記我，我以為他會恨我，但他沒有，我以為我會忘記他，但我也沒有，十多年的時光應該會阻斷一切，抹煞所有，但並沒有，她想著自己到底為什麼會離開呢？她為什麼不留在他身旁，她為什麼會以為自己的離開可以帶給所有人快樂？陳高歌雙手抱頭，像是痛得不能再痛那樣，發出了低低的嚎叫聲，「對不起，我來得太晚了。」陳高歌開始哭了起來。

過往所有時光都回來了。

他們也曾經這樣抱頭痛哭，曾經在黑夜裡顫抖，他們曾是彼此最重要的依靠，也曾經帶給對方很多很多快樂。崔牧芸想起育幼院的一切，她已經很久不去想了，但那所有事物都仍清晰印在腦中。

以前她最喜歡在圖書室讀書，育幼院的圖書室藏書不多，書籍種類很雜，都是人家捐贈的，她喜歡讀小說、詩歌，也喜歡讀漫畫書，圖書室幾百本書，她都翻遍了，那時陳高歌若找不到她，就會來圖書室找她，陳高歌也愛看書，他們會交換書籍，陳高歌書看得很雜，讀很多科普書，但他們都喜歡的一本書，是《孤雛淚》，這是陳高歌發現的書，當然是因為書名吸引了他們，後來又讀了《悲慘世界》，陳高歌看完後，找到了《基督山恩仇記》。

然後是《飄》、《傲慢與偏見》，還有崔牧芸最喜歡的《愛麗絲夢遊記》，有些小說很難懂，但他們還是看得津津有味，主要是因為那每一本書裡，似乎有隱藏著一個世界，那個世界是他們年少的心靈可以具體碰觸的，他們自知跟學校裡的同學不同，育幼院裡的孩子，每個都是滿身傷痕的，而這些傷痕，似乎只有書本裡才會描寫。

崔牧芸請看護先出去交誼廳看電視，看護離開後，李安妮抱著崔牧芸，她又哭了一陣子，李安妮輕拍她的背，崔牧芸才慢慢恢復鎮定。陳高歌把他的手放在崔牧芸肩膀上，彷彿有一種魔法，崔牧芸閉上了眼睛，其實她最先想到的是陳高歌小時候的樣子，畢竟他們重逢才不到半小時，崔牧芸還無法把眼前這個高大的男子與童年時代的陳高歌連結在一起，雖然，這確實是他，連他把手放在她肩上的方式都一樣，只是時間經過那麼久，這隻手也增添了重量，沉甸甸的、穩重的，是像生命的基石那樣沉放在她肩頭要將她安定下來的力量。

崔牧芸說：「我已經記不清楚，到底是什麼時候開始的，我從來也沒有真的去計算，到底有多少次，我很少去想，我企圖忘記，有時我躲在阿蒂的房間裡，阿蒂會過來幫我擦眼淚，我才知道我哭了，我連哭都害怕，因為一旦哭出來，就表示那些都是真的了。我嫁給了一個會打人的丈夫，這件事是真的。張鎮東會打人，不是脾氣不好而已，是真的打了我，一次兩次三次，不是偶發事件，不是脾氣不好，不是因為喝醉酒，不是因為吵架，後來都不是了，我不知道原因，他會說，是因為我，因為我不聽話，因為我在餐廳跟服務生眉來眼去，因為我參加了大學同學會，因為我以前的男同事寄生日卡片給我。後來不需要理由了，他想打我，就打我，因為我是屬於他的。

「最初是一些口頭上的責罵，比較用力的推拉，摔東西，他總是特別挑我的香水、心愛的瓷盤、骨瓷杯子，摔向地板，或者丟向我，後來就是甩巴掌了，他每次總是說那是因為我犯錯，但到底錯在哪，我不知道，一開始是因為太震驚，後來就是害怕了，被甩巴掌那一次，我才知道那是打人了，過去的每一次發怒，他都會道歉，會說是因為我如何使他不高興，哪裡做錯了，有時可能也不是因為這個，餐桌上一個不愉快，我一上樓，他把東西都砸碎了，我走過去想抱小孩，他絆倒我，然後過來給了我一巴掌。他打我很多次了，我曾經撞到地板、桌腳、牆壁，曾經額頭破皮、眼皮瘀青、嘴角流血，後來他都打不會讓人看到的地方，手啊，腳啊，肚子啊，這一次他甚至踢我的肚子，猛捶我的胸口，我因此就流產了。

「這些都是真的。我在幼稚園看見安妮的時候，突然發現我活在一個被封閉起來的世界，我早就沒有跟外面的人來往了，我好久沒回過娘家，身邊沒有任何朋友，白樓的人都知道我挨打，但誰也沒有為我說句話。除了保母阿蒂會照顧我，沒有人願意出面幫助我，但阿蒂也不能說什麼。我曾經提起要離婚，一開始他送禮物給我，跟我道歉，帶我去旅行，後來我不敢靠近他了，不願意與他親密，他就打罵得更厲害，開始威脅我，說我想離婚，除非死。我想過逃走，但那樣我就會失去孩子，而且他一定會翻天覆地把我找出來，他說過很多次了，別想離開，我是他的女人，就不可能可以離開他。

「我想過自殺，但那小孩怎麼辦，他說如果我死了，他就把孩子殺死。我已經無法分辨，鎮東是不是愛過我，我有沒有愛過他，我們曾經很快樂，這看起來是一個美好的婚姻，所以很長時間裡，我不願意承認他打了我，因為我不希望自己做錯了決定，我害怕一切都是我的幻想，不論是美好的或是痛苦的事，如今都變得很不真實，到現在，只有身上的傷是真的，我都不知道該怎麼去想，他到底是怎樣的人。我不知道一個好端端的人，為什麼會這樣毆打我，好像他非常恨我，好像我是個必須被毀壞的東西。我到底怎麼了？」崔牧芸一口氣說完這些話，然後身體就軟癱了。

崔牧芸泣訴自己無法離婚，因為張鎮東威脅若離婚，將奪走孩子的撫養權，並且不給她探視的機會，且即使離婚了，她也無法躲過張鎮東的暴力行為，他曾威脅：「不管躲到天涯海角，你是我的女人，就永遠是我的女人，我寧願把你殺了，也不會讓你跟別的男人在一起。」

崔牧芸又哭了起來，「我想走，但我也想帶著小宇，我不想讓他活在那個家庭裡。」

「我們一起來想想辦法，一定可以離開的。我們以為離你遠一點對你比較好。」陳高歌說，「我本來以為你可以過得很幸福。」

李安妮說：「到了這個地步，非離開不可了。」

林曉峰說：「我們四個人當時根本就不該分開。」

出院後休養多日，崔牧芸接到李安妮的紙條，她設法借用阿蒂的手機跟安妮聯繫，後來在幼稚園裡見面，安妮說要帶她去林曉峰的餐廳。崔牧芸找了一天趁著下午跟陳嫂去百貨超市買菜的時候，說自己想去找個朋友，陳嫂在她受傷後一直對她很照顧，她對陳嫂傾訴自己心情低落，說在幼稚園遇到以前的朋友，偶爾想跟朋友出去逛逛，希望陳嫂幫忙掩護。那段時間，陳嫂處處都維護她，似乎也是感覺到她被打得太慘了，怕她想不開。因為陳嫂跟阿蒂的幫忙，她才有辦法在餐廳午休的時間跟大家見面。

她按著地址找到餐廳，店址標註在二樓，她走進樓梯，緩步上樓，目前只剩下手臂的骨折尚未痊癒，她沿著狹窄階梯走上去，二樓就是林曉峰開的風雲餐廳，她在樓梯旁的牆上看見了他們小時候的照片，都用相框仔細裝裱。有一張是運動會仁愛家得了獎的合照，另一張是慶生會，誰生日呢？她仔細凝望，戴著帽子的人是李安妮，那麼就是安妮生日，有一張是她小學畢業領校長獎，老師幫她跟其他三人合照，背景是學校禮堂，另一張是林曉峰跟陳高歌的合照，看來應該是讀高職的時候，兩人看來青春健康。有一張陳高歌在一艘大型漁船的甲板上，背景是碧海藍天，陳高歌頭髮長長的，紮成馬尾，臉上有鬍渣，像個海盜。她沿著階梯而上，隨著牆上一張張的照片回顧人生，有些時光是四個人，有些是崔牧芸離開後他們三人的生活剪影，好像隨著時間軸展示著分別後他們幾個人的生活，畢業，當兵，退伍，陳高歌跑船，林曉峰交女友，李安妮去旅遊，最後是餐廳開幕那天的合影。

她記得以前在育幼院，重要的日子總會拍照，她離開的時候一張照片也沒帶走，她以為記憶是可以闔上的東西，但事實卻與她想像相反，你越是想用力闔上的記憶，就記得越牢越深，但她現在卻很慶幸自己牢記著的那些記憶，因為是那些記憶支撐著她度過每一個痛苦的夜晚。

小小的餐廳，布置簡單溫馨，木桌木椅，牆上有很多異國風味的木雕、畫作、攝影，充滿手作風格，沒有什麼奢華的擺設，曉峰去廚房弄點點心，高歌在吧檯準備飲料，午休時間店裡只有他們幾個人，可以安心談話。曉峰說，高歌跑過一陣子船，也做過很多工作，餐廳開幕後，就請高歌過來幫忙，他會調酒，煮咖啡也還行，只是他不喜歡被綁住，所以工作時間比較短。高歌話不多，正如小時候那樣，他總是安靜沉默，卻有強烈的存在感，他只要待在某個地方，不管他多麼刻意隱藏，人們還是會注意到他，他弓著身子，穿著寬大的外套，帽沿壓得低低的，像一個影子，但卻是她心裡重要的存在。

崔牧芸刻意穿上樸素的衣服，來這裡與大家相聚，即使只有短短一小時，也足夠了，她覺得這家餐廳是記憶之屋，充滿以前育幼院的氣息，他們好像刻意復刻了某些東西，也或許只是一種氛圍，家的感覺，不是白樓那種家，而是從身體裡散發出來的，親密親愛的氣氛。

大家邊吃邊聊，從起初的義憤填膺，到後來努力想辦法，他們都在思考怎麼讓崔牧芸離婚，並且可以得到監護權。

「要先讓牧芸有經濟能力，她脫離社會太久了，身邊又沒有存款，當然沒辦法獨立。」李安妮說。

「我以前的工作是在百貨公司賣西裝，也賣過女裝，我還是可以回去百貨業去當櫃姐，不管賣保養品、西裝、皮鞋，我都可以。」崔牧芸說。

「你也可以來餐廳工作啊，我們生意很好，多養一、兩個人不是問題。」林曉峰說，絲毫沒顧忌自己的餐廳是跟未婚妻合夥開的。

「經濟能力主要是要證明牧芸可以撫養小孩，所以工作紀錄還是要有的。這些都不難，只是需要時間準備和執行。」陳高歌說。

「律師也是這樣建議，找房子，找工作，財力證明，這些都不可缺少。娘家那邊儘管反對，但最後還是會支持你的，我們也可以以朋友的立場為你作證。」李安妮說，她說以前在咖啡店認識的客人也是因為家暴訴請離婚，過程非常痛苦，但至少並非不可行，只是前置作業要做好。

短短的時間裡，想聊的事那麼多，他們籌劃未來，將來要找工作，看房子，跟律師見面，有很多事要做，但崔牧芸不一定有時間去做，可是大家都會幫她，那短短的一個小時多的相聚，讓崔牧芸感到生命有希望，在他們出現之前，她能想到的不是自殺，就是被打死，不管哪一條都是死路。

有一天下午，她藉著去醫院回診的名義，先把阿蒂支開，在醫院跟陳高歌會和，跟著陳高歌回去他住的地方，想去看看他們的生活，陳高歌說如果離婚後沒地方住，可以暫時搬過來，就約好帶她去看看環境。難得只有他們兩個人相處，其他人都在上班，陳高歌的住處離她好近，公車只有幾站遠，當他們走到樓下，陳高歌說，到了，我就住在這個頂樓，崔牧芸才理解，為何她一直覺得有人在看著她。她問陳高歌，是不是曾經去找過她，陳高歌說，退伍之後，從以前的老師那裡得到消息，知道崔牧芸考上大學，曾去大學找過她。

陳高歌說：「分開的日子裡，有時我會感到混亂，有時會覺得自責，但在大學裡看見你，感覺你過得很好，會擁有很燦爛的未來，我覺得放心多了。但有些時候，是我自己對生活感到茫然，過去的痛苦纏繞著我，那些黑暗的記憶讓我痛苦得幾乎沒辦法活下去，那樣的時候，我就好想看到你，想像小時候那樣，跟你在一起，你會像安撫受傷的野獸，讓我平靜下來。那時我才知道，我一直以為自己在守護你，但其實是你守護了我。每當我去尋找你，打聽你的下落，當我得到你的任何消息，知道你過得好，找到工作，嫁入了好人家，我又產生了活下去的力量。這些年來就是這樣，有時我會忍不住想靠近你，有時我又會刻意要遠離你，不論是遠是近，你的存在，是我活下去的動力。」

「為什麼不來跟我相認？」崔牧芸問他。

「我怕自己會為你帶來不幸。」陳高歌說。

「為什麼這樣說。」崔牧芸問。

「你離開後，不是也想忘記育幼院的生活嗎？我希望你可以忘記那些陰影，可以擁有美好的生活。我很後悔沒有早一點去找你，但我也不知道自己可以給你什麼。」

「我確實曾經想要把育幼院的生活完全忘記，我害怕那些恐怖的記憶會跟隨我一輩子，可是我後來才知道，我要遺忘那些痛苦的記憶，也必須忘了快樂的記憶，有一段時間，我變成一個沒有過去的人，正因為沒有過去，才想趕快抓住未來，我一直覺得自己沒有家了，跟爸媽怎麼樣都不親，在那個家裡無論如何都快樂不起來，所以當張鎮東追求我，允諾要給我幸福，我真的以為我可以跟他建立一個屬於自己的家，我就會得到我想要的幸福。其實我有家，跟你們在一起的地方才是我的家，我真希望我沒有離開，可以跟安妮一樣，一直與你們生活在一起。」崔牧芸說著。

他們突然安靜不語，千言萬語有太多想說，想念、遺憾、後悔、失落，以及深深的期盼，然而此時，一切都化為沉默，在他們之間，曾經存在著不需要言語、不需要定義也能傳達的情感，在四個人之間，他們倆個擁有一種特殊的情感，那也是他們一起經歷過那個恐怖的夜晚之後，因為共享著祕密，而產生的連結感，他們不需要去問對方在自己心中的意義，也無須說明，自己對於對方是什麼感情。他們定定望著對方的眼睛，眼眶裡有淚，但已無法分辨是因為快樂或悲傷。

窗外傳來鳥叫聲，令人想起育幼院的樹林，陳高歌以前夜裡時常作惡夢，醒來就睡不著，會跑到樹林裡大聲吼叫，或者讓自己跑到精疲力竭，崔牧芸曾經在夜裡偷偷跟去，親眼看見陳高歌用手捶地，嚎啕痛哭，崔牧芸不知該如何是好，只好從背後抱住他，陪著他一起哭。那個時刻，陳高歌就像是受傷的小動物，忍不住哀鳴，陳高歌給崔牧芸看他身上的傷痕，那些菸疤、割傷、燙傷的痕跡，以及他自己自殘的傷痕，讓人看了觸目驚心，那時崔牧芸好小好小，卻又顯得好大好大，她用自己小小的身體擁抱著正為往事痛苦不堪的陳高歌，低聲地說著，哥哥，我會陪伴你，他們不會再傷害你了。

樹林裡有呼呼的風聲，有夜鶯啼叫，以及某些只有林間才有的蟲鳴，那時他們以為將會守護彼此到永遠。

14

周小詠再次請崔牧芸到警局說明。崔牧芸到警局時，一臉蒼白，她問她怎麼了，崔牧芸笑說，沒睡好。周小詠說，是啊，丈夫都死了，怎麼睡得著。

周小詠想說，睡不著有很多原因，悲傷是一種，痛苦是一種，良心不安也是一種可能。但周小詠沒說出譏諷的話，看見崔牧芸的神情，就知道她睡不著，是揉合了各種可能的情緒。

「我們查出你跟陳高歌，林曉峰曾經待過育幼院，以前就是朋友，你卻沒有提到這件事。為什麼要隱瞞？」

崔牧芸無奈地嘆了口氣，回答：「我小時候確實待過育幼院，我跟陳高歌、林曉峰與李安妮，以前都是仁愛家的家人，我們一起相處了好幾年，我沒提是因為我希望可以保密，待過育幼院的事我不想讓別人知道。我十二歲離開育幼院，就沒有跟大家見面了，直到今年六月在幼稚園遇見李安妮，透過她才又聯繫上其他人，我住院的時候，他們來看過我，那時我才知道林曉峰跟女友開了一家餐廳，後來就去捧場，我很喜歡他們的料理，紀念日那天鎮東問我想怎麼慶祝，我才說想預訂他們的餐點。

「我婚後的生活很簡單，就是照顧孩子而已，大多數的時間都在家裡，鎮東外面的事業我很少過問，也不清楚，我後來曾懷疑他有情婦，因為他時常晚飯後就出去了，只要第二天趕回來吃早餐，家人也不會說什麼，我們之間，也只是名義而已，他會打我，我就躲他，兩人關係降到冰點，所以那次紀念日他主動提議要慶祝，我不想激怒他，也不想再生事端，一切依他。沒想到他根本沒回家。」

「你至今仍咬定他二十七日晚上就離家，一直沒回家嗎？」

「不是咬定，是事實。我沒有太緊張就是因為那是常態，因為公公不在家，所以他連早餐都不回來吃，以前就有這種紀錄，但我二十八日早上還是跟公公報告過了，家人也沒多問，自從餐廳歇業，鎮東其實沒什麼地方好去，雖然餐廳跳票，但他身上還是有錢的，可能是去住旅館吧。婆婆這段時間時常給他錢，所以我並沒有太擔心他。說到被綁票勒贖，我也覺得不可思議，以前我們擔心的都是浩宇的安危，所以每天都親自接送，沒有讓他獨自落單過，沒想到被綁的是鎮東。可是到底是被綁架撕票，還是被人謀殺，這不是我可以判斷的，你問再多，我的答案也就是這樣而已。」

「但這個日期太巧合了。」

「這世上巧合的事太多，我也沒想到會在幼稚園遇見李安妮啊。」

周小詠發現崔牧芸看似心神渙散，但言詞卻毫不動搖，她的行為與言論間有著奇怪的落差，感覺那些對話像是刻印在她的腦中，她只是反覆將之陳述出來。

「麻煩你再一次說明你二十七號當天的行程，你與張鎮東的互動，以及他離開之後你做了什麼。」

「二十七日早上我如常帶小孩去上學，然後去超市採買，下午去美容院洗頭髮，因為公公婆婆不在家，我的時間比較自由，就抽空到百貨公司逛街，傍晚時才回到家，晚上八點左右我先生回到家，我問他有沒有吃晚餐，他說吃過了，我幫小孩洗過澡，自己也梳洗好，先生在客廳喝酒，十一點多我準備入睡，那時我先生已經喝醉了，他跑去鬧小孩，我氣得跟他爭吵，吵完架他就生氣得摔門下樓了，我如常入睡，第二天也如常生活，我想他氣消了，晚上也許會回來吃飯吧。

「其實鎮東有沒有回家，我的生活都是一樣的，自從八月他打傷我那天開始，我已經決心要離婚了，所以對他這次的離家，沒有太多情緒，只是如常對公婆交代。老實說他不在家那幾天，我覺得很平靜，因為平時只要他在家，我就會覺得很緊繃，公婆在家也會讓我備感壓力，那幾天家裡只有我跟阿蒂，我覺得輕鬆自在，就更加確定要離婚的事。

「六月和李安妮相遇之後，我們時常在幼稚園的咖啡吧聊天，她就成了我唯一的朋友，二十七日那天也是她陪我去逛街採買東西，八月份我跟陳高歌、林曉峰見面後，大家都鼓勵我離婚，我也有去諮詢過專辦離婚的律師，那陣子也在網路上看房子，做好各種離婚後的打算，但我還是開不了口，有時也還會心軟，會想到以前感情好的時候，以及我們剛結婚的日子，但更多的心情也是害怕吧，畢竟我先生說過他不會答應離婚，就算要打官司，他也會想盡辦法奪走監護權，他也曾放話說要殺死我，或殺了我的孩子，這些話也讓我心裡害怕。

「我出院之後，因為公公教誨，鎮東曾跟我道歉，他也努力想要挽回婚姻，對我的態度也有轉變，但或許他自己情緒也有問題吧，還是時常會失控，責罵我，摔東西，我們也有些小爭吵，但我非常小心，很少接近他，晚上我都是睡在小孩房間，跟他分房已經有一段時間。」

「既然是準備離婚，也在分房狀態，為什麼還要慶祝認識紀念日？」

「這是張鎮東慣有的方法，他以前就是這樣，每次打了我，就會求饒、送禮物、示好，用各種方法想要和好，等到我氣消了，他又故態復萌，我們這種狀況已經持續一年多，反反覆覆的讓我很痛苦。所以後來他不管怎樣，溫柔也好，凶暴也罷，我就是躲著他，盡量不跟他接近，心裡要一直告訴自己不能鬆懈，不要再原諒他。但是他主動示好，說要慶祝紀念日，我也不想讓他失望，因為他這個人控制慾很強，不太能接受失落，所以我就順著他，反正只是吃頓飯，不挨打就沒關係。」

「那天紀念日他沒有出現，也沒跟你聯絡，你為什麼也不覺得奇怪？」

「因為鎮東這個人一直都很奇怪啊，他做什麼事都很衝動，自我中心，任性妄為，我說過不想惹怒他，我對他也不抱著什麼希望，只求保持距離，維持平靜。那天他不但沒出現，也沒打電話，我打電話給他，他也沒有接聽電話，後來他連電話都關機了，我想就是不想讓我找他，他以前跟朋友玩得瘋的時候，會去一些俱樂部，一個星期去好幾天，反正我們家只要早上趕得上吃早餐，其他事都沒關係。其實那天我們爭吵時，他又打了我。」

「你這樣長期被家暴，不會有想逃走，或殺人的念頭嗎？」周小詠問。

「念頭？我什麼念頭都有過了，離婚，逃走，自殺，詐死，這個我自己都覺得好笑，我上網查了很多失蹤的方式，但是我帶著一個孩子，真的很難完全失蹤，如果沒有萬全準備，被追回去只有被打得更慘而已。你一定想問我為什麼不報警，因為即使報警了，他也不會坐牢，但我就可能有殺身之禍了，這種夫妻吵架、打罵，我知道一般除非鬧出人命了，警察根本沒辦法保護受害者。至於殺人，說真的，我想過，可是殺人哪裡那麼容易？我的前提是要保護我的孩子，我殺了人就要坐牢，那會比挨打還慘啊，方方面面我都想過了，我唯一的希望，就是希望可以想辦法離婚，如果真的無法離婚，也只能繼續忍耐，期待有一天他可能會改變，或者出現什麼奇蹟。」

「那麼現在張鎮東死了，你是不是覺得算是你的解脫？你知道你的神情看起來並不悲慟，讓你有很大的嫌疑。」

「我承認張鎮東死了對我來說是一種解脫，換作是誰都會這樣想。但你要說我不悲慟，那也不是真的，他死得那麼慘我也覺得難受，我曾愛過他，甚至現在也對他還有幾分殘餘的感情，每個生命都很寶貴，即使他曾經毆打我、辱罵我，他也有善待我的時候，在我心裡糾結的，就是這些紛亂的情感，但一切都停止了，我希望就此停止，我也要重新整頓自己，好好生活，畢竟我的孩子需要我。」

周小詠自知無論如何詢問，如何套話，崔牧芸說來說去還是那幾句話的重複，她很肯定地說張鎮東二十七日晚上兩人爭吵後就離家，自此下落不明。

周小詠離開警局，又去了李俊的病房待著，她發現在病房裡比較容易思考，她可以藉由李俊的臉，幫助自己清醒，她感覺自己一直被崔牧芸干擾，不管是因為同情或憐憫或什麼，面對她，心裡就會生出無限的同情，以至於無法好好判斷事物，目前所有因素都指向崔牧芸，雖然崔牧芸手上有傷，但是她與風雲餐廳的林曉峰與陳高歌早就認識，但三個人卻都隱瞞這個事實，感覺就像是說好了似的，三個人對一起待過育幼院的事都避重就輕，周小詠越想越覺得懷疑，她大膽提出假設，崔牧芸、陳高歌、林曉峰跟綁架張鎮東一事一定有關係。

「如果是說是崔牧芸綁架張鎮東，那她的動機是什麼？不堪長期家暴？報復？還是因為要打離婚官司需要錢？有沒有可能，是崔牧芸跟育幼院的朋友趁著家人不在的時間，一起策劃了這起綁架案？」周小詠對著李俊喃喃自語，她感覺李俊眼皮動了一下，好像有所感應，她又繼續分析。

「一開始綁匪應該還是想要錢的，但沒想到張鎮東屍體那麼快被發現，自然也拿不到贖金了。張鎮東的死亡到底是綁匪一開始就惡意撕票？還是在伺機等候交付贖金過程裡，因故死亡？」

李俊眼皮沒在動了，但感覺他的腳趾動了一下，周小詠走上前去看，看了好幾分鐘，才知道是自己眼花了。周小詠結束自言自語，心想，再怎麼推理，還是要有證據才行。

她好累，每天應付媒體追問，長官施壓，線報電話被打爆，警局老是有人設法進來探消息，她的手機總有不明人士來電，不知道這些消息從哪洩漏出去，現在是連風雲餐廳都有媒體在報了，倒沒有指明涉案，而是以「豪華外燴服務，死前最後一餐？」為標題，開始繪聲繪影寫道那頓晚餐菜色、價格，風雲餐廳老闆身分被起底，說他有黑道背景，也有人說他是留日學藝回國，都是些無稽之談。

周小詠疲倦不堪地回到住處，來不及洗澡就癱在床上睡著，夜裡有夢，她是個靠作夢破案的人，因為夢裡父親會來尋她，指導她辦案。

夢裡的父親說，重點是，誰有綁架殺人動機？

張鎮東死亡，對誰最有利？

張鎮海當然是首要得利者，張鎮東一死，張鎮海就是唯一的兒子，他雖有動機，而且二十七日晚上也有開車外出的紀錄，但那天他是跟朋友在一起，行蹤已經得到證明，也排除了嫌疑。

張鎮東死亡，另一個得利者就是崔牧芸，崔牧芸飽受家暴之苦，張鎮東死亡，崔牧芸連離婚都不用，問題就得到解決。

張鎮東對崔牧芸施暴，崔牧芸無力還手，不管是需要錢，或者想讓張鎮東消失，崔牧芸都需要幫手，而她童年的好友出現幫忙，這是最合理的解釋，但什麼樣的好友願意幫忙綁架勒贖，甚至撕票？這是周小詠想不通的地方。

夢裡父親說，有沒有你想要保護的人？你願意為他做到什麼地步？

周小詠對父親說，倘若被打的人是我，你會為了我殺人嗎？

夢裡的父親說，非常有可能，為人父親，很難眼睜睜看著女兒被打。

周小詠說，爸爸，問題是，為什麼崔牧芸的家人不出面，出面的卻是崔牧芸以前的朋友？夢裡的父親說，會不會對某些人來說，有一種朋友，比家人更親近。這樣的朋友，你會願意為他犯罪。

周小詠醒來，決定直奔喜悅育幼院。

第4部

守護者

1

李安妮十歲時父親母親因詐欺入獄，沒有其他親屬願意收留，社會局便將她送到喜悅育幼院，被分到仁愛家。別人過得如何她不清楚，但到了育幼院，她才過了正常生活，每天有三餐可以吃，還能去上學，睡覺的棉被是乾淨的。

她出生時，父親十七，母親十六，是兩個翹家的孩子，她不明白父母為何年紀那麼小就生下她，而既生下了她，為何又不好好撫養她，父親進入監獄已經好多次，那幾年，母親幾乎都窩在家裡打電動，沒有錢時才去工作，母親時常會哭，生氣起來就打她，有時喝醉了嘔吐，都是她在幫忙清潔房間，用洗衣機洗衣服。到學校去，同學時常欺負她，因為她的制服破舊，也沒有錢繳營養午餐，一年級的老師滿照顧她的，但能照顧的也有限，到了二年級，日子很難熬，上學變成有一天沒一天的事，時常都在家裡。

後來父親出獄，回家跟他們住，有過一陣子比較快樂的時光，那時父母親去ＫＴＶ當服務生，經常把她一個人放在家裡，但是他們回家都會帶很多好吃的，放假日也常帶她去逛街，媽媽給她買了很多漂亮的衣服，生活變得沒什麼憂慮，她也可以回去上學了，她個頭逐漸抽高，其他同學欺負她，她也懂得動手反擊，爸爸教過她幾招防身術，她都沒用上，不知道是什麼緣故，那些孩子也不再欺負她了。李安妮以為快樂的日子會一直持續，但上了小四，爸爸就跟媽媽一起被捕了，原來他們加入了詐騙集團，這些都是後來才知道的事。

作為罪犯的女兒，她似乎也天生具備說謊的能力，她很少對他人提及自己的父母，但真正要說起來，又會謊話連篇。爸媽被捕前，他們搬到了一個很漂亮的公寓，裡面什麼家具家電都有，爸爸還給她買了電動遊戲機，他們家有輛白色的轎車，假日時，他們時常開車出遠門，爸媽不知道在忙什麼，總是會把她一個人放在車上，父母被捕當天，她也是坐在車上，一起被帶到了警局。

這件事對她影響很大，她看著爸媽被上手銬帶走，她在警局等了很久很久，後來一個社工阿姨來帶走她，把她安置在一個中心裡，那幾天她什麼話都不敢說，因為回想起那段所謂快樂的日子，她才發現那些快樂的來源或許靠的是犯罪，雖然她不知道所謂的犯罪到底是什麼，但被警察團團圍住，大聲喝斥，當時爸爸還想逃走，跟警察起了衝突，她從沒看過爸爸那麼凶惡的臉，媽媽也變得面目猙獰，跟警察扭打起來，最後爸爸被警察按倒在地，銬上手銬，他那張突然垮掉的臉，一直印在她腦海裡。

在育幼院裡，每個人都有悲傷的故事，仁愛家裡的幾個院生互相照顧，起初她不太理解所謂的家庭制，屋子裡住著很多人，院生都是睡上下鋪，吃飯大家一起在飯廳圍著圓桌吃，夾菜的時候要看看別人是不是也伸了筷子，但也不能太過客氣，不然喜歡吃的菜就會吃不到。要學會所謂的團體生活，對她來說很困難，但仁愛家其他的院生似乎相處得很融洽，她仔細觀察後，發現這個家是以陳高歌與林曉峰兩個年紀較長的院生為核心，兩個人對她很友善，尤其是有點像長兄的陳高歌，一直努力在幫她適應環境。

仁愛家的規矩很簡單，自己洗碗，輪流洗衣服、做家事，起床要摺被子，假日要打掃，晚上晚自習的時間，有功課不會的都可以問輔導老師。起初她不太相信所謂的家庭制，因為大家都是不認識的人，怎麼可能變成家人，但實際上這裡的人雖然無親無故的，卻非常團結，幾乎是一旦認定了對方，就真的會把其他院生當作家人。

育幼院裡真的是任何活動都以家庭作為單位進行的，比如舉辦運動會，每個家庭的人一起進行接力賽以及各種球類活動，大家真的會卯足全力，為自己的家庭爭取榮譽。她第一次參加運動會，跑大隊接力第三棒，在陳高歌的指導下，一次一次練習，直到真正比賽的時候，真的把棒子交到第四棒的手裡時，她終於感受到所謂類似家人的感覺，那像是一種連結，緊密地把自己跟其他幾人連接起來，有人在乎你、重視你的感受，將你視為與他切身相關的人，當他們拿到第二名，整個家族的人齊聲歡呼，互相擁抱，她感動得熱淚盈眶，十年的生命裡她不曾感受到這樣熱烈的情感，甚至超過她生身父母給予她的。就這樣，她真正成了仁愛家的一分子。

轉學到新的小學，又遇到霸凌的事件，她曾在一個大塊頭女生欺負她的時候強烈地反擊過，之後他們就不太會來惹她，這些是陳高歌教她的。「你越是害怕，別人就越想欺負你。你越渴望安全，就更容易遇到危險。」

仁愛家的幾名院生就像兄弟姊妹，她最喜歡的是陳高歌與崔牧芸，崔牧芸是新來的院生，年紀還小，剛開始有點自閉，大家花了很多心思陪伴她，後來崔牧芸會講話了，功課也很好，崔牧芸喜歡黏著她，有時夜裡會從下鋪跑到上鋪找她，說她作惡夢，怕得睡不著。李安妮那時感覺自己很像大人，應該保護弱小的妹妹，她們倆擠在床鋪上，她說故事給崔牧芸聽，直到她睡著為止。

林曉峰她也喜歡，他長得圓滾滾的，很可愛，很小就會做菜，大家肚子餓的時候，他會做簡單的消夜給大家吃，他不像陳高歌那麼有威嚴，是個溫暖的人。他們四個感情最好，其他幾名院生較常變動，相處時間沒那麼多，但基本上仁愛家如其名，家裡是溫馨的，沒有年長者欺負年幼者，沒有霸凌，也沒有不公平。有一段時間生活平靜美好，白天去上學，晚上參與院區的活動，在自家的客廳裡一起寫作業，看電視，李安妮幾乎以為自己就此可以安心了。

但一切都在新的院長接任之後改變了。

新任的院長，是以前老院長女婿，老院長因病住院，年紀也大了，退休之後由他原本擔任食品工廠廠長的女婿來接掌，起初院裡還辦了盛大的歡迎會。但不到一個月，歡慶的期間過了，新院長開始了一連串奇怪的變革，育幼院的院生下了課都要做加工品，號稱「自給自足」，原本的家庭制，是要讓院生擁有家庭般的感受，但他讓每個家的客廳裡都堆滿了代工品。假日的時候，他每週都舉辦對外的活動，積極募款，很多年紀較長的院生都被指派去就讀建教合作的學校，假日都在打工，而所得的薪水全數繳回。

這些奇怪的舉措，讓大家都很不安，育幼院本來就是很封閉的環境，任何一個變動都有很大的影響，新院長撤換了很多老師跟輔導員，社工因為是社會局指派，不是院方可以決定人選。仁愛家換了一個輔導員，他是新院長家的親戚，那段時間所有輔導員幾乎都與新院長家有關連，輔導員直接管理院生，於是所有的加工、打工、建教合作這些不合理的事也沒有人聞問，但李安妮不明白為何連社工姊姊也不去舉發？

最可怕的事終於發生了，因為幾名院生集體抗議新院長，新院長以要加強院生之間的交流為名，將各家的院生打散交換，原有的家庭制度名存實亡，仁愛家的幾個院生只剩下崔牧芸還留在仁愛家，其他人都四散了，而且新院長禁止不同家的院生私下往來，等於徹底斷絕了仁愛家院生相聚的機會。那段時間大家都很混亂，沒辦法適應，新來的輔導老師，與以往的老師帶領學生的方式截然不同，他們不在家裡煮飯，而是一起到活動中心吃團膳，下課後就是拚命地做手工，家人徒具名義，實際上只是住在一起的陌生人，這些本就來自破碎家庭，有著痛苦過往的院生，內心各自的創傷以及苦痛開始各自發作，逃跑、打鬥、欺負的事件層出不窮。而最後的一根稻草，是一起院童逃跑事件。

2

周小詠來到喜悅育幼院大門口，育幼院位於S市市郊，育幼院在山腳下，入口處有大大的招牌，在等候區有個裝置藝術，一群孩子跟一個老人的雕像，雕像旁有立一塊石牌，上面刻著育幼院的歷史，周小詠快速讀過。喜悅育幼院於一九七五年成立至今，建築看來已經老舊，但院內花草扶疏，很像小學校園，接待她的是育幼院現任的祕書，一個中年女子，姓曾，周小詠問她是不是創辦人曾喜的親戚，她說是。

出發前已經在電話中表明來意，說是有一樁綁架命案相關嫌疑人士，以前曾待過育幼院，想來查明一些當年的資料，她到達時，祕書已經準備好檔案呈給她，有他們幾個人入院時的檔案照與家庭資料，還有一些生活照，大多是運動會、園遊會、野餐、旅遊的照片。

周小詠邊看檔案與照片，祕書說她二十多年前就來到育幼院，對這幾個孩子有印象。

這些照片周小詠曾看過幾張，就是掛在風雲餐廳樓梯間的那些老照片，當時她就覺得奇怪，如今總算知道原因，他們曾經在喜悅育幼院，待在同一個仁愛家裡。周小詠不是很清楚所謂的家庭制度，曾祕書解釋了一下，喜悅育幼院的家庭制度，是希望透過模擬家庭制度，讓院生擁有類似家的感覺。那真的很像家人，以仁愛家為例，崔牧芸待在院裡的期間只有三年多，但陳高歌待了十年，林曉峰更是從出生三個月就一直住到當兵退伍。

周小詠進一步詢問祕書是否還記得當年他們相處的細節，以及後來崔牧芸離開的原因，「記得什麼都可以說，越多細節越好。」

祕書說，當年她還只是實習生，因為是曾家同姓遠房的親戚，對兒童教育很有興趣，就到育幼院實習，也曾在和平家擔任輔導老師。

「我對陳高歌印象很深，其實仁愛家的孩子我幾乎都記得，雖說是家庭制，但是像仁愛家家人感情那麼好的也不多見。院生之間多少會有些處不好、爭吵，甚至霸凌事件也有，畢竟這些孩子大多來自問題家庭，失親、受暴、家庭失能，這些甚至比被遺棄更嚴重，孩子們來的時候身體心理都是傷痕累累的，性格難免叛逆或暴戾，不服管教的事常有，老實說我們也很頭痛，該怎麼對待這些受傷的孩子，院裡也有過一些爭論。早期的院長採取的都是比較和緩的政策，後來有一任院長手段比較嚴格，院生反抗得很厲害，而現在的院長採取的就是教育特殊學生的方式，這幾年施行得不錯，喜悅育幼院的評價都一直很高。

「陳高歌那時候就是出了名的問題生，那個孩子的眼神我都還記得，聽說是被母親的同居人毒打，來的時候眼神很凶狠，誰都不能靠近的，不過後來他反而成了仁愛家的大哥哥。崔牧芸很可愛，幫他取了高哥哥的綽號，她也幫我取綽號，我是眼鏡老師，她真是個很可愛的女孩子。林曉峰後來變成廚師了，這個孩子小時候就喜歡下廚了，我們以前各家都是自己準備三餐，那時就常聽說林曉峰會做菜，有一次我們得到一個企業贊助，有很多家電，每一家都分到烤箱跟微波爐，我就聽說林曉峰烤了蛋糕給院生當生日禮物，那時候我還有吃到蛋糕呢，真是很懷念那個時候啊。

「我們和平家的氣氛也不錯，仁愛家就在我們對面，他們那邊有什麼動靜我們也都很清楚，仁愛家有個女孩叫做李安妮，她跟林曉峰他們也很好，我印象很深是因為每次我們在花園裡鋤草，他們也會出來拔草、整理花園，我跟仁愛家的輔導老師溫老師是同屆進來的，會互相支援，就聽她說過很多仁愛家的故事。我們喜悅出去的大學生不算多，崔牧芸算是功課好的，所以她考上大學時，院方還特別貼出公告，即使那時她早就離院了。

「我說得拉拉雜雜的，請不要見怪，畢竟當時我還年輕，還很有理想性吧，對育幼院裡的一切都很熱情投入，所以印象會很深。不像現在，我失去了當時的熱情，對很多事都很麻木，但現在制度很清楚，照著制度走，不怕犯錯。」

「你記憶裡他們三個感情就很好，是家人般的關係？」周小詠問。

「不是三個，是四個，李安妮跟他們也很好，他們四個人總是在一起，輔導老師會希望避免這種小集團行動，可是他們四個就是向心力很強，拆不開，後來我也勸他們老師不要介入，小孩子難得可以互動良好，其他院生來來去去的，不能勉強大家都要一視同仁。但我那時覺得，可能是因為崔牧芸吧，她長得很清秀，氣質也不一般，說起來真是令人很憐惜的孩子，剛入院的時候，他們老師都快急瘋了，因為她完全不說話，不跟人往來，整天都呆呆的，提著一個娃娃站在大門口，那樣子看了誰都會心痛啊，因為她是被她媽媽用計程車騙著送來院裡的，真慘。據說在家裡根本沒飯吃，餓得好瘦啊，不來育幼院也沒出路啊。沒想到後來她變得那麼漂亮，到了要離院的時候，長得很高了，簡直判若兩人啊。

「對啊，照我看，他們四個人就像是兄弟姊妹那麼好，每天一起上學，到哪都在一起，陳高歌要說是問題學生，相處久了，也不覺得他壞，就是一種正義感吧，所以常打架，院生在學校難免被欺負，也需要有個凶一點的代表，所以陳高歌就是那個瘟神，人見人怕，這樣大家不敢欺負喜悅出來的院生。

「可是我看過陳高歌牽著崔牧芸去上學，那模樣真是溫柔得很，一點也不凶，反正他們四個就成天混在一起，做什麼都是集體行動。」

「後來崔牧芸為何離開？何時離開的呢？那之後其他人的狀況如何？」

曾祕書翻了一下資料。

「崔牧芸是十二歲的時候，她媽媽突然出現了，那之前她就辦過手續，要把孩子帶回去，因為她已經再婚了，家庭經濟各方面狀況都不錯，以崔牧芸的年紀，幾乎不可能被領養了，所以社工評估過，雖然以前曾經棄養，但現在狀況符合條件，家人願意帶回家照顧，也是好事。崔牧芸離院的時候，院裡剛換了新院長，溫老師已經離開了，各種氣氛與政策都在變化中，大家都忙忙亂亂的，那時仁愛家的輔導老師又換了人，來的是我以前讀書的時候認識的董老師，感覺董老師成熟穩重，可以安撫這群孩子，仁愛家好像也逐漸恢復平靜了，但這時崔牧芸就被接走了。當然可以想像，崔牧芸離開後，仁愛家又陷入了低迷，我聽董老師說的，幾個孩子幾乎都不吃飯，其中陳高歌最嚴重，他幾乎每天逃學，回到家裡也是一雙眼睛都是紅紅的，董老師說他花了很多時間陪伴他們，他那時很感慨地說，沒想到他們真的就像家人一樣。

「那幾年因為院長頻繁更換，政策改來改去，大家心裡上多少都有些陰影，我自己到現在都還會作惡夢，覺得那時候有一任丁院長在任時有太多奇怪的事，我雖然是他們的親戚，也覺得無法認同，早期育幼院體制不健全，後來改善許多，不過畢竟是沒有家人陪在身旁的孩子，心思比較細膩敏感，但是我真的也沒見過像仁愛家當年的氣氛。溫老師在陳高歌退伍的時候，回來看過大家一次，那次也等於是歡送會了，陳高歌跟林曉峰同時離院，隔年李安妮也離開了，我聽說他們租房子住在一起，也聽說陳高歌好像跟李安妮談戀愛，或許會結婚也說不定，後來我在報紙上看到崔牧芸結婚的消息，她名字很特別，長相也出眾，雖然只是報紙上小小的花邊，我還是認得那女孩，嫁給好人家，這是院生們少見的生活，我打心裡為她高興呢，誰知道後來又發生了那麼多事，還惹出了命案，想來令人唏噓啊。」

曾祕書給了周小詠當年仁愛家溫老師的聯絡方法，她說後來溫老師結婚生子，丈夫家開設幼稚園，她就在裡面擔任老師，現在孩子都上中學了，「溫老師好像一直都有跟陳高歌保持聯繫，問問她或許會有更多答案，但無論如何，我都覺得他們是好孩子，應該不至於犯下什麼罪，若真的有涉案，一定也是逼不得已。」

周小詠在曾祕書的陪伴下，走遍了育幼院，曾祕書指出陳高歌他們以前住的仁愛家那棟建築，到現在也沒有改名，小小的兩層樓建築，門口有個小花圃，屋子外觀滿破舊的，但花圃植物生長，生機盎然。曾祕書跟仁愛家的老師打過招呼，周小詠入內參觀，一樓是小小的客廳，擺放著長條桌椅，一旁是餐廳，可以做飯，二樓有四間寢室，都是上下鋪，這屋子跟一般人家不同，但也有類似的地方，在一、二樓的樓梯間，牆上就掛滿了照片，跟風雲餐廳的照片牆很像，只是仁愛家的照片是放在看起來像是自製的厚紙板相框，各種生活照、獎狀、比賽的錦旗，掛滿整個樓梯間的牆壁。

過去的仁愛家是什麼氛圍呢，此時因為白天孩子們都去上學了，看不出來彼此的互動，周小詠只是想像著，倘若她生長在這裡，與仁愛家的人一起上下課，一起吃飯，做功課，睡覺，日復一日，年復一年，她是否就會與他們成為類似血緣關係的親人，甚至更親，達到可以為彼此犯罪的地步？

她沒有解答。她想著，那麼小的孩子，失去了父母，會不會以一種自己都不知道的方式，愛慕著跟自己每日朝夕相處的人？

這些都是推測，但她不禁想起崔牧芸後來生活在白樓，那棟不可思議的豪宅，以及當年生活在仁愛家，這個簡陋的屋子，對她來說，家是什麼呢？

周小詠把育幼院走遍，始終得不出更確切的答案，她從曾祕書那兒得到以前仁愛家溫老師的電話，她立刻致電聯繫，溫老師答應隔天與她見面。

周小詠到了溫老師工作的摯愛幼稚園辦公室，溫老師一頭長髮，一襲素衣，面容秀麗，看起來像是有修行或者練瑜珈那種身心靈工作者。說明來意後，溫老師也早有準備，她拿出一疊作文簿，簿子都已泛黃，看來是收藏多年。

「命案發生後，我一直很擔心，聽到崔牧芸被家暴，我心都痛死了。當初牧芸結婚也上了新聞，豪門婚宴，才子佳人，當初我很擔心媒體會挖出牧芸待過育幼院的事，但那時沒有這方面報導，只說是麻雀變鳳凰，櫃姐入豪門，我看到周刊裡牧芸穿婚紗的照片，感動得想哭，那孩子剛來育幼院時，像隻被拋棄的小貓，我們花了好多心思，才讓她接受現實，即使這麼多年過去，我都還記得當時跟他們一起生活的景象，那真是永生難忘的經驗，即使我自己結婚生子，我覺得那種特殊的家庭生活，也是一生中無法忘懷的體驗。

「我在育幼院待了六年，跟他們四個孩子特別投緣，那時候我年輕，沒有男朋友，生活所有重心都放在育幼院，院裡的孩子來來去去的，因為有些是家庭失能才送來的，後來家人會接回去，可是我們仁愛家那幾個孩子，真的是讓人心疼，高歌、曉峰、安妮跟牧芸，這四個孩子就像一家人，甚至比一般家人感情更好。我剛進仁愛家的時候，還對所謂的家庭制很存疑，畢竟我們只是老師跟學生的關係，不可能做到像父母一樣，可是孩子們這麼依賴我、信任我，我不自覺也投入了很多時間跟感情。

那時候我們都住在院裡，最初老師是住宿舍，後來就都睡在各自的家庭裡，兩個輔導老師，各自扮演不同的角色。我因為是外地人，即使放假也很少離開院區，另一個男老師他有家庭，每週都會回家，我們並不是夫妻或情侶，真的比較像是患難的夥伴，因為兩個人要負責七、八個孩子，工作量跟責任很重，最開始會有些相處的問題，也有欺負、不合，還有家庭裡的分工合作，以及教育方向的問題。老院長在的時候，他真的花很多心力在建立制度，光是把家庭制這件事做到徹底，就很不容易，我覺得那幾年真的是喜悅育幼院最好的時候，大家相處的氣氛連我自己都會覺得感動。我那時還想過，就不結婚一直待在院裡，把孩子撫養長大，我的人生也會是一種圓滿。

「我不知道怎麼跟你描述他們四個人之間的情感，但每天我們一起吃晚餐的時候，大的會幫小的夾菜，聊天、說笑，在學校發生什麼事，都會拿出來討論，比如陳高歌都會帶孩子們去上課，這點就很貼心，剛開始崔牧芸都不講話，完全封閉自己，我都拿她沒轍，想不到是陳高歌讓她改變了，細節我不是很清楚，但是他就是有辦法。這幾個孩子個性都不同，陳高歌剛到院裡的時候，非常陰沉，像是刺蝟一樣，他在家裡被打得很慘，所以對人很防衛，我也是花了很長時間才有辦法接近他，可是他一旦信任你，就全然信任，他好像可以清楚地分辨，誰是真心對待他的，等到他敞開心懷接受我們，他突然就變成一個保護者，或許是因為他之前受虐的經驗吧，對其他年紀小的院生特別照顧。我在想，這也是天性的問題，有些人會說受虐經驗會導致創傷，這種創傷可能會扭曲人性，但是在我們仁愛家的孩子身上，不知道為什麼，那種黑暗或扭曲並不會讓他們去傷害別人，反而是互相照顧，疼惜對方，我不是自誇，但我想，或許是因為我們之間有建立真正的感情，可以說是一種愛吧，老院長一直在強調的，就是這種後天的親情，他真的相信一群沒有血緣關係的人，透過努力，關心，也可以變得親近，甚至變成家人。

「我也是大概待了三年多的時候，有一天晚上，在幫孩子們看功課，那種氣氛很奇妙，好像突然間我就回到小時候爸媽幫我看作業的時光，只是角色對調了，我變成父母，然後我面前有幾個孩子，其實我那時候都還沒三十歲，高歌他們都十來歲了，算年齡我也還當不了他們的父母，可是，我覺得我好像因為在照顧他們的過程自己也成熟了，這很微妙，那時我就知道，愛這種東西，不是看年輕，也不是看身分，真的就是從內心裡散發出來的一種意願，我常想，會不會是名字取得好啊，仁愛家，真的有仁有愛。

「其實育幼院的資源很不足，家裡的課桌椅、家電、衣服什麼的，很多都是人家捐的，比如電腦，一個家庭也才一台二手電腦，電視也是善心人士捐的二手貨，又小又舊，吃的東西也很簡單，我們院區裡種很多菜，也養雞，滿多都是自給自足，可是這些孩子都很容易滿足，比如我們自己去雞棚裡拿雞蛋啊，去菜園裡摘蔬菜，孩子們就會很開心，外食的日子很少，他們在學校裡應該什麼也都比不上人家，可是他們很少抱怨，比如用電腦的時間是要分配，輪流用的，可是也很少紛爭，大家都讓來讓去的，什麼資源都會分享，我也不知道孩子們是怎麼養成這樣相互體諒、照顧的習慣，連我們當老師的人都覺得感動。

「但我覺得如果要說因為小時候他們感情很好，就懷疑長大後是不是會幫助崔牧芸綁架丈夫，甚至撕票殺人，警官小姐，我真的要說，這不太可能，因為這些孩子們是有善惡觀念的，心都很善良，再怎樣互相保護，也不至於去殺人，真的。我想請你調查清楚，不要隨便就懷疑他們，你來找我談話，我有我的難處，我既希望向你說明他們的關係，但我也很擔心會因為這層關係，讓警方心生懷疑。所以我還是要強調，他們以前感情很好，但那畢竟只是一份感情，至於其他事，還是要去查證據才行。」溫老師說得淚眼婆娑，周小詠也覺得感受複雜。

「溫老師，不要擔心，我們會認真調查，不會胡亂栽贓。你的話對我們的調查很有幫助，無論如何，真相是最重要的，謝謝你的合作。」周小詠懇切地說。

溫老師給她看很多老照片，一一解說，周小詠彷彿在照片裡看到了當年仁愛家的溫暖，以及孩子們間難以言喻的感情，有一張照片是在院區後山，應該是類似野餐或健行，孩子們在葉子變黃的樹林裡，周遭都是黃顏色的，感覺落葉紛紛，不知為何那該是蒼涼的秋景，孩子們卻似乎都籠罩在溫暖中，有人在捉蝴蝶，有人採葉子，有人在挖土，每個人都在樹林裡不同的位置，照片裡有一種時光悠悠，不知年歲的感覺。她時常回想第一次走進白樓的時候，受到的震撼，以及第一次看到崔牧芸時，心裡浮現的那種憐惜感，她輕易地可以聯想，多年前在育幼院裡，當陳高歌他們第一次看到崔牧芸從計程車裡走下來，當他們看見那個纖瘦美麗的女孩，一臉驚慌，滿眼絕望的模樣，或許早在那個時刻，他們心中就已經種下了想要拯救她、保護她的強烈願望。

周小詠想起她養的第一條狗，叫做娜娜，是條流浪犬，父親帶著她去公園玩，看見那條狗餓得皮包骨，躲在樹叢裡哀鳴，周小詠撕下一片麵包去餵牠，狗狗低聲嗚咽了一下，然後快快吞掉那一小片麵包，周小詠見狀立刻又撕了一片，狗狗吃得更快，後來她索性把整個麵包撕成兩半，分兩次給狗狗吃了。狗狗吃完，走向她，蹲在她腳邊，用頭蹭她的皮鞋，周小詠的心都融化了。

崔牧芸對陳高歌，或陳高歌對崔牧芸，大概就是那樣認定的感覺，周小詠離開育幼院之後，心裡對於仁愛家那幾個孩子，不，她指的是陳高歌他們四人，不知為何腦裡總是想起他們孩提時代的照片。照片看得出育幼院的簡陋，孩子們衣著陳舊，但臉上卻煥發光彩。周小詠想起自己的童年時代，父親母親也曾到學校參加運動會，周小詠擅長運動，尤其是跑步，短跑長跑都拿手，父親工作忙碌，只有一次抽空參加，但還是看完全程比賽，在場邊幫她加油的聲音好響亮，周小詠想起這些往事，才想到自己竟然連一個稱得上知心的朋友也沒有。

她辦案時常會有所感應，但大多是對受害者，她時常鉅細靡遺地反覆凝視受害者生前的照片，她想要設法從那些生活照片模擬出死者生前形貌，而當她凝望那些死者的照片，無論案發現場的屍體，或解剖後在檯子上的遺體，法醫給出的驗屍報告等，這些展露死亡的發生以及結果的照片，她也想設法從中尋找答案。最開始她看到遺體會害怕，會因為各種死法造成的結果，出血、穿刺傷、骨頭破裂、內臟露出，或者遺體腐敗，屍臭、生蛆、血肉模糊，這些溢出一般人生活之外的景象，她也如一般人一樣驚恐，但她強迫自己去看，去更仔細地凝視，直到習慣，直到成為她的日常。

當然，命案並非日常，但一樁命案往往盤旋許久，甚至無法偵破變成懸案，她在父親的遺物中發現許多筆記，是父親偵辦過所有重大刑案的紀錄，父親也是對於命案特別執著，筆記中是多年來他參與過的每一樁命案，時間、地點、死因，相關人士的證詞，以及整個破案過程的紀錄。父親性格嚴謹，筆記詳細，周小詠感覺父親似乎在生前就為了她往後的刑警之路鋪墊，或者，這些筆記是她的知己，父親是在對自己說話。

然而這一次，她對張鎮東卻沒有感應，她同情崔牧芸，明知道她涉嫌重大，也暗自希望不是她犯下的案子，李俊昏迷後，她一次一次對李俊說話，坦承自己複雜的心情，希望透過自剖，降低對破案的影響，但她越深入案情，越感覺自己對崔牧芸的同情也可以化為破案的動機，她才逐漸釋懷。

3

周小詠來到幼稚園的咖啡吧，對李安妮進行詢問。

李安妮長得瘦高，一頭長髮綁成高馬尾，戴著眼鏡，長相端正，給人一種穩重的感覺，面對周小詠時毫不畏怯，似乎心裡有所準備。

「我們知道你們小時候待過同一家育幼院，崔牧芸說你們兩個就是在這裡重逢的。我想問的是，你們重逢後的關係如何？你何時知道崔牧芸被家暴？你何時帶崔牧芸與陳高歌、林曉峰見面？細節越多越好。」周小詠在咖啡吧坐下，開始仔細發問。

李安妮誠懇回答：「周警官，我跟崔牧芸是今年六月的時候在幼稚園的咖啡吧意外重逢的，當時我們都非常驚喜，畢竟那麼多年沒有相見，真的很想念對方，最初只是我們兩個在咖啡吧聊天，感覺她很落寞，也很孤獨。她大概一週會留下來一、兩天，看狀況，有時家裡忙，婆婆又交代她要做很多家事，她就沒辦法留下來，有時候她狀況好，有時狀況不好，後來她才跟我說起她被丈夫家暴，在張家並不快樂。我也把牧芸在張家的狀況告訴了高歌跟曉峰，想著大家找一天要約出來見面。

「牧芸真的很可憐，她連一個朋友也沒有，很難想像這幾年她是怎麼度過的，每天在家裡，一個好好說話的對象也沒有。沒想到八月初，我突然接到她的電話，才知道她被張鎮東打到住院了。那時我才帶著高歌跟曉峰去醫院看她，沒想到大家第一次重逢，竟然是在醫院病房裡，看到牧芸受傷的樣子，我們都哭得很慘。

「多年前牧芸離開時，高歌非常痛苦，大概只有我看過他痛苦的樣子，我們常去後山的樹林裡，有一個山洞，那是我們的避難室，牧芸跟他媽媽走後，高歌時常躲在山洞裡哭，是我偷偷跟著他去，才發現的，那時我們都常哭，那段日子太難受了。

「牧芸出院後，我們四個人就會想辦法碰面，牧芸說她是拜託家裡的管家陳嫂，陳嫂看她可憐，一起去採購的時候，會讓她偷偷離開一、兩個小時，我們就趁那時候見面。我沒有排班而牧芸可以外出的日子，我們會約去曉峰的店聚會，可以見面的時候大家都在計劃怎麼幫助牧芸離婚，或者設法逃走，逃走當然是下下策，因為牧芸想要孩子的監護權，才會忍耐那麼久，但要得到監護權並不容易，我們主要也是想說服她，先保命，再保孩子，畢竟張鎮東不會打小孩，張家很疼愛浩宇，有生命危險受到威脅的人是牧芸，當然是要以能夠安全脫身為主。

「但牧芸就是下定不了決心，一拖再拖的，一開始她總是說放不下孩子，但我查過很多資料，這種受暴婦女大多數都說是為了孩子，但只要孩子被控制，就永遠脫不了身，那時我們也漸漸知道她的性格問題了，因為長期被控制、被虐待，反而產生自卑感和依賴感，她與外界隔絕太久，對自己毫無信心，娘家的人也不支持她，她很難離開。

「十月初，牧芸已經好多了，我們幫她安排去做心理諮商，高歌也在積極看房子，主要是她手上沒有太多現金，我們就偷偷幫她轉賣她的包包跟首飾，換一點現金，我們陪她去辦了一個銀行帳戶，我們往裡面積極存錢，為了將來爭奪監護權，我們還在曉峰的餐廳幫她找了一個工作，當然只是名義上的，但也得小心，這一查都查得到，很矛盾，怕張家知道，但不做紀錄又不行，當然上法院對她不利。

「誰知道十月底張鎮東就失蹤了，周警官你想想，如果是高歌他們蓄意要綁架張鎮東，何必這麼大費周章，高歌說過，我們要用安全的方法把牧芸救出來，這是我們的第一要務，也是前提，忙了這麼久，就是不想要我們四個人任何一個有危險。」

4

重案組有一面大白板，每有重大刑案出現，白板上就會貼上相關案件的照片，白板前的長桌上堆滿卷宗，周小詠與李廣強在白板上用麥克筆書寫關鍵字，畫箭頭，沙盤推演，檢視各種證據。張鎮東的屍體沒有驗出其他指紋與DNA，目前嫌疑最大的是崔牧芸以及陳高歌與林曉峰，因為他們兩個人曾在那段時間進出白樓，尤其是十月二十八日的外燴晚宴是最令人起疑的。但所有嫌疑都只是警方猜測，沒有任何確切的線索，且尚無法釐清張鎮東的死亡時間。

如今李俊昏迷，案情未明，周小詠走訪育幼院之後，更加確定他們四人之間確實有著近乎家人的情感，周小詠在病房裡問李俊，明知他不會回答，但自言自語已經是她的習慣，況且她感覺李俊一直在聽，他也想參與案情，只是無法表達而已。

「如果是陳高歌跟林曉峰綁架了張鎮東，會不會是因為想要幫崔牧芸準備離婚，所以綁票勒贖以籌備現金？但是張鎮東死了，一種可能是撕票，因為如果張鎮東死了，就不需要離婚？另一種可能是張鎮東的死亡是意外，比如在談判過程中起衝突失手致死？勒贖電話只是為了轉移目標。究竟，張鎮東是為何死亡？是謀殺，或者誤殺？」周小詠對著昏迷的李俊自言自語。

「有時殺人不需要全盤推演，不需要多麼縝密的布局，就只是一股衝動，或者每件事前因後果堆疊，到了一個崩潰點，突然就殺人了。」周小詠想起以前父親說過的一段話。

「我推測殺人可能是衝動，但後面的掩蓋就是設計了。」周小詠自問自答。

「所以，犯人絕對不只一個人。重點是，殺人現場在何時何地？是何人所犯？」

「外燴服務，是白樓唯一的破口。」

在李俊面前，周小詠感覺自己有了兩個腦袋，她可以模擬李俊的思維，突破自己的盲點，她感覺李俊平靜的臉似乎有了表情，她知道他會醒來的，而今她覺得好像得靠著自己把案子破了，李俊才有可能清醒，她甚至認為這辦案推理的每一分每一秒，她都是在救李俊，她必須要這樣想，這些事才有意義，以前李俊告訴過她，幹刑警的，都是靠著破案的慾望維生，沒有想破案的心，日子一天都過不下去。

周小詠以他們幾位都是育幼院的院生，且這半年互動密切，加上二十八日風雲餐廳到白樓提供外燴是當天唯一進入白樓的外人為由，申請了風雲餐廳的搜索票。並與李廣強帶了搜索票，帶著鑑識小組，毫無預警來到風雲餐廳。

周小詠說明來意，想搜查廂型車與當天外燴服務的相關物品，林曉峰沒有拒絕，帶領他們到停車場，白色廂型車就停在車位上，鑑識人員開始徹底檢視車輛內部，一面詢問當日運送食材與烹調器具的方式，林曉峰說他們的食材與鍋具都是消毒後用保鮮膜包好再用大型容器運送，周小詠想查看大型容器與所有當天帶到張家的器具，林曉峰便帶她到餐廳後面的倉庫，器具都堆放在其中，周小詠請鑑識人員協助蒐證。

其中有兩個特大號的方形橘色容器，附有掀蓋，林曉峰解釋，那是用來放置湯鍋炒鍋、保冰器與刀具等較大的器具專用，方便搬運，也好清潔，周小詠詢問了購買地點，林曉峰說那是陳高歌很久以前買的，他並不知道確切購買地址。

周小詠進入餐廳廚房，看見李廣強正在詢問陳高歌當日備餐時使用的刀具與廚具，陳高歌拿出了當天的料理刀，但他說大多數的食材都已預先在餐廳處理好，也做好初步的烹調作業，當天到府只是做些加工的手續，所以只帶了需要用的幾把刀具，但李廣強依然扣押了餐廳的所有刀具，以便調查。

等待鑑識人員蒐證時，周小詠再度端詳那面樓梯間的照片牆，看著那些照片裡的孩子們，周小詠心情複雜。這片照片牆，彷彿時光隧道的一段路程，對這幾個人來說，或許是人生中很重要，甚至是最重要的回憶，但到底是為什麼呢？因為同在一個育幼院，隸屬於同一個家庭，就能製造這樣強大的連結，甚至願意為對方犯下謀殺案嗎？這次與以往最大的不同在於，她越是了解受害者，越無法同情他，不僅是因為家暴，而是，整個張家散發的自我保護以及優越感，和那種輕忽他人的生死，唯獨重視自己人性命的感覺。周小詠幾次都告訴自己要冷靜、客觀，才有助於破案，但午夜夢迴，她有諸多憤慨，她以前辦理過一件殺夫案，死者與丈夫相差二十歲，她用菜刀將丈夫殺死，原因即是因為長期受到家暴，目睹親生兒子被丈夫毒打，生活猶如暗夜。直到一次丈夫用熱水燙傷兒子，她才憤而行凶，因為「不能讓兒子被打死」。這個命案偵破得容易，殺夫者幾乎就是待在原地不動，等到警察上門她立刻自首，坦承不諱。

殺夫？崔牧芸是殺夫者嗎？她確實遭到家暴，但以周遭人的供詞來說，丈夫是離家後遭到不測，與她無關，但真的無關嗎？周小詠希望崔牧芸沒有殺夫，也沒有教唆他人殺人，她希望童年照片裡的每一個人都沒有涉案，因為如果是這樣，結局就太慘了。

然而鑑識結果出爐，刀具器械以及橘色容器、鍋具等，都沒有查到血跡與DNA，風雲餐廳的搜查一無所獲，周小詠沮喪不已，回警局的路上她仔細想了又想，總覺得有什麼地方怪怪的，她思來想去，終於想到奇怪的是那兩個橘色的大容器，林曉峰說是陳高歌很久以前買的，但是看起來卻非常新，感覺就像是剛買不久。周小詠決定請求人力支援，讓大量的警員拿著陳高歌跟橘色容器的照片，去清查餐廳四周的大賣場跟器材行，逐一打探是否有人見過陳高歌去購賣橘色容器，警局大量人手積極投入，擴大搜索範圍。終於，有警員在一家五金賣場裡問到，一位女性店員記得二十八日上午見過長得很像陳高歌的男子，到他們店裡購買橘色的容器，周小詠連忙趕到那家店，調閱監視錄影帶，確認了陳高歌確實當天就在那家店裡買了那兩個橘色容器。

5

林曉峰是個棄嬰，真正意義上的孤兒，他出生三個月就被裝在紙箱裡丟在育幼院門口，沒有人知道他的來歷，他身上掛著一張名牌，寫著林曉峰三個字跟出生年月日，一張紙條寫著，「請善心人照顧。對不起。」那張有著凌亂的字跡的紙條，是他尋親唯一的線索，院裡也將他取名為林曉峰，也是為了將來或許有機會可以跟父母相認，但他其實不想尋親，對他來說，育幼院就是他生命的源頭，他已經沒有另外的家了。

他在育幼院附設幼稚園就讀時，班上幾個都是跟他一樣的孤兒，育幼院早期就是孤兒院，所以對孤兒的照顧特別周全，從小幫他餵奶、包尿布的，都是育幼院的老人家，或是一待幾十年的歐巴桑，每個人身上都有悽慘的故事，有些被家人遺棄，有些是因為生了重病痊癒後為了行善還願。育幼院裡各種宗教都有，凡是願意行善的宗教團體來宣教，他們都很歡迎，所以林曉峰小時候，曾經被修女照顧，也曾被尼姑撫養，還有那種帶髮修行的阿姨，以及部分領薪水的老師，他小小的腦袋裡記不住那麼多張臉，只記得不斷的換手，有很多人在幫助他長大，並沒有餓著，尿布也都有定期更換。

他自小就好睡，是很好帶的小孩，只要給他奶嘴他就不哭，給他一隻熊寶寶，他就可以安睡，只是吃得比較多，很快就變成胖胖的小孩，青春期幾乎都在運動減肥。

他是仁愛家裡最資深的孩子，但年齡還比陳高歌小一歲，對他來說，這裡是育幼院，是養育他長大的地方，他知道自己跟學校裡其他學生不一樣，他沒有父母，聯絡簿什麼的都是院裡的老師幫忙蓋章簽名。他因為個頭比較大，並沒有受到太多欺負，在院裡也因為待得久跟老師都很熟，新來的院生，就算品行乖戾，也不太會去動他，他像一個非常年輕，又有著老靈魂的人，一張笑咪咪的臉，卻什麼都看在眼裡，因為受到各個保母各種宗教的薰陶，他的心很慈悲，舉止很溫和，對於院生各種叛逆的行為他都能理解，但自己並不叛逆，也沒有太多悲喜。他小時候從一個保母那兒得到一柄很鈍的小刀，就成了他的玩具，他喜歡削樹皮，砍木頭，他的消遣就是去後山的林子裡找各種可以砍削的木頭，帶回去當玩具。

他看著陳高歌、崔牧芸、李安妮、高莉莉、羅芳芳、李大明……等逐一被送進來，他明明是最了解育幼院的人，卻也得喊其他人一聲哥哥姊姊，但他願意喊，因為他想要有哥哥姊姊，而且是安定的，可以跟他一起在仁愛家裡生活，一起讀書，真的就像家人一樣的，所謂的家人。

他從幼稚園幼幼班開始讀起，直到上了小學，院生都是上同一所小學，他小時候就喜歡幫忙煮菜，他常在仁愛家的廚房裡忙碌，最早期是每家負責自家的晚餐，弄得很像一種居家氣氛，當時都是輔導員與院生一起烹調晚餐，讓院生也有參與感。他小學的時候就學會了做飯炒菜，下廚對他來說比讀書容易多了。在新院長改制之前，他已經學會了好多菜餚，後來新院長到了，晚餐外包給廠商，讓大家集體到餐廳用餐，他也還是會自己在廚房幫家人準備消夜，他會用在學校打工或幫其他人打雜賺來的錢買食物，給家人加菜，餐廳的伙食實在太爛了，大家幾乎都吃不下，變得消瘦，也有人鬧肚子，據說食物都是超過期限的，這樣的情況新院長在任兩年都沒有改善。

除了做菜，他還喜歡運動，反正就是身體發達，不喜歡動腦，他很安於自己這樣的性格，身體後來練得很壯，在學校不怕被欺負，又能煮菜給喜歡的人吃，何樂不為？

所有人都說，事情是從新院長來了之後改變的，但對他來說不是，他的命運是在崔牧芸來了之後就改變了，他從一個內心鎮定、波瀾不興，像老靈魂一樣的人，變成了一個擁有纖細情感的人。

那時崔牧芸才八歲，他比她大兩歲，崔牧芸比他矮，很瘦很瘦，她像一隻被拋棄的小貓一樣來到了仁愛家，崔牧芸不會說話，不跟人交流，手上提著一隻娃娃，很喜歡吃東西，崔牧芸好瘦，一張臉像貓咪一樣尖，她那種失神失魂的樣子，讓他很心痛，那時陳高歌總是拉著她去上學，李安妮努力要幫她換衣服，老師們輪流給她洗臉洗澡，她時常反抗，總是站在門口固執地等待，林曉峰有時會跑去站在她旁邊，因為院裡其她家的孩子會來欺負她，笑她是傻瓜，「你媽不會回來啦！這裡是孤兒院，來到這裡就是孤兒啦！」那些孩子會這樣笑她，或者用石頭扔她，不是要弄傷她，只是想要叫她醒一醒。

仁愛家的家人都知道崔牧芸在等媽媽，林曉峰不知道有媽媽是什麼感覺，但可以感受到崔牧芸的絕望與悲傷，或許林曉峰也曾經想過媽媽，只是自己不知情罷了，但在崔牧芸的臉上，他看到那種期盼與失落，他感受到一個孩子被自己的親生母親遺棄，那活生生被撕裂的痛苦，或許是遲到的悲傷吧，他很努力想要對這個瘦巴巴的女生好一點，知道她愛吃，林曉峰會幫她留一些點心，給她帶回房間吃。

大家都說是陳高歌給了崔牧芸幸運草，所以崔牧芸開口說話了，但林曉峰覺得，崔牧芸只是終於放棄了等待，認清了媽媽不會來帶她的事實，正如自己一樣，接受事實，就可以適應環境，適應環境就等於接受命運。崔牧芸很快地就長高了，他意識到自己喜歡上這個像貓咪一樣的女生，已經是上中學的事，但那之前，即使還不知道那是什麼，他也清楚自己眼光離不開這個女孩，即使後來崔牧芸從弱小變得成熟，努力照顧大家，他心裡也還是忘不掉最初她臉上的驚恐與清秀，那張夾雜著恐懼與光彩的臉，一直盤旋在他心裡，那時他很想知道崔牧芸從哪裡來，身上發生了什麼事，他在院裡聽過很多人的故事，但他沒見過崔牧芸臉上那種眼神，是光與暗相生相伴而激化出的，讓人感到心痛。

因為有了崔牧芸的存在，他從一個傻大個兒，變成了一個感情纖細的人，好像他身上原本沒有這種情感，是崔牧芸的來到才產生的，他也是因為這樣才努力地煮飯做菜，因為崔牧芸最喜歡吃他做的食物了。

他生命裡還有陳高歌這個兄弟，很奇怪，他分明知道陳高歌也喜歡崔牧芸，就像很多他在電影電視劇裡看過的，義氣兄弟總會因為愛上同一個女人而競爭，但他對陳高歌充滿敬佩與崇拜，是完全服氣的，倘若陳高歌對他說自己喜歡崔牧芸，他是二話不說就會退讓的，他們都認為崔牧芸不屬於這裡，她要離開這裡才能好好長成她應該有的樣子，她應該有遼闊的世界，擁有最美好的事物與人生，是那樣的存在。

新院長對育幼院的各種改變，起初並不讓他難受，或許因為他太滿足於眼前的一切，過去仁愛家那時溫老師、顏老師一起負責，有八個院生，在溫老師的照顧下，他幾乎已經感覺到所謂的「家」這樣的抽象的概念，大約也就是他們現在這樣吧。聽陳高歌說，以前他在家裡總是挨揍，但在仁愛家沒有人會打他們，反而有很多講故事、做勞作、一起運動、遊戲的時間，所以即使後來那些時間開始變成在做家庭代工，伙食變差，他也還是覺得很溫暖，至少大家可以在一起。那段時間他們都在做聖誕節的裝飾，起初以為是育幼院要用的，後來產量實在太大，忙得大家幾乎都得熬夜，小小客廳裡堆滿了燈泡、彩帶、亮片、錫箔，溫老師帶著他們八個人像生產線一樣，在黏貼、切割、拼裝那些飾品時，他都還是覺得快樂，他感覺自己可能有點少根筋吧，當其他人開始抱怨，溫老師也時常因為熬夜而臉色蒼白，幾次跟院長爭吵，他才意識到有些怪怪的。

白鬍子曾院長退休後不久去世了，讓大家哭得好傷心，新來的院長姓丁，起初看起來也是和藹的人，開會時說話都要說上半小時，中氣十足，穿西裝打領帶看來很氣派，以前曾院長都是穿外套跟卡其褲，陳高歌看見丁院長的新西裝，不知為何就有了不好的預感。

丁院長上任，就換掉了五個輔導老師，連工友伯伯、清潔阿姨都換新人了，起初他還想改掉家庭制，但因為沒有足夠的宿舍，才勉強繼續。這些變革都在短短時間發生，以前晚上是做功課的時間，新院長上任，告訴大家，要共體時艱，院裡經濟困難，大家要幫忙賺錢，所以要做加工品。

於是各個家的客廳裡，都堆滿了等待組裝的塑膠玩具，下了課，匆匆吃過飯，院生們要分組做組裝，沒做完一定配額，不能去寫作業，如此一來，大家幾乎都要熬到十點鐘才能寫功課，遇上趕工的日子，比如聖誕節，做燈飾跟吊飾，曾經趕工到深夜一點半。

放假日，每週都有參觀日，有各界的善心人會來參觀，他們就在院區擺攤賣東西。後來擺攤賣東西變成常態，地點從院區延伸到各大車站、醫院、市場，每個假日，老師們分頭帶隊，每一家都要去賣東西，愛心筆、面紙、口香糖、餅乾，什麼都賣，沒有賣到足額不許回家。

陳高歌曾經為了院生賣東西的事跟管理的老師起衝突，後來他還直接跑去院長室跟丁院長理論，「我們每個人功課都退步了，沒有時間寫功課，睡覺都睡不夠。假日一直在太陽底下賣東西，弟弟妹妹都中暑了。」陳高歌怒吼，那次林曉峰也跟著去理論，事後，他們被丁院長在操場罰跪，跪了兩個小時，還被院長打得鼻青臉腫。那次之後，丁院長找到任何理由都要體罰陳高歌跟林曉峰，有理沒理有錯沒錯，見了就打。

誰知道丁院長創意無限，艱苦的日子沒有結束，還有更大的苦難要來臨。

陳高歌時常因為與丁院長起衝突被關進禁閉室，所謂的禁閉室，以前只是一間位於校區裡的小倉庫，丁院長將窗戶貼上黑紙，裡面放置幾張小床，被處罰者，或者單獨，或數位，會被關進裡面，裡面漆黑無燈，只有床鋪沒有被單，又冷又黑又暗，單獨關在屋裡，沒有東西吃，只給水喝，夜裡會聽見老鼠叫，或其他奇怪的聲音，被關閉的人會害怕到哭出來。院長發現仁愛家的幾個院生特別團結，於是決定將各家打散交換，所以原屬於忠孝家的王大福跟崔牧芸留在仁愛家，陳高歌去了信義家，李安妮與林曉峰到了忠孝家。

丁大豐院長上任後，喜悅育幼院原本的平靜生活完全被破壞，幾乎變成了一個童工工廠，年紀較大的院生可以離院的幾乎都離開了，院區多了很多新面孔，被分家打散之後，各家的院生都無法適應。陳高歌那時開始計劃要逃走，他想帶著弟弟妹妹逃離育幼院，但又想不出可以去哪裡投靠，大家都是無親無故的人，沒有家人可以信賴，陳高歌下課後到處去找房子，但是誰會把房子租給一群十來歲的小孩呢？當時陳高歌已經就讀國中，所以除了上下課的路途上偶爾相遇，他根本無法見到崔牧芸等人，回到陌生的家，就是沒完沒了的勞作，直到夜深。

陌生的環境，以及對家人的思念，加上對院長與新來的輔導老師感到怨恨，在陳高歌心中，喜悅育幼院已經變成了痛苦的地方，充滿了挨打、責罰，以及沒完沒了的勞動與毫無意義的教訓。最痛苦的部分還是與原本各家家人分離四散，丁院長不許他們私下相見，說他們互相勾結，他們向輔導老師求助，老師也都認同院長的作法，說院生都是一家人，不應該執著於原來的家庭制度，雖然表面上說要公平，每一年都會輪流把各家的院生交換，但陳高歌知道丁院長不會讓他與仁愛家的家人在一起，光是想到這一點，他就激動得發狂。

無法適應環境的人還有原屬於忠孝家的王大福，他被分配到仁愛家之後，雖然崔牧芸等人對他很友善，但因為他患有癲癇，且長期都住在忠孝家，對忠孝家的家人非常依賴，分家之後，他時常半夜哭嚎，幾次癲癇發作，他央求老師將他帶回忠孝家，但沒有得到回應，王大福憤而打破仁愛家窗戶，搗壞家具，做出許多激烈行為。被分開後三個星期，王大福因為想家就逃回忠孝家，陳高歌與林曉峰也紛紛逃回仁愛家，丁院長大發雷霆，將逃家者全部關禁閉。這一次處罰長達一週，但關到第三天時，王大福因為恐懼與肚子痛，不停哀嚎，陳高歌也因為恐慌症發作不停喊叫，崔牧芸得知消息，設法潛進了院長室拿到禁閉室鑰匙，放出了這幾個人，但卻誤觸警鈴，使得警報聲大作，他們四人因此開始逃跑，跑進了學校後山。

6

崔牧芸在屋裡四處走動，張鎮東不在的時候，這是個美麗的房子，充滿著各種設計優雅，質感精良的物品，有很多小細節都是她做了功課，詳加比較過才選購的，家電、家具、家飾品，連一塊毛巾、一個杯子她都用心挑選，因為剛搬進這個家時，她還是個幸福的人妻，肚裡有著孩子，對未來充滿幻想，夫家給予大量的金錢支援，想要購買的東西幾乎都可以買回家，她曾經以為這將會是美好生活的開始。

丈夫死了，她卻沒有太過悲傷的感覺，太奇怪了，她甚至覺得過往的婚姻時光是一場夢，大多數時刻都是充滿痛苦的，但張鎮東死後，她有時卻回想起快樂的日子，一個死去的人，人們會逐漸忘卻他的缺點，慢慢把他改造成一個更好的人。張鎮東的死亡也讓他從一個施暴者，變成一個受害者，警察上門詢問，甚至把她傳喚去警局，她知道警方在懷疑她，但奇怪的是她並沒有太過恐懼，也或許她已經長期生活在恐懼裡，有很多感覺已經麻痺了，也或許，她對現實世界發生的一切都失去了真實感。這幾個月每天都像作夢一樣，每件事都很離奇，她思念多年的親人出現了，她甚至深切感覺，自己一直愛著的人是陳高歌，只有想到這件事，她會突然全身顫抖，所有感官都啟動了，這世上怎麼會有這樣一份愛，可以埋藏在心中那麼久，久到自己都辨認不出來。而這份愛意，她甚至也感覺到不是單向的，當她與陳高歌面對面，在那個簡陋的屋子裡，過往分別的時光好像流水那樣融進了屋裡，從腳跟慢慢上升，溫暖的水流淹過她的身體，她浸潤在回憶裡，那明明就是分離不能見面的空白時光，但她卻感受到彼此的思念，好像從來也沒有分開過，好像他們只要凝望彼此，就可以將空白的時光填滿。一天兩天，一年兩年，十年，甚至更久。

時間與空間幾乎無法阻隔這份聯繫，他們安靜地握著手，任由淚水瀰漫臉龐也不去擦，因為必須要哭夠，才能接下來開始說話。

他們沒有談論她想要什麼？或者他想要什麼？因為他們什麼都不想要，只希望時間無限延長，就像小時候那樣，只要兩個人在一起，周遭一切都變得不重要，他們可以躺在操場看藍天，躺在大樹下看樹冠，以及樹冠間透出的天空，看雲飄過，看鳥飛馳，有些小昆蟲在眼前飛舞，一隻蝴蝶飛過了，有草的香味，還有各種很細緻的氣味和輕微的聲響，她會閉上眼睛，想到天地無限寬闊，身旁近近的，有一個很親愛的人，小小的胸口感覺堵堵的，一種說不上來的感覺。他存在她整個世界裡。

那樣的愛，她與張鎮東或其他男人之間不曾有過。或許在她離開育幼院之後，她就失去了那種愛的能力。她曾經以為自己可以遺忘。

可是，多年後再重逢，她輕易可以在陳高歌眼中看到她自己的臉，好奇妙，好像他的存在是為了讓她確認自己似地，確認自己還沒有完全被毀壞，她還有感覺，她可以心動或心痛，還想要得救，想要為自己做些什麼，因為有人愛她甚深。

想到這句話，她的心整個快要炸開似地痛苦著，因為有人愛她甚深，但她是否已經將那人拉進了她的地獄裡。

在那些痛苦的日子裡，她想過要自殺，但她想過殺人嗎？沒有，一次也沒有，她是那種心裡沒有恨的人，即使在被打得最慘的日子，她還是會想起張鎮東待她好的時候，就像母親遺棄她，她也會想著媽媽是逼不得已。她只是困惑，曾經疼愛她、照顧她，視她為手上珍寶的男人，這個她自己選擇的丈夫，她與他一起生活這麼久，自以為對他有所了解，但等到他對她甩巴掌，揮拳頭，甚至推她去撞牆，咒罵她，用腳踢她，那些真正的暴力出現時，她第一個出現的反應卻是傻住，是腦中空白，無法思考。她無法單純地去恨他，討厭他，她陷入一種兩難，有時甚至會被張鎮東指責她或罵她的話語洗腦，認為自己一定做錯了什麼，才會讓他那麼惱怒，讓他激動到「失控」，對，事後張鎮東對她懺悔，總是說自己是「失控了」，崔牧芸總是相信，一定是因為太生氣所以失控啊，因為沒有失控的時候他是個好男人啊。

這些矛盾的觀念，作繭自縛的想法，是李安妮慢慢幫她開解的，安妮拿了很多資料跟書籍給她看，讓她知道會對妻子家人施暴的男人在想什麼，她發現那些書裡寫得都好準啊，好像就趴在門上偷聽她跟張鎮東講話一樣，真的是一樣的對白。

她很慶幸自己醒悟了，開始想逃了，雖然上次被打到住院，但總算保住一條命，還有機會離開，要完全沒有損傷的離開是不可能的，她希望可以離婚，但她也想保住兒子的監護權，如果就這麼一輩子活在暴力的恐懼與陰影中，她想過不了多久她可能真的會自殺，自殺與殺人，都是她不想要的結果，她要走出一條自己的路，不管多麼困難，她想要真的去做，她也已經開始準備去做了。她要為她所愛的人，盡一切的可能，把自己拯救出來。

出院後，她開始想辦法出門跟陳高歌、林曉峰、李安妮見面，大家一起商討對策，思考各種離婚的可能。曉峰最樂觀，或許是因為他自己的經驗，他從在餐廳打工的小弟，到現在成為餐廳老闆，餐廳雖然不大，生意卻很好，他將與女友結婚，兩人可以擁有自己的家庭，這些經驗都讓他認為只要肯努力，就有機會改變人生。

崔牧芸沒那麼樂觀，但是可以跟朋友們在一起，讓她得到安慰，她喜歡曉峰的餐廳，喜歡跟大家在一起談話說笑，即使有時回家，會因為行蹤交代不明受到責罵，但她還是很珍惜這樣的時光，大家都長大了，卻依然保持那種親密的關係，有時她會感到恍惚，好像分別的這十多年並不存在，那些日子都很模糊，讀書、考試、上高中、升大學，她好像只是照著母親的期望表，一格一格填滿，然後來到結婚生子，她嫁入所謂的豪門，母親滿意極了，她不知道張鎮東以強烈熱情為她打造的，是一個精美的地獄。

朋友們都在努力，她自己也在努力，找工作，培養專長，準備資金，一點一點變賣東西，把錢存起來，但想到最重要的那一步，她依然會覺得心涼，跟張鎮東攤牌，結果一定很慘，甚至要抱著不惜被打到受傷住院的結果，甚至可以因此拿到驗傷報告，最後以家暴申請離婚。

「無論如何，還有我們。」陳高歌這樣對她說，她隨他去到他租的房子，很簡陋的兩房一廳頂加小公寓，外觀破舊，裡面卻整理得很好，陳高歌說，這只是暫住的地方，等她離婚搬出來，他會去找更適合孩子居住的地方，這些都很容易處理，最重要的是要先離開張家。

她想跟陳高歌與孩子一起生活，她想創造一個安全、安心，可以好好教育小孩長大的日常生活環境，住什麼樣的地方都可以，不需要奢侈品，不需要管家傭人，她要親自去賺錢，親手把孩子帶大，這才是她要的生活，如果有陳高歌陪伴，那就更好，她這麼夢想著。對，是夢想，但離開家庭嫁入張家也曾經是她的夢，她想到夢想兩字，就覺得不安，陳高歌問她想要住在哪，手指一伸，好像可以點石成金，被他指劃到的事物都會實現，可是她知道沒有這麼簡單，光是想要離婚，就不知道還會挨多少打，可是陳高歌安慰她，以前只有她一個人，現在有大家，一定可以成功的。

她遠望著那些平凡的樓房，陳高歌租賃的公寓也是像那樣普通的房子，她想像著那是一個遮風避雨的地方，有一些簡單的家具，最重要的是，有一個不會傷害她的男人，甚至，沒有男人也沒關係，但當她在陳高歌的屋子裡，吃著他為她做的飯菜，她明明那麼快樂但她還是哭了，因為她最害怕的就是夢想，太美的感受會讓她心生恐懼。

他們做了那麼多計劃，一步一步都扎扎實實在走，結果發生了那些措手不及的事，她無法阻止，事故像雪球越滾越大，她只能順著那雪球的方向跑，希望試著挽救一點點，她無法預測未來，只能用手摀著胸口，以防自己因為心痛而嚎叫出來。

7

林曉峰握著他的刀子，在餐廳裡做餐前備料工作，以前同學同事都叫他小刀，因為他隨身總帶著一把刀，童年時代，這把刀陪伴他度過漫長時光，如今他成為一個廚師，與女友合開了一家小餐館。他在流理台前切白蘿蔔絲，先用刀將蘿蔔慢慢切成薄片，所有的工作環節裡，他最喜歡的部分就是刀工，或許因為從小他就被喊做小刀吧，跟刀相關的一切都是他喜歡的，所以來當廚師是再適合不過，工作時間長，收入也高，他喜歡把所有心思都放在料理台上的時間，可以避免胡思亂想。他可以把一顆蘿蔔片成長長的薄片，直到最後都不間斷，他記得小時候就常玩削蘋果皮的遊戲，女生最愛看這個了，他可以做得又快又好。

刀架上有各式各樣的刀具，每一把功用都不同，但每一把都可以致人於死。他曾經想過要殺人，很多次，最早是在育幼院的時候，而最近，是因為看到了崔牧芸。

他這樣想著時，手就多出了幾分力，差點把皮切斷了。

他小學、中學都在育幼院所屬的學區就讀，畢業後讀職業學校餐飲科，他跟陳高歌興趣不同，但考上同一所職業學校，還是習慣一起上下課，課餘的時候一起玩，下了課就一起去打工，陳高歌對餐飲沒興趣，所以都做外場服務生，林曉峰一開始就進廚房幫忙，然後慢慢學習，從洗碗、備料、助手到二廚，最後能夠獨當一面，不到十年時間，後來他在女友的資助下開了店，才搬離了跟陳高歌合租的頂樓加蓋。

女友周雅婷是個空姐，收入高，人又漂亮，根本沒道理看上他，可是周雅婷愛他，喜歡吃他做的菜，喜歡他的溫暖與包容，周雅婷家境好，沒吃過什麼苦，但男人運不好，經常遇到花心男，她又因為在機艙看過太多跋扈的有錢人，立志不嫁公子哥。她起初只是林曉峰以前工作酒館的客人，後來變成常客，那時周雅婷一來酒館就待吧檯，看林曉峰做菜，兩人閒聊，最初是幾個朋友常聚會，後來就是周雅婷獨自前來。店裡的人知道他們倆有點曖昧，店長就送了電影票給他們。

一拍即合的兩個人，都愛吃，挑嘴，喜歡自由，雅婷見多識廣，曉峰性格開闊，在一起就有談不完的話，不說話時也可以感受到彼此的理解，林曉峰自小就很有女生緣，但他心裡有喜歡的人，所以跟女生相處起來完全沒有遐想，或許就是這份無邪，吸引了周雅婷。

林曉峰也沒想到自己會動心，他心裡的那個人太深刻也太遙遠了，或許因為知道她已經結婚生子，且過著富裕的生活，好像可以放下心中的執念，讓彼此都感到自由，他才決定跟周雅婷交往。

一切都很順利，順利得幾乎要脫離了過往的生活，雅婷名下有一個小公寓，她要林曉峰搬出來跟她住，林曉峰才第一次意識到，自己從認識陳高歌開始，幾乎都跟他住在一起。他們似乎是連離開育幼院，都還維持著在仁愛家的生活型態，只是，這個家只剩下他們三個人，他搬走後，只剩下李安妮跟陳高歌。他知道李安妮喜歡陳高歌，這些年來都是這樣，或許自己搬走，他們倆才可以在一起，能夠讓他們得到幸福。

但說到執念，陳高歌的執念恐怕更深，林曉峰只是在心裡惦記著那個人，而陳高歌是完全生活在那份執念底下，甚至連他租的房子，也一直都在設法靠近那個人。

那個人是他們稱為小妹的崔牧芸。這一點都不令人驚訝，自小時候起，陳高歌就是崔牧芸的守護者，這是誰都知道的事。但外人不知道的是，即使崔牧芸十二歲離開育幼院，之後失去聯繫，陳高歌一直都在找她，找到之後，只是在一旁看著，就這樣遠遠地望著她。這些事林曉峰都看在眼裡，心裡沒有嫉妒的感覺，很奇妙，他們之間沒有競爭關係，或許是因為都是不可能實現的夢想，這份愛更接近於自己的心願，與崔牧芸已經無關，有時林曉峰甚至會覺得，是因為對崔牧芸的思念，將他們牢牢綁在一起。

當然，使他們性命相關，彼此相繫的，還有別的緣故。

是另一個人。

那個人的長相已經有點記不太清楚了，一張大大的圓臉，鼻頭總是紅紅的，身上有一股很濃的古龍水味，嘴巴裡總是嚼著口香糖，是為了掩飾嘴裡的酒味。

想起那個人說話時口沫橫飛的樣子，想起他每週給大家的訓話，千篇一律地說教，林曉峰感到噁心，事過多年每次想起他的樣子，還是會感到不舒服。對他來說，那個人就是邪惡的象徵，即使溫老師跟他們說，人性本善，他還是無法將那個人跟所謂的善連接起來。溫老師後來也離開了，最後她也是會離開的，沒有正常人可以留在那個環境裡而不變壞或者發瘋，不去傷害人或者被傷害，那就是一個那麼殘酷的地方。

很諷刺的是，那個地方有個很美好的名字，叫做喜悅育幼院。

林曉峰自小就是個務實的人，因他早就把育幼院認作為家，一點也沒有其他渴盼，會被領養的孩子早就被領養了，但他沒有，他的眉心有個黑色的胎記，他不知道這是否就是父母遺棄他的原因，但至少這是他沒有被其他人領走的緣故。

他無所謂，他在這裡待得很安心。

到現在，即使他已經離開育幼院多年，他有了女朋友，兩人住在溫馨的小公寓，存錢開了一家小餐館，生活安定平穩，夜裡他還是會作惡夢。夢裡，他躲在後山的樹林裡，像野狗一樣逃竄，有人喊著他的名字，那聲音非常可怕，黑暗中可以看見手電筒的燈光一閃一滅，他被樹幹絆倒，被樹枝劃破臉頰與手臂，他感覺臉上刺痛，身體很冷，那個難忘的深夜一直纏繞著他。

如今所有的感覺都回來了，自從二十八日那晚到白樓外燴，他就活在一種恐懼裡，每夜都作惡夢，就像那個樹林裡的夜晚，他不知道為什麼要逃，也不知道誰在抓他，那時陳高歌喊著：「跑！」大家就跟著跑，聽他的話準沒錯。

雅婷最近時常問他各種事，各種疑惑與不諒解，她最不能接受的是，他曾待過育幼院卻沒告訴她，也不曾說明陳高歌不是同學，而是院裡的朋友，然後他們口中最近遇到的同學，原來也是院生，「這樣的事我怎麼可以最後一個知道，我們都要結婚了。」她氣惱地說，說完就哭了。

雅婷生氣有理，哭也有理，林曉峰不知道自己為何不說，但他就是沒說，他們三人離開育幼院之後，對旁人絕口不提，這是一種默契，有些事不說還是比較好。

但現在保密已經不可能了，警察千方百計想套話，所以他也不能對雅婷說太多，原本他不是個有防衛心的人，但在育幼院後來那些年，他學會了沉默，甚至學會了說謊，如果不這麼做，就會傷害到心愛的人。

即使過了這麼久，即使他們這麼努力，命運還是要摧折希望，還是不放過他們，林曉峰氣憤地把刀子往蘿蔔上一刺。他是個廚師，他可以用手扭斷雞脖子，手剁生魚，雅婷以前都喊著怕怕，想不到廚師要做這麼血腥的工作，他怕過嗎？不知道，林曉峰突然覺得自己有很多感覺都關閉了，他只專注於眼前人事物，專心做自己的事，這是陳高歌教他們的，未來不可預料，什麼事都可能發生，而過去也不是我們可以選擇的，家庭、父母、機構、院長、老師，我們身邊所有人事物都是被安排的。唯一可以做的，就是把眼前的事做好，一步一步走下去。

林曉峰重新把刀子拔起來，又繼續把蘿蔔削完，這塊蘿蔔已經報廢了，但還可以燉湯來喝，他只是需要這樣專注於刀工，細心削皮，讓自己鎮定下來。但願其他人也可以鎮定下來，度過難關。

8

他截至目前為止的人生裡，有很多時間都是用來等待。

最早的時光，陳高歌每天等候母親下班，因為被關在衣櫥裡的他，只有母親回家時，才可以出來吃飯，可以看一會兒電視，或者在屋子裡走動。母親的同居男友非常討厭他，男友在屋裡睡覺喝酒打電動，沒有工作的日子就打小孩出氣，將他狠揍一頓就關進衣櫥裡，他有時會逃脫，但沒有真的逃走，因為他只是個孩子，無處可去，在街上亂逛一陣，還是要回家來，回家後，母親也加入揍他的行列，他被打得眼冒金星，頭暈腦脹，無法分辨母親到底是怕男友才打他，還是因為真的恨他。

他在一次遭到毒打後真的脫逃，就逃進了警察局，那次遇上的警察將他送進了社福機構，經過評估，他進入了喜悅育幼院。母親一直沒有將他領回去，多年後，他聽說母親病故，他也沒有留下一滴眼淚。

後來有一段不需要等飯的日子，生活安適平靜，幾乎不像真的，然而那段時光裡，他時常惡夢，夢裡都是那個暗暗的衣櫃裡，濃重的煙味，他從衣櫃縫隙可以看到外面，但他寧願閉上眼睛，因為看到的景象太過不堪。

輔導老師教他對付惡夢的辦法，說在夢裡人可以有意識，會知道自己在作惡夢，夢境最恐怖時，可以大喊，這是夢，快醒來。他試過幾次，真的有效，每次夢裡有人對他揮刀，或者棍棒襲來，他感覺自己即將頭破血流時，真的會大聲喊叫，這是夢，快點醒來，就可以在被殺死之前清醒。丁院長來到之後所加諸他的暴力管教，融進了童年時被關在衣櫃裡的惡夢，母親男友的臉與丁院長的臉交疊，變成一張非常恐怖，又無處不在的臉，那些輾轉難眠的夜晚，以及被惡夢驚醒的時刻，若不是因為思念著某個人，他可能早就從頂樓一躍而下。

那個人。他有時會把手放在心口，等待急促的心跳平穩，或者，像是聆聽什麼似地，安靜地諦聽，那裡像是有人會開口對他說話，靜下來，穩一點，不要害怕。那個人將會知道他一切苦痛，正如他知道她的，他們共享著祕密也共享著惡夢，他本以為她離開後就可以脫離惡夢，沒想到她後來捲進了另一個深淵裡。

那段尋找崔牧芸、等待崔牧芸平安長大的漫長歲月，最初比較痛苦的是尋找的過程，等找到之後，就只剩下等待。等待是靜默的，等待也沒有太多具體舉措，他只是隔著一段距離，安靜看著她，默默守護她，他有很多次機會可以上前與崔牧芸相認，但是他沒有，他錯過了嗎？他沒有勇氣嗎？但自己到底在等什麼，想要什麼，他卻不清楚，他想著只要能看見她，知道她過得安好，不就夠了嗎？可他心裡還有一份等待，是這份等待支持著他活下去，或者說，能夠像個人一樣好好活下去。他知道自己身上有一部分早在崔牧芸搭著他繼父的車子離開時，就被她帶走了，他以為這一生不會再相見，他不知道自己後來會去尋覓她，更不知道，那等待與尋找的時間維持了好些年，人生充滿未知，他唯一可以確定的是，他一直想要守護崔牧芸，但其實是崔牧芸在守護他，他們是這樣一種難以切斷的連結。

他的愛就像被切斷的蜥蜴尾巴，還可以自行長出，再生，於是經歷了那麼多事，他們還是見面了。他回想起她對他求助的眼神，他看到崔牧芸受傷的模樣，心中憤恨不亞於當年，但他們不再是小孩子了，他們應該反抗，應該保護，應該把崔牧芸跟她的小孩帶走。但他們要怎麼做呢？或者說，他該怎麼做呢？這是他應該一肩扛下的，他該怎麼做呢？

他好喜歡重逢後的那些時光，他帶著牧芸來到他們租賃的公寓，站在頂樓的露台，他問她想住哪？放眼望去都是一片鐵皮加蓋的頂樓，各種顏色，四樓或五樓。他知道她現在住的是獨棟豪宅，那棟白得像夢一樣的屋子，現在是她想逃離的地方。牧芸開心地用手指劃著，指向很遠的遠方，只見有山，山上有屋子，那些屋子沿著山壁蜿蜒而上，形成一個小社區。

「你想住在山邊？」他問牧芸。牧芸說，「一出門就可以看見山了，可以帶浩宇去山裡玩，就像我們小時候那樣。」說完她若有所思地笑了，倘若真有那時候，他們帶著孩子到山裡找一個房子住，那真的就像是小時候了。

他們肩靠著肩，一起望向遠方那些房子。

他們在屋裡，安妮去上班了，曉峰也沒來，他為牧芸泡一壺茶，然後去廚房快快弄兩個菜，兩個人簡單吃一頓午餐，這份尋常生活得來不易，像泡沫容易破滅，但因為他們倆都是對未來不抱著希望的人，能一起吃一頓是一頓，牧芸又像小時候那樣大口吃飯，她笑著說：「高哥哥做的菜好好吃，哪裡學的？」陳高歌笑說，以前在漁船上負責炊事，後來也在曉峰的餐廳幫忙，大菜他不行，但他做的員工餐是最受歡迎的。光是這樣平凡的生活，就足以使他感到幸福。

他們都是成年人了，他們的情感卻不同一般男女之間，或者該說他們已經超越了那個階段，沒有占有慾，沒有嫉妒心，而僅僅是一份想要對方過得更好的願望，讓他們可以安靜地在這簡陋的小屋裡，彷彿重回過往那樣，安靜地相對。

陳高歌心痛地想著，他都還沒帶牧芸去那個山上社區看房子呢。牧芸也說想去海邊，想帶著孩子去海邊游泳，從孩子出生後，就一直想著這件事，如今孩子都三歲多了，卻也沒有一次成行。陳高歌擬了幾個地方，到時候可以帶著曉峰他們一起去，也該把牧芸介紹給曉峰的未婚妻。

說到未婚妻三個字，陳高歌突然臉紅了起來，他想起小時候，牧芸曾經對他說：「高哥哥，等我長大我要當你的未婚妻。」

原來是牧芸在書本裡讀到未婚妻這個詞，她覺得很喜歡，隨口就說了。

那時在圖書館裡，他們時常輪流看書，一個人看完一個章節，就換另一個人看。

那時他們之間就有難以對他人說明的默契，至今亦然。陳高歌發現崔牧芸也臉紅了，一定也是想起了「未婚妻」這三個字。一陣臉紅之際，崔牧芸突然眼睛有淚，她別過頭用手抹了一下眼睛，似乎更多淚水湧出來了，陳高歌走上前去，把手放在她的肩膀上。

崔牧芸靠著陳高歌突然痛哭了起來。「太晚了。一切都太晚了。」她喃喃說著。

他看著正在痛哭的崔牧芸，內心悲傷不能言喻，他們所擁有的，僅僅是這樣一個下午，他想起許多往事，多年前他在漁船上，望著遠方一望無際的海思念崔牧芸，他在甲板上寫日記，對象也是崔牧芸。他在異國的港口，被其他船員慫恿著去了妓院，在一個異國女人豐滿的身體上宣洩著年輕燥熱的慾望，他始終沒有談過戀愛，有的只是一些酒吧裡相遇的女人，偶有的慰藉。

他不需要戀愛，女人要跟他當真，他就會逃跑。甚至他也知道自己一直當作妹妹照顧的李安妮，這個妹妹可能愛著他，但是她們都不是他想要的女人，他生命裡真正愛過的人，就只有崔牧芸，這個祕密是連他自己都不能承認的，有些心事只適合深埋心中，正如生命裡那些難以解開的祕密，他跟崔牧芸被祕密所綑綁，將會是彼此一生的牽掛。

他從沒告訴過她，他從少年時就愛著她，他一直認為這是一份不能，也不需要實現的愛，所以他沒有跟她相認，他只想靜靜守著她，但是現在他非常後悔，即使自己沒有能力，也應該去爭取，如果他早一點去找她，她就不會嫁到張家，她就不會落入後來的危險裡。

太晚了。他耳中反反覆覆迴盪著這句話。

而如今，還是剩下等待，會不會往後漫長的人生都將活在另一種等待裡，但那份等待，更像是對他餘生的判決，可是他要謹守著那個祕密，猶如守護他最珍貴的東西。那是他要為她做的事。

你願意為所愛的人付出什麼？做到什麼程度？那種從骨子生出來的恨讓他在夜裡發狂吼叫，他想起崔牧芸的傷痕，想起她的眼淚，想起她獨自在那個大房子裡恐懼地顫抖，孤立無援，他想起很多她沒有親眼看見，用力想像卻比肉眼看到更為痛苦的畫面，那個可恨的富家子，不管到底基於什麼原因要傷害崔牧芸，他都必須把她救出來，如果要拯救崔牧芸的代價就是殺人，他想過無數次，他覺得他可以做到，也願意去做，他甚至在腦中盤旋過無數次如何暗殺張鎮東的辦法，方法不是沒有，他都可以想到，也可以去規劃，然而，使他猶豫的是，殺掉張鎮東真的就能讓崔牧芸自由嗎？那會不會是把崔牧芸又推入了另一個無法掙脫的牢籠？

不能讓崔牧芸不幸，無論多麼恨，她的幸福才是最重要的，所以他一直隱忍，一直等待，一直在忍受著各種心痛帶來的身體與肉體上的後果，他睡不著，吃不下，常在夜裡發瘋似地在陽台上瞪著眼睛，凝視黑夜，好像夜空中的星星會寫出答案，他要把那些答案找出來，可是從小他就知道，對某些人來說黑夜就是黑夜，暗黑中的星子可以給予你為一點點希望，但星空不會寫著答案，答案你得自己去找出來。

9

李安妮時常感覺自己是個配角，雖然存在，卻並不為人重視。以前在育幼院時，她是家裡的大姊姊，照顧其她年幼的弟妹是她的責任，但無論發生什麼事，她只是個照顧者，絕對不會成為主角，或注目焦點。她安心認分地扮演照顧者的角色，從不與人計較什麼，只要她愛的人快樂，她就會感到滿足。

以前她只是付出，從不在乎收穫，但後來的她漸漸在乎了，她的感情啟蒙得很慢，生活重心就是仁愛家的家人，她很喜歡家裡的每個成員，但她最喜歡的是陳高歌跟溫老師，因為溫老師是仁愛家最重要的支柱，是溫老師讓她知道，一個好的老師，重要性可能更勝於父母，尤其是像他們這樣從小就失去家庭的孩子，生命裡的大人來來去去，很少有人是真正可以信任的，但溫老師做到了，即使她們相處只有短短幾年，但溫老師在的每一天，仁愛家都充滿了愛，愛這麼抽象的字眼，溫老師可以將它具體表現出來，讓每個人都真實感受到。

以前她會覺得自卑，因為自己是罪犯的孩子，但溫老師告訴她，每個人都有存在的價值，都有被愛的權利，溫老師真的是將她的全身心投入在仁愛家的院生身上，從早上眼睛睜開，溫老師就會帶他們一起做早餐，送他們出門上學，下了課，老師已經在屋內等候，晚餐在鍋子裡咕嚕嚕地燉煮著，不是什麼豪華的東西，但每一樣菜都那麼好吃，院裡預算不夠，可以吃肉跟海鮮的機會很少，老師就會變換各種雞蛋的作法，溫老師還會做蛋糕呢，溫老師就像電影裡演的媽媽，會幫孩子們縫衣服，陳高歌在學校跟人打架，把褲子弄破了，老師就從來不打他，只是默默地把褲子補好，幫陳高歌上藥，李安妮在心裡總是偷偷喊溫老師媽媽，因為在她心中媽媽就是這樣的，不管你長到幾歲，她就是會愛你。因此她從小就立志要當老師，她也要成為可以給人愛的人，她相信這世上有許多需要愛，卻得不到愛的孩子。

李安妮心裡藏著一個陳高歌，相處了這麼多年，以前李安妮並不知道自己對他是什麼感情，大哥哥，他是仁愛家的大哥哥，即使離開仁愛家，也帶著他們一起生活，她無法想像沒有陳高歌的生活，她認為那會是天長地久的，無論有沒有待在仁愛家，只要他們還在一起，就是一個家。

高中時有男生追求李安妮，李安妮心想，她不可能去交什麼男朋友，她這一生都要跟陳高歌生活在一起。她在學校或職場，也沒有什麼交心的朋友，因為那些人都不重要。

離開育幼院之後，他們還是過著像以往家庭制的生活，以兄妹相稱，互相照顧，不管住的是什麼樣的地方，大家都會努力把屋子布置好，整理乾淨，因為這是家，家是他們幾個孩子畢生追求的目標。

但是當崔牧芸再度出現在她的生活中，她才清楚地知道，自己對陳高歌的感情，可能是一種愛情，她已經愛他很久很久了，自己卻渾然不知，因為她以前不需要去分辨。他們生活裡就只有彼此，沒有其他人，她知道高歌有些露水姻緣般的女人，但那些人不會進入到現實生活裡，陳高歌為她建造的是一個牢不可破的家，是一個安全的避風港，只要回到家來，就只有他們兩人，她甚至以為他們可以順理成章一起生活，共組一個家庭，即使陳高歌的心裡只為了守護崔牧芸。崔牧芸就是這個三人或兩人世界裡背後的主題，無論過了多久，她知道陳高歌也總是會想辦法默默看護著崔牧芸，想要守護著她，正如李安妮也默默守護著陳高歌。陳高歌是個固執的人，他決定的事一定會做到，他從不食言，也不會輕易放棄，她以為這樣的生活不會有改變。

李安妮知道自己在陳高歌眼裡只是一個窗口，她是他傾訴的對象，長年來他默默關心崔牧芸，守護著她，有時她感覺自己愛上的，或許就是陳高歌對崔牧芸的這份癡心，她或許期待著有一天，陳高歌也會給她這樣的純愛。

但以往她並不在意陳高歌對崔牧芸的關注，因為她自己也愛護崔牧芸，把她當作自己的妹妹，牧芸那樣的女孩，從小到大，都惹人憐惜。她看到崔牧芸被家暴，也覺得她真的很可憐，可是，當她知道，有一天陳高歌帶崔牧芸回到她們居住的公寓，甚至還說以後要讓崔牧芸母子搬過來住，或者大家一起搬到其他地方去，她突然慌了，她覺得事情不對勁，他們已經長大了，不可能再是小時候那樣變成兄弟姊妹的生活，她直覺陳高歌想要照顧崔牧芸母子，甚至不惜把她排除在外，對，有這種可能，但她不能讓這樣的事情發生。

當年在育幼院發生事故的時候，她不在場，他們從小黑屋逃跑的時候，她也不在場，很多重要的時刻，她都沒有參與，或許是因為這樣，陳高歌對她始終存在一份疏遠，明明他就近在身邊，她也知道他其實不在她身旁，他一直活在遠方，活在她不知道之處，她是被隔離開來的。

而他們去外燴那天，她也沒有參與，她知道那天出了事，但他們就是瞞著她，這感覺讓她越來越不舒服，她感覺崔牧芸即將取代她，並且將她驅逐出去。

她不能讓這件事發生。

10

安靜的病房裡，只有呼吸器等醫療器械的規律聲響，那種安靜會讓人害怕，好像李俊會永無止盡地被這些線材綑綁，永遠得靠著呼吸器呼吸，周小詠有時會走到李俊身邊，把頭靠近他的身體，她會伸手去觸碰他的身體，她要感覺他還活著，他還有機會走出病房，可以好好地生活，她每次來看李俊，都抱著等會他就會醒來的希望，儘管等她走出病房，會因為李俊依然昏迷而感到心痛與茫然，但這種希望就是她現在擁有的一切，她得緊緊地抱著，才不會失足溺水。

早晨起床時，周小詠發現自己有表情了，那是悲傷的表情，別人可能看不出來，如果是李俊，一定看得懂。可是能做出悲傷的表情又有什麼用呢？臉上那一抹表情根本無法傳達她內心的痛苦的萬分之一。

李俊讓她有了表情，周小詠想著，但她寧願一輩子沒有表情，也不要李俊一直躺在那兒。她陪著李俊，手也沒閒著，周小詠在尋找喜悅育幼院資料時，發現幾篇報導，是關於二〇〇二年的「喜悅育幼院院童死亡事件」。周小詠細讀後綜合說給昏迷中的李俊聽。

育幼院院童死亡事件

二〇〇二年四月五日，於喜悅育幼院後山發現有孩童屍體，據查為現年十三歲的院生王大福。據育幼院人士表示，王大福因犯錯被處罰，但其他院生協助他逃跑，因為跑到後山，爬到樹上，從樹上摔落，導致死亡。

喜悅育幼院設立於一九七五年，由企業家曾喜創辦，曾經是街頭流浪兒的曾喜白手起家，發達之後設立了這個孤兒院，起初是專門收容孤兒的私人孤兒院，在一九九〇年代改為育幼院，除了收容失親的孩童，也經由社會局轉介收容家庭失能、受到家暴或其他需求的兒童與青少年。曾喜之後，應經歷兩任院長，都是曾家的後人，各屆院長作風各有不同，現任院長丁大豐現年五十九歲，是曾家孫女婿，擅長募款，也與企業建教合作，但因為行事風格強勢，風評不一，院長特助曾玉莉時年四十二歲，是曾喜的姪孫女，早期在曾家的食品公司工作，後來轉任喜悅育幼院當任院長特助，政商關係良好，喜悅育幼院在這兩人的操持下，擴建了校區，每年都舉辦大型慈善活動，使得喜悅育幼院成為許多政商名流捐款的名單。

院生王大福在失蹤一日後，屍體在育幼院後山的樹林裡被尋獲，身上有多處外傷。

起初院方說法，是幾位院生自己跑出院區，去後山玩耍，可能出了什麼意外吧，但因為王大福身上有多處傷痕，似有被毆打的現象，警方進一步搜查，發現許多疑點。

據育幼院陳姓院生指稱喜悅育幼院的丁院長在院內設有一間禁閉室，專門處罰犯錯的院生，那晚從禁閉室逃走的院生是陳姓、林姓與王大福三位院生，因為王大福肚子痛，他們大聲求救，但無人聞問，另一位崔姓院生偷走禁閉室鑰匙，打開禁閉室的門協助王大福與另外兩位陳姓與林姓院生逃跑，因為大門有警衛看管，被關禁閉的院生擔心被院長懲罰，從後門一起逃往後山的樹林，丁院長聽到院生逃走的消息，帶了許多人一起去搜尋，崔、陳、林三位院生躲進山洞裡，聽見外面有哭號聲，跑出來躲在樹後偷看，親眼看見丁院長用腳踢王大福的身體。林姓院生也作證他們幾人一起逃往後山時，被丁院長發動的幾個男人以及狼犬追趕，他們躲在山洞裡，但王大福沒跟上，因為他不知道有這個山洞，所以最後被抓到了。這幾名院生還指出，丁院長在育幼院施行各種嚴厲措施，並且對於反抗或不從的院生動輒體罰、或施以黑屋關禁閉的處罰，並且強迫他們勞動、做加工、賣東西，並且將原有的家庭制改變，強迫原來同一家的院生分開居住，才導致院生與院長起衝突，憤而逃家，最後王大福不幸身亡。

警方和社會局介入調查，最後在院長的褲子與鞋子上測出王大福的血跡反應，主任也承認院長有毆打王大福。經幾位被解雇的輔導老師作證，發現院長種種不法情事，撤銷他的院長資格，並且以過失殺人將他起訴。曾家改派了一位王姓院長代為管理喜悅育幼院。

周小詠繼續深入喜悅育幼院當年的事件，尤其是在知道崔牧芸等人在育幼院的關係，以及離院之後的往來，周小詠自己讀完這篇報導，也直覺王大福出意外那天，在場的另外幾位院生就是崔牧芸、陳高歌與林曉峰，想來當年發生的事件對他們三人產生重大影響，使得他們成為擁有祕密以及共同回憶的重要關係人，周小詠繼續查訪喜悅育幼院的相關報導，並決定再訪育幼院與其他院生，針對喜悅育幼院的生活，對崔牧芸、陳高歌、林曉峰、李安妮進一步的約談。

這時法醫所傳來資訊，張鎮東的死亡時間可以進一步推斷為十月二十七日晚間十點到凌晨四點間。由死亡時間推估，加上一直沒有查到張鎮東離開張家的證明，周小詠恍然大悟，張鎮東二十七日深夜已經死亡，那麼很有可能他就是死在白樓，再加上那兩個橘色容器並非如林曉峰所說是很久以前就買的，而是二十八日早上陳高歌所購買，這樣二十八日的外燴就可能是為了搬運屍體，以便棄屍。

周小詠去申請了白樓和風雲餐廳的搜索票，並與鑑識人員針對白樓與風雲餐廳，進行大規模徹底的搜索，但在風雲餐廳沒有查到可疑跡證。至於白樓這邊，白樓本就是張鎮東的住處，他與家人的指紋或ＤＮＡ本就布滿全屋，周小詠這次特別命人專注在白樓四樓的主臥室，他們將衣櫥的衣物全部拿下，抽屜翻開，任何地毯、櫥櫃全部搜查仔細。

張婉菲在得知張鎮東是二十七日死亡，而且可能是死在白樓後，她突然想起不久前，她曾去崔牧芸的房間試圖安慰她，當時她坐在床上，突然覺得這張床坐起來的感覺跟他們家的床不太一樣，因為他們家入厝時，一口氣買了五張席夢思名床，那個型號的床墊，上層有很特殊的圓形起伏，當時她只覺得怪怪的。

雖然她非常不希望崔牧芸跟她哥哥的死有關，但她還是把這個疑惑告訴了周小詠。周小詠請鑑識人員將床單與保潔墊掀開後，發現床墊是背面朝上放置，就命人把床墊整個拿下來檢查，翻過正面之後，發現床墊上的花色都已經褪色，有用大量漂白水清洗後的殘跡，鑑識人員將床墊整個拆開，發現裡面的彈簧與棉布殘留大量的血跡與汙物，這些跡證都帶回鑑識分析，床上的血跡經分析驗證，確實為張鎮東所有。警方立刻拘捕了崔牧芸，並傳喚了陳高歌與林曉峰來警局問話。

11

周小詠等待著這一天的到來，正如她的預感總會實現，父親在夢裡說過的話預言了真相，張鎮東死於十月二十七日晚上十一點到隔天凌晨間，並非遭到綁架撕票。

然而李安妮突然跑到警局，說她知道是誰殺了張鎮東。

在偵訊室裡，李安妮對周小詠說：「事到如今，我必須要說實話。十月二十七那天晚上，我跟陳高歌林曉峰一整晚確實都在一起，那晚曉峰的女友雅婷放假，我們在店裡喝酒聊天，好一陣子沒聚會，聊得很盡興，晚上十一點半，高歌接到一通電話，他說要到樓梯間去接，我覺得很奇怪，因為不管什麼人打電話，他從沒有刻意對誰隱瞞，我們三個人從小到大都是無話不說的，所以我偷偷跟上去聽，聽到高歌一直低聲說，『牧芸，鎮定下來，先冷靜一下。』接下來我聽到他在指示牧芸，『不要慌張，先去確定他還有沒有呼吸、心跳脈搏等，再來決定要不要叫救護車。』過了一會兒，牧芸可能說對方沒呼吸了吧，因為高歌說：『牧芸，你聽我說，接下來的每一句話你都要認真記住，首先，不要報警，接下來，你要確定公公婆婆何時回家。』他頓了一下，可能牧芸說了什麼，他接著說：『如果這兩天確定只有你們在家，你先去把張鎮東的手機關機，手機先藏在安全的地方，明天我會去拿。接下來你先把張鎮東的屍體清洗乾淨，用保鮮膜或塑膠布裹好，再裹上一條毯子，明天我會去你們家把張鎮東帶出來。屍體的事我會處理，相信我，有任何問題隨時電話聯絡。』

「後面他還說了些安慰的話，聲音很小，有的沒聽清楚。我聽到有人死了，而且是張鎮東，還聽到高歌在說什麼包裹屍體的事，我覺得很害怕，不過，我們都是喊牧芸小妹，從高歌口中聽到牧芸兩個字，我心跳得很激烈，好像心臟都快裂開了，那兩個字讓我很敏感，好像他們之間已經超越了朋友與家人的關係，太親密了，那個口吻，對話的方式，高歌一直喊她想讓她恢復神智的言語，後來都會反覆在我耳中迴盪。高歌愛她，我一直都知道，但沒想到牧芸也愛著高歌，他們可能已經是戀人關係了，這個念頭讓我發狂。

「我聽他講了好幾分鐘，教她用漂白水清洗現場，把染血的衣物跟床單地毯等全都打包好，說他們隔天會上門清理。我聽到高歌說，『我們不能現在去你家，太不合理了，會被鄰居發現，我想好對策了，就說明天是你們認識週年紀念日，張鎮東安排了到府外燴的料理，到時我跟曉峰就會帶著工具去幫你，你一定要忍耐，我會處理妥當的，殺人是重罪，張鎮東這樣的人，不值得你去坐牢。』

「我聽到這裡，很想衝出去問他牧芸發生什麼事了，但我又聽見他在安慰牧芸，感覺這件事他想要隱密進行。不行，我腦子警鈴大作，如果牧芸殺了張鎮東，我不能讓高歌也賠進去。高歌掛掉電話後，我跑去找他，勸他叫牧芸去自首，我跟他說，這件事你不能參與，這是不對的。高歌突然臉色一沉，他很嚴肅地對我說，『安妮，這件事一定要保密，你如果說出去，這輩子我都不會再見你了。』那時我知道高歌心意已決，他從沒有用這種口氣跟我說話，我真的很害怕，我怕他會出事，但我也阻止不了他。」

李安妮啜泣著說：「這些日子裡我心裡一直很矛盾，隔天他們說要去外燴時，我很想跟去，但高歌就是不讓我參與，他們討論事情也把我排除在外，那晚高歌回家後都已經半夜三點多了，我睡不著，在客廳等他回家，他回到家後，我問他發生什麼事，但他叫我不要問細節，『不知道細節對你比較好』，我說我也想幫牧芸，他說不知道細節也可以幫忙，我記得他非常嚴肅地對我說：『你相信我嗎？』我點點頭，說，當然相信。他又說：『那麼你就要記得，今天晚上，我送完餐十點多就回家了，我們一起喝啤酒看電視，晚上十二點就各自去睡覺。記住了嗎？不管誰來問，都是這個答案。』

「我很猶豫，我不想出賣高歌，我最在乎的人就是他，我也知道一旦我說出口，高歌永遠都不會原諒我，但是，我想救他，十月二十七日晚上我們三個人真的都在一起，我可以為他作證，人不是他殺的，我想過了，如果人真的是牧芸殺的，一定是因為挨打才反抗，那算是防衛殺人，罪刑應該不重，但如果警方認為是高歌勒贖殺人，那罪刑就會很重了，如果警方覺得他早有預謀，罪刑重大，搞不好被判死刑也有可能，他們都是我的朋友，曉峰的未婚妻都已經懷孕，他們都快結婚了，我覺得犧牲他們兩個人是不公平的。

「我思來想去非常矛盾，最後還是決定把事實說出來，讓警方來正確地查辦，這樣才是對的事。高歌對權威人士都不信任，小時候我們經歷過很糟的院長，他讀書當兵時期也都受到長官特別嚴厲的對待，所以他不願意牧芸去報案，但我不確定曉峰為什麼會參與，很有可能是因為曉峰以前就喜歡牧芸，也可能是因為他對高歌很忠心，但我又何嘗不是呢？他們那時應該找我商量的，我就會勸他們帶牧芸去自首，而不是故意假扮綁架勒贖，這樣事情就不會惡化到現在這樣無法挽救。

「被排除在這件事之外，我很難受，以前我們總是說我們永遠會是一家人，不管發生什麼事都要互相幫助，我們也是一直用這樣的方式相處，從孩提時到現在，但牧芸回來之後，我覺得自己在這個家已經失去了立足之地，而她讓高歌為她犯罪，幫忙她處理屍體，這是我最不能諒解的。我知道她有苦衷，但如果她真的也珍惜高歌，不應該讓他涉險。

「這麼多年來，我們吃了很多苦，為了要在社會上立足，花了比一般人更多的力氣，曉峰之前在餐廳實習，後來去飯店裡工作，被師傅打罵，練刀工練到差點削斷手指。高歌跑船那幾年，也是吃盡了苦頭，差點就喪身大海，這些都是她沒參與到的，我或許是嫉妒她吧，那種被剝奪的感覺小時候並不明顯，但到這一次，我覺得我必須捍衛我自己的家，以及我的家人，我不能讓牧芸一個人把我們三個人都毀了。」

周小詠望著眼前的李安妮，想起第一次見到她的時候，思索著難道那時她心裡就已經藏著這樣一個祕密，周小詠卻沒有發現嗎？會不會李安妮自己也沒有發現自己內心因嫉妒而起的狂魔，日後會被召喚出來呢？

因為李安妮的供詞，使得周小詠的懷疑獲得了證實，但自從李安妮出面之後，崔牧芸等人都不再開口了，很奇怪的，好像有默契一般，對於案情種種疑點，都不肯再多說一句話，除了堅持之前的供詞，對於其他指控，只是反覆地說，「我不知道。」三個人沒有一個人鬆口，不管怎麼追問，就是不知道，他們的供詞相似到幾乎像是謄寫背誦的結果。周小詠對於他們這種默契感到吃驚，好像真有什麼聯繫著他們，使他們成為命運共同體，或者這就是他們最初的約定，一旦事情敗露，就一起承擔。

有些事就像骨牌效應，一開始密不透風，每個人都守口如瓶，而一旦有人開始說話，那話語就會突破沉默的牆，使之崩塌。李安妮投出第一塊石頭，而最終骨牌倒塌，只是先倒下的人卻令人意想不到。

周小詠在訊問崔牧芸等人無果之後，她認為倘若崔牧芸真的在十月二十七日晚間與張鎮東爭吵而殺人，那麼同住四樓的阿蒂一定會知道，尤其是如果還有滅跡毀證等打掃清潔的行為，阿蒂不可能不知道。周小詠快馬加鞭，趕緊找來阿蒂詢問。為了訊問阿蒂，還特別找了能通菲律賓語的翻譯來協助。

阿蒂被傳喚後，起初回答得支支吾吾，說二十七日晚上她早早就上床睡覺，先生跟太太發生什麼事她不清楚，但周小詠記得上次她的回答不是如此，便又透過通譯再次詢問，她也問及床墊被翻面的事，因為崔牧芸手傷未癒，不可能自己翻動床墊，就詢問她是否幫忙翻轉床墊，阿蒂經過幾次訊問，突然間就哭了起來。周小詠拿面紙給她擦，阿蒂泣不成聲，邊哭邊禱告，還突然跪下來。阿蒂平靜之後，第一句話就令眾人吃驚。

她說：「人是我殺的。」

周小詠細問，這句話什麼意思，阿蒂說，先生是我殺的，床墊也是我翻面的。經過翻譯之後，阿蒂的自白如下。

人是我殺的，我用大把的水果刀從背後殺他的。

有時我會想，那是一場夢，醒來就會消失。有時我會看到那天的景象，那些畫面就一直反覆在我腦子裡跑動，越來越多畫面、動作、聲音，吵得我夜裡都沒辦法安睡。

那晚我聽到外面傳來吵架的聲音，小宇大哭，我走出去看，鎮東少爺抓住牧芸太太的頭髮，把她往臥室拉，牧芸太太一直在大叫，我想抓住少爺，要他住手，他大罵我賤人，還踢了我一腳，叫我滾開。牧芸太太被他拖到臥房去，我很害怕，因為少爺一直大罵，「再這樣我就殺了你，賤人。」我不知道鎮東少爺是不是會把牧芸太太打成重傷，甚至真的殺了他，他的樣子很恐怖，好像已經著了魔。我在房裡安撫小宇，聽到外面的叫罵聲越來越大，鎮東少爺罵牧芸太太的話，就像在罵我，「賤人，去死！」我腦子都亂了。

他不是人！我腦中有個聲音這樣說。我把小宇關在房間裡，然後跑去廚房，拿了一把水果刀，然後我推開臥室的房門，鎮東少爺正在強脫牧芸太太的衣服，太太哭得很厲害，我兩手握著刀，從背後刺進鎮東少爺的身體，鮮血濺出來，鎮東少爺大叫了一聲，企圖轉過身來，可是我壓倒他的身體，還繼續刺他，牧芸太太好像嚇傻了，我不知道自己總共刺了幾下，少爺有反抗，但我刺得很深，血一直噴出來，噴濺到床單上，鎮東少爺大叫卻無法反抗，我又刺了一刀，再一刀，我的雙手很有力，因為平時做很多勞動，可是那時我的手好痛，刺穿一個人的身體並不像削水果那麼容易，會有阻力，可以感覺到身體裡的反抗，可是我恨他，那股恨是到了我拿起水果刀我才發現的，我恨他，我想讓他死。

牧芸太太一直以為我是為了救她才殺了少爺，但其實不是，我從來沒有說出來，我害怕我一旦說出我的想法，牧芸太太就不會再幫我了。因為少爺強暴過我，好幾次，第一次牧芸太太住院的時候，少爺深夜喝了酒，敲我的房門，我一開門，他就衝進房間，把房門反鎖，不管我怎麼抵抗，都抵抗不了，我一直都是處女之身，我是有信仰的人，我在家鄉是有未婚夫的，失去貞操，我應該要自殺，可是我的家人都仰賴我的薪水，我不能失去這份工作，少爺侵犯我之後，給了我一些錢，我不知道該怎麼辦，我沒有人可以求助，少爺叫我不可以說出去，否則就會讓我永遠回不了家。

那之後，我以為沒事了，可是後來他又來了第二次，那一次他把我折磨得很慘，他一邊折磨我，一邊喊著牧芸太太的名字，說他愛她，說他恨她，他甚至要我同情可憐他，說他有太太跟沒太太一樣，太太高不可攀，太太瞧不起他，少爺說了一堆瘋話，好像都忘了自己是因為打了牧芸太太，太太才搬到小宇的房間去住，才不跟他接近。

那次少爺又哭又鬧的，把我弄得很混亂，我一邊感到痛苦，一邊又覺得同情，少爺還送了我一件洋裝，是很漂亮的洋裝，我很喜歡，可是那件洋裝讓我感覺到屈辱，我不知道少爺為什麼要這樣，就是因為那件洋裝，少爺又進了我的房間一次。

我開始感覺自己的頭腦變得不太正常，我一邊覺得恐怖，一邊又覺得期待，我害怕少爺對我做的事，可是我喜歡少爺稱讚我，或者對我溫柔的時候，我不想要錢，也不想要洋裝，我只希望他對我溫柔，不要弄痛我，不要讓我害怕，可是那天少爺離開的時候，很怨恨地跟我說，「你不要以為自己可以跟牧芸相提並論。」

對，那天之後，我就想殺他了，殺人這個字眼像一個忘不了的記號，占據了我的腦子，我想起過去牧芸太太挨打的時候，我曾經去勸阻，被少爺一腳踢開，我想起少爺抓起太太的頭去撞牆，我想起少爺會下跪，會送玫瑰花，會拿吉他彈情歌，想起他疼愛小宇的時候，模樣真的很溫柔，可是就是因為這樣，我才覺得必須殺了他，必須殺掉那個「壞掉的少爺」，把好的少爺救回來。我心裡是這樣想的，他被魔鬼附身了，我要去把那個魔鬼殺掉。

刀子刺進去，鮮血流出來，魔鬼就死了。

後來的事我不太記得了，我的腦子都空掉了，眼前反覆出現少爺張著大嘴，不停哀號的臉，他好像沒發出聲音，只是張著大嘴，又或者他發出了聲音，也或許喊叫的人是我自己，在這個屋子裡，每件事都是不正常的，該哭的時候你會笑，該笑的時候你會哭，都是不正常的。

後來牧芸太太喊醒了我，我想到自己殺了人，會坐牢，我好怕，我就哭著求牧芸太太救我，我不想坐牢，我很怕，我哭了好久，牧芸太太說，她會幫我。

我們一起把少爺的身體抬進浴室，用水沖乾淨，為什麼要沖水我也不懂，後來牧芸太太一直在打掃，那一個晚上，我們兩個人拚命地打掃，換床單，用漂白水清洗床墊，因為那張彈簧床上濺滿了鮮血，可是床墊太大，一時無法清走，弄完床墊，我們就清洗地板，幸好房間沒有鋪地毯，最難處理的還是那張床，我們弄到精疲力竭，天都亮了，才把屋子打掃乾淨，我們各自回房間睡覺。隔天醒來，我們又繼續打掃，不能留下一點點痕跡，但是那張彈簧床怎麼也弄不乾淨，我們只好把床墊翻面，鋪上保潔墊，換了新床單，牧芸太太說，有機會再處理掉這張床。

牧芸太太跟我說，不要告訴任何人，她會處理，她要我相信她，她說，「我會保護你。」我不知道她要怎樣保護我，但我相信了，她的聲音是那麼誠懇，你一定會相信的。後來隔天就來了餐廳的人，那兩個男人，我在醫院見過，他們帶來很多東西，他們把少爺的屍體裝進橘色塑膠箱子裡，又把屋子徹底打掃過。「不要對任何人說，我們會處理好。」那個姓陳的男人對我說。

但我現在要說實話，因為我不能讓別人替我承擔罪過，刀子是我拿的，是我從背後刺向他，我要殺那個魔鬼，是我，神要我不能撒謊，我不能讓別人替我承擔罪過。我已經是個不潔的人，我不能再做一個不義的人。

牧芸太太一直以為我是為了救她才殺鎮東少爺，她不知道我是為了我自己，當時我哭著求她幫我，牧芸太太說要幫我處理，不能讓我坐牢，所以我才沒有自首，但是這段時間過去，事情的演變越來越失控，牽涉的人越來越多，他們每個人都被懷疑，我覺得很難過，後來我想開了，我不能害無辜的人去坐牢，我的身體已經被玷汙了，坐牢又有什麼關係，但我隱瞞不說，就會害了別人，這才是真正的犯罪，我不後悔殺了張鎮東，我後悔的是不該讓牧芸太太他們替我處理屍體，我應該在第一天晚上就去警局自首，牽連到這麼多人，我很抱歉。

事情就是這樣的，這是我的供詞。

12

陳高歌記得崔牧芸入院的那天，崔牧芸穿著一件粉紅色的洋裝，粉紅色皮鞋，綁了兩條麻花辮，像極了一個洋娃娃，崔牧芸是搭著計程車來的，她媽媽離開後，她一直站在院子裡，院生都擠到庭院裡去看那個新生，大家都說她好漂亮，可是陳高歌覺得她看起來很可憐。

崔牧芸手上拖著一個洋娃娃，她的打扮跟那個娃娃有點像，所以院裡的老師都喊她娃娃。

崔牧芸直接被分配到了仁愛家。第一天晚餐時間，崔牧芸一直在吃東西，好像很久沒吃過飯了，一大口一大口把米飯塞進嘴裡，幾乎來不及吞嚥，把腮幫子擠得鼓鼓的，樣子有點像花栗鼠，很可愛，崔牧芸被米飯噎住時，陳高歌給她倒了一杯溫開水，她也是仰頭就咕嚕嚕喝掉了，感覺是一個又飢餓又害怕的小女孩。那是崔牧芸給陳高歌的第一印象。

接下來的日子，她除了拚命吃飯，都不跟其他人互動。當時崔牧芸八歲。陳高歌十一歲，因為那時崔牧芸年紀最小，大家都改叫她小妹。不過剛開始的日子無論喊她什麼，她都不回答。那時他們都還在讀小學，崔牧芸也一起去上學，在學校裡，老師也說崔牧芸怪怪的，完全不開口，對誰都封閉。

上學時同校的院生要排路隊，是陳高歌帶隊的，從育幼院到小學的路程，要先走十分鐘路程去搭公車，搭四十分鐘公車，下了車站還得再走一段，陳高歌帶隊，林曉峰墊後，陳高歌要大家牽手過馬路，崔牧芸對誰都不理會，陳高歌就拉著她走，或許是怕迷路吧，崔牧芸不再抵抗，會跟著陳高歌走，陳高歌總是把她送到教室才放心。

下了課鐘聲響，陳高歌就會來他們班上帶她離開，下了公車，要回育幼院的那段小路很漂亮，路的兩旁都有花草，有時陳高歌會讓大家停下來，在草地上玩耍一會，崔牧芸總是安靜地在草叢間搜尋，她似乎是在尋找幸運草，或者什麼奇特的葉子，她很沉迷於這樣獨自的遊戲，大約過了一星期，陳高歌找到了一株四片的幸運草，陳高歌把葉子遞給她，對她說：「幸運草會保護你。育幼院就像你的新家，我們也會保護你，不要再害怕了。」崔牧芸望著幸運草，數算著那象徵幸運的葉片，一片一片，彷彿永遠也數不完似地，終於笑了。

那天以後，崔牧芸開始願意說話了，換掉身上的洋裝，穿上院裡提供的衣服，她把娃娃跟洋裝都丟掉了，陳高歌去撿回來，洗乾淨，收到了自己的櫃子裡，想說有一天崔牧芸會捨不得，會想要回去的。

崔牧芸會開口時，就喊陳高歌「高哥哥」，陳高歌起初還會糾正她，我姓陳不姓高，後來發現沒有用，就任她喊，高哥哥，她稚嫩的嗓音喊著高哥哥，陳高歌感覺就算姓高也無所謂，反正育幼院的院童，不管姓什麼，都已經是認院作家的孩子，他們更認同的是自己被分配的家庭，以及家庭裡的這些沒有血緣的兄弟姊妹。兩個輔導老師負責一家，院生都喊他們老師，其他則以兄弟姊妹相稱，院裡有院長、祕書、主任、輔導老師，有工友伯伯、打掃的阿姨，整個育幼院院生加工作人員大約八十人，白天大家各自去上學，傍晚回來，在各家餐廳吃飯，晚飯後，各自寫作業，然後洗澡睡覺。每週六、日，才是院裡集合的活動，通常會舉辦院區打掃，假日也常會有校外人士來參訪，這種時候，也是院生等待被領養的日子，通常在幼稚園的院生才有機會被領養，其他院生只是負責遊藝會的一些活動表演，這種日子也會有外界的物資捐贈，所以大家要站成一排列隊歡迎到校的貴賓，有時也會遇到校外教學的學生，那時的感覺比較奇怪，有種被參觀的感覺。

院區每年都會舉辦運動會、園遊會、才藝表演，這種時候，院長會在活動中心跟大家說話，陳高歌入院時，是曾院長在主事，他是個白頭髮的爺爺，陳高歌非常喜歡曾院長，院長也喜歡陳高歌，院長年紀很大了，但還喜歡打棒球，院區裡舉辦的棒球比賽，是院生最喜歡的活動之一，陳高歌總是當投手，他的直球又快又準，女生也可以下場參加，李安妮體能很好，時常擔任打者，她曾經打過全壘打，林曉峰則是永遠的捕手。崔牧芸體能不好，只能在旁邊加油，其他家的院生，也有很厲害的打者跟投手，不管贏或輸，院長都會請大家吃冰淇淋。

陳高歌在育幼院是溫暖的大哥哥，但是在學校裡卻是人見人怕的壞學生，老師都叫他「野小子」，老師時常處罰陳高歌，因為陳高歌跟同學打架，誰叫同學要喊他孤兒頭，說孤兒是對的，但孤兒頭是什麼東西？其實那個同學的意思他懂，是說他是孤兒的頭頭，因為上下課帶路隊的緣故，但陳高歌不許任何人欺負育幼院的院生，他不許別人在學校裡用侮辱性的字眼辱罵院生，尤其是他們仁愛家的弟妹，誰都不許碰一下。

在學校裡，在回家的公車上，陳高歌比誰都凶，眼神看起來很狠，老師處罰他，他從來不哭，有人打他一拳，他就回他一掌，有人將他推倒，他就會再爬起來撲到那人身上猛打，幾次之後，沒人敢惹他了。野小子也好，孤兒頭也罷，陳高歌認了這些稱呼，只要能保護弟弟妹妹，喊他什麼也不要緊。

崔牧芸剛到學校時，因為不說話，也被欺負了，陳高歌在休息時間常到她的教室看她，凶狠地對那些欺負崔牧芸的人放話，後來崔牧芸恢復了說話，才慢慢交到朋友，又因為功課很好，各科老師都疼她，她學習能力很強，一下子就趕上進度，後來的幾年，她幾乎都是班上的前三名。但因為長得好看、成績又好，班上一個千金小姐，就特別討厭崔牧芸，常常和同伴惡搞她，對方是女孩子，陳高歌有點不知如何處理，還是只能去盯著，班上同學每次見到陳高歌，就會笑：崔牧芸的男友來了。

陳高歌很焦慮自己即將從小學畢業，那時就沒人可以保護崔牧芸，但是崔牧芸說，她會保護自己，她知道怎麼對付那些女生。

後來陳高歌騎單車去中學上課，路途上他覺得很不習慣，好像生活裡缺少了什麼，他想起曾經每天像是例行公事般的帶隊上課，因為有了崔牧芸這個小妹妹的加入，這段路途變得責任重大、富有意義。他想著自己心裡好像有一個什麼很柔軟的東西在舞動著，沿著車程，雙腳踏著踏板，眼前人車經過，他似乎在大街上尋找著什麼不可能找到的東西，他想著有個細細的聲音，歡快地喊著，「高哥哥」，他一直都是院生口中的大哥哥，可是誰喊他，都沒有那個女孩喊起來好聽，那聲音裡飽含著信任、依賴，以及某種難以言喻的東西，那是他生命裡沒有經驗過的事物。

他想起那個女孩的臉，想起他第一次拉著她的手，那隻手掌是如此纖弱，像用力一捏隨時會碎裂，他想起她最初是那麼抗拒著周遭的一切，想起她努力在草叢間尋找幸運草，而當他把那株幸運草遞給她時，她臉上浮現的驚喜。陳高歌忍不住吹起了口哨，他從來不知道讓一個憂傷的人感到快樂自己也會快樂，他無法分辨自己到底為什麼感到開心，但至少他是開心的，他甚至感覺到，喜悅幼稚園終於變成真正可以帶來喜悅的地方。

每天早晨他醒來，他都期待趕快刷牙洗臉下樓吃早餐，那麼他就可以看到崔牧芸梳著兩條辮子，一張潔白的臉，眼神亮亮地，期待著大家都坐好時，老師喊著，開動，崔牧芸會望著他，他點點頭，他們兩個就很有默契地開始吃早餐。「他們」，這個字眼對他來說變成世界上罕有的，閃閃發亮，有具體重量的詞語，他期待著所有「他們」可以一起做的事，這份期待，讓他少年的心，除了過往的叛逆、憤怒、悲傷與正義感，多了一種柔軟、無以名狀、卻又意義紛陳的感受，他那時不知道，那幾乎可以名之為愛情，他將它定義為「與小妹相關的事物」，這世界上分成兩個範圍，與小妹有關，以及，與小妹無關的。

當然他很在乎仁愛家家裡的每一分子，甚至育幼院裡的每一個院生，他很想照顧、保護、捍衛這裡的每一個人，但他的世界裡還有極端嚴格的分類被含括起來，收在陳高歌這個少年曾經飽受痛苦、折磨、恨不得求死、或殺人的，那顆多刺、多傷、斑駁的心裡。他開闢了一個獨屬於崔牧芸這個小妹的空間，在那個空間裡，世界是新的，還未受傷的，是完整的，他在那兒置入了許多想像以及計劃，好像他真的可以將那些東西創造出來，那是一個類似童話的東西，儘管他以前是根本不相信的，而他現在相信了。他想要幸福，也想要崔牧芸得到幸福，並且是他可以給予她的幸福，比如一株幸運草，比如一個小禮物，比如一次跑步比賽得到的獎牌。比如有一次他們去後山撿木柴，那一段小小的山路，兩人並肩走著，隨興地談話，或他吹著口哨，崔牧芸低聲哼歌，不知為何那一次只有他們倆一起去，他們一起度過了一段靜謐的時光，那樣的時刻，在少年陳高歌的心裡，可以銘記為幸福。

那時他還不知道，有人會來破壞、甚至奪走，那一份簡單微小的幸福。

甚至帶來了不幸。

陳高歌永遠不會忘記那個夜晚，因為他們幾個人偷偷跑回原來的家，被丁院長處罰。他們在小黑屋已經被關了三天三夜，食物只有一天一顆饅頭，一瓶水，不知道是不是因為水不乾淨，王大福一直說他肚子痛，好像真的痛得快要死掉了，他們在黑暗中，早就已經都快發瘋了，王大福的哭聲加重了他們的恐懼，陳高歌一直叫他別哭了，但他就是一直哭，陳高歌也不忍心打他，但是他們以前被處罰，頂多關一天一夜，不知道為什麼那次處罰卻加重了？大家都很不安，不知道何時可以被放出去，他們在裡面大叫，喊救命，喊王大福生病了，但也沒人理會他們。

他們大多數都是受過傷的孩子，比如陳高歌自己，以前就有被媽媽的男友關起來的經驗，一般處罰挨打挨罵他都不會害怕，但被關起來，尤其是在黑暗中，真的是一天就受不了，會發狂，過往的惡夢、創傷，所有不好的回憶都會在那時候跑出來，感覺整個房子裡都有鬼，其他人也都變得很奇怪，大家漸漸地會胡言亂語，好像都瀕臨崩潰了。

後來晚上時陳高歌聽見有奇怪的聲音，才知道崔牧芸在外頭低聲喊他，她說她拿到了鑰匙，要大家安靜別出聲，她把小黑屋打開了。他們正要逃走的時候，不知道什麼地方有警鈴，鈴鈴的聲音大作，他們嚇得四散奔逃，陳高歌大喊，快跑！去山洞！眾人就在黑暗中逃跑了。

那天晚上後山很黑，幾乎看不見路，他們聽見院長跟主任大喊的聲音，也聽見了院長養的狼犬嚎叫，感覺院長好像派了很多人要來抓他們，大家拚命跑，卻又看不到對方的身影，陳高歌大喊著，「去祕密基地會合！」

陳高歌跑著跑著，跌倒了，爬起來，又被絆倒，再爬起來，拚了命想跑，臉跟手都被樹枝劃傷了，可是他一直跑，因為感覺只要被抓到，可能會被打死，以前挨打的記憶都回來了，這次可能會沒命，他全身都在痛，臉上眼淚流個不停，他一直聽到哭泣的聲音，可是他分辨不了是誰在哭，後來他終於跑到了山洞，等了好久，林曉峰才到，他們本來想出去找崔牧芸，後來她也到了，他們才想起來，王大福不知道祕密基地在哪，根本不可能跑到這裡來。

這時聽見外面有人吹起哨子，此起彼落的哨聲，尖銳且可怕，院長大喊著，「王大福，陳高歌，你們快出來，出來就沒事，我們不會處罰你們。快點出來，跟我們回家。」他一一喊著孩子們的名字，聲音非常恐怖，他們不相信院長的話，根本不敢出去，過了好一會，狗突然狂吠起來，大家喧嘩著，陳高歌心想，糟了，一定是王大福被抓到了，他就偷偷跑出去，沿著有手電筒的燈光方向走，當他悄悄走到那兒時，發現林曉峰、崔牧芸也跟在他後頭，他趕緊拉著他們，躲在一棵大樹旁邊，他們看到不遠處，王大福已經倒在地上了，幾個人圍著他，他們又往前挪了一棵樹的距離，可以看得很清楚，他們親眼看見院長用腳踢王大福，像發瘋了似地打人，大聲叫罵，「叫你跑，誰叫你跑，關禁閉不怕，信不信我打死你！」院長說完就往他身上踢，王大福哀號著，不久，他身體蜷曲，開始痙攣，陳高歌覺得他一定是癲癇發作了，主任過去制止，跟院長說：「他好像癲癇發作了，不能再打了。」院長還是一直踢他，陳高歌不知道為什麼院長這麼生氣，他可能以為是王大福破壞了門鎖，大家才逃走的，崔牧芸抓著陳高歌的手，低聲的說，「是不是我不應該偷鑰匙？王大福會不會死？」陳高歌說他不知道，他也很害怕，漆黑的林子裡，突然只剩下院長的叫罵聲，王大福沒有聲響了，院長停下責打，像是突然清醒過來，大喊著：「王大福，別裝了，你給我起來。」

主任蹲下去確認王大福的狀態，他們蹲在地上，不知道在做什麼，可能是急救吧，陳高歌看不清楚，不多久，院長就帶著人群離開了。

黑夜的樹林裡，感覺還可以聽見王大福的哭叫聲，陳高歌、崔牧芸、林曉峰等那些人都散盡了，才走上前去查看，那時，王大福身上髒兮兮的，有一些血汙跟嘔吐物，陳高歌去探他的鼻息，他已經死掉了。

崔牧芸問陳高歌該怎麼辦，他真的沒有主意了，他想，大家還是躲回山洞吧，可是，之後該怎麼辦呢？他們會不會像王大福那樣死掉呢？他們躲回山洞，一整個晚上都抱在一起哭，不知道接下來會發生什麼事。丁院長好瘋狂，真是沒見過這樣的人，好像跟孩子們有仇似地，他們迷迷糊糊地睡著，第二天早上，聽見有警察在搜山，直到警察找到他們躲藏的山洞，他們才走出去。

他們都被帶到警局去，陳高歌才知道院長他們直到第二天才去報警，說有幾個院生逃跑了，警察搜山時發現了王大福的屍體，屍體上有多處外傷。陳高歌對警察說王大福是被院長打死的，警察本來不相信，他向他們仔細描述，王大福倒下的位置，院長的腳怎麼踢他，主任怎麼勸告，以及王大福癲癇發作的樣子，最後警察才相信並展開調查。

那之後，有一段很長的日子，育幼院還是很混亂，來接任的院長，孩子們也不信任他，直到有兩個以前的輔導老師回來了，也換了一個主任，社會局的人也派社工跟督導過來，帶大家去做心理諮商，老師沒有處罰他們，警察找他們去問了很多次話，院裡恢復了舊有的家庭制，他們回到了仁愛家，溫老師也回來看過他們幾次，慢慢地，生活才漸漸恢復正常。

可是經過樹林裡的那一夜，陳高歌知道他們幾個人都不再是過去的自己了，他們身上都背了一條命，他們已經穿過了地獄，變成不一樣的人了。本來這件事跟崔牧芸無關，是她伸手救了大家，但那之後，她卻開始變得很奇怪，她似乎把王大福的死都怪到自己身上了，那個夜晚裡的狂奔，狼狗的吠叫，丁院長跟主任的狂呼，都成了她的惡夢。陳高歌不知道崔牧芸到底經歷了什麼，使她的內在持續的崩潰，但陳高歌自己也是，他曾經以為自己很強大，可以守護她，他們即使在丁院長最嚴酷的管教底下，都沒有失去對方。可是在他們離開仁愛家的那段時間，陳高歌不知道她身上發生了什麼事，當他們被關在小黑屋的時候，他也不知道她是怎麼拿到那副鑰匙，她怎麼有勇氣去打開小黑屋，把他們救出來。

或許她打開的不只是小黑屋，她想打開的也是自己的牢籠，他不知道那裡面有什麼，可是，他知道崔牧芸變了，她變得疏離，不太跟人接近，好像總是若有所思。陳高歌跟林曉峰都很著急，覺得她可能需要去看醫生，他們去問了輔導老師，老師也找她去談，但都沒有用，崔牧芸以前常會夢遊，夜裡下床到客廳裡發呆，她的夢遊症又開始了，她會咬指甲，拔頭髮，不說話，感覺好像又回到她剛到育幼院的時候，那種退縮的樣子。

不久之後，崔牧芸的媽媽就來把她帶走了。據說是因為王大福死亡的事情上了新聞，崔牧芸的媽媽才來帶走她。他們都不希望她離開，但是那時候，陳高歌卻覺得或許這樣對她比較好，因為他們已經幫不了她，進入不了她的世界了，或許她離開育幼院才是對的選擇。

當然，那之後，對陳高歌來說又是一次黑暗的日子，他內心有很多聲音互相交戰，說不清楚自己的感受，但那些都不重要，重要的還是崔牧芸，他希望她能好起來，從那次的事件裡走出來，他知道崔牧芸是回家了，心裡雖然難過，還是可以接受的。

後來他才會決心把李安妮跟林曉峰帶在身邊，一起租房子，他們是一家人，應該要生活在一起。

終章

周小詠擔任警察這幾年，辦理過幾件重大的案子，處理過殺人棄屍，處理過情殺案件，也有人為了保險金殺人，但這次處理張鎮東死亡案的心境卻是她未曾經歷過的，案情不斷翻轉，她內心也百轉千迴，情緒多得不像一個警察該有的，她為何會如此同情這些犯罪的人，聽過阿蒂的供詞後，她情緒震動久久難平，深夜才能入眠，夢裡父親來到了，穿著一件白色西裝的父親，一頭銀髮，變成了一個高雅的老人，父親說他在旅行。小詠詢問父親，這世上有沒有可以寬宥的罪刑？在正義之前，同情與理解該放在什麼位置？這世上有沒有該死的人？那殺死該死的人到底有沒有罪？這世上有沒有殺了人內心依然善良的人？

她到底該怎麼做？

父親苦笑，摸摸小詠的頭髮，父親說：這些問題，是當警察應該思索的問題嗎？

小詠問：所以你也沒答案嗎？

父親又笑笑不語，小詠在夢中哭了起來。

阿蒂坦承殺人之後，崔牧芸等人才又鬆口，願意交代始末。

崔牧芸

我真的沒有想到，阿蒂會殺了張鎮東。那個夜晚，就像風雨來臨前恐怖的寧靜，我自從搬到小孩房去睡，跟鎮東就沒什麼互動了，剛開始他還忌憚我，因為我之前住院的事，他似乎也心有愧疚，但日子一久，他就開始不安分，酒醉歸家的夜晚，他會來敲房門，咚咚咚，敲得震天響，他會哀求我，辱罵我，摔東西，踢門，浩宇會嚇哭，我只能緊緊抱著他，躲在棉被裡，等待外面的風暴過去。鎮東是那樣的人，一陣旋風似地，宣洩完可能也累了，突然所有聲音都安靜了，我把耳朵貼在房門上，確定他離開的腳步聲，一顆心才得以安放。

可是那天不一樣，因為我忘了鎖門了，或許一切都是注定吧，那晚鎮東也比平時更早來找我，那時才十點吧，晚上他回到家，一直在客廳喝酒，我們有簡短的交談，我看他情緒還穩定，所以他跟我說話，我也很溫和地回應，說到底他還是我丈夫，同床共枕那麼多年，我知道他不是全然的惡人，我對他也還有感情。

只是等到我回房之後，他立刻來敲門，然後闖進浩宇房間，他根本不顧忌到小孩就在旁邊，就要脫我的衣服，強吻我，對我求歡，我很生氣，就推開他，說，你不要在小孩面前這樣。

他突然抓住我的手，把我往外拉，我開始喊叫起來，因為他抓我的方式，感覺等一下就會開始打我，前奏都是一樣的，先控制，然後毆打，所以我開始反抗，但他的力氣好大，而且他抓住我的手我根本沒辦法逃開，他將我連拖帶拉，一路拖進了臥房裡。

我一直怒罵他，那種怒氣停止不了，我不是怕他，而是真正的生氣了，問他為什麼每次我想要原諒你，你就又會傷害我，他大叫著，「為什麼連你都要拒絕我？瞧不起我？我會這樣都是你逼的。你那麼冷漠，我回到家裡就像一個冰庫，什麼都沒有，我沒有工作，沒有朋友，連老婆也不理睬我，為什麼我這麼衰，為什麼大家都要整我？」

他一直胡言亂語，滿腦子都是他被傷害，好像過去他打我揍我都是因為我的錯。

我拚命反抗，可是張鎮東發了狂，開始打我巴掌，大罵：「再反抗我就殺了你，賤人！」他開始強脫我的衣服，扯開我的褲子，我拚命想逃，他就是不放手，繼續叫罵我「賤人！去死！」我好害怕，覺得會可能被打死，可是突然間，他大叫一聲回頭，我看到鮮血從他身上流出來，阿蒂雙手握著水果刀，正在刺殺他。

我趕緊從床上起身，我想去制止阿蒂，也想保護她，鎮東掙扎著，他不斷罵阿蒂，你這個賤人！阿蒂也發狂了似的，用她的語言激動地說著什麼，刀子不斷用力刺下，拔起，再次用力刺下去。

後來鎮東就倒在床上不動了。鮮血沾滿了床鋪，我沒有見過那麼多的血，從床單滴落到地板上。我跟阿蒂都傻了，阿蒂一直在哭，我知道她是為了救我，所以我也慌得哭了，第一時間我想叫救護車，可是阿蒂突然跪下來，拚命對我磕頭，她說，太太，我不能被警察抓走，我還有家人，我期約結束就要回家鄉去結婚了，家裡爸爸媽媽都靠我賺錢，我不能被警察抓走，老爺他們會把我弄死的。太太救救我。

她語無倫次說了很久，我也慌張了，我先去看張鎮東的狀況，他好像沒有呼吸了，因為血流得很多，也看不清楚傷口在哪，要怎麼幫他止血，我搖晃他，他都沒反應，我很害怕，不知如何是好，就打了電話給陳高歌。

一聽到高歌的聲音，我的情緒就崩潰了，一直哭著說鎮東死了，鎮東死了，我該怎麼辦？我整個慌張起來，高歌要我冷靜下來，好好聽他講，然後他很冷靜地要我去檢查幾個地方，確認張鎮東已經死了，然後再教我怎麼處理屍體，怎麼清潔房間，他說明天會用餐廳外燴的名義過來把屍體帶走，那時鎮東已經變成一具需要處理的屍體了，他躺在那兒一動不動的，表情是那麼詭異，我不可能把他救活了，那麼除了按照高歌的辦法，我們也沒有其他辦法。

這些事讓我想起小時候在育幼院王大福發生的那件事，這是一種生存本能，當我們遇到可怕的事件時，第一個反應就是要保護想要保護的人，在這種前提下，善惡對錯不是最重要的，即使我明知道正確的作法是先叫救護車，然後帶阿蒂去警局自首，可是阿蒂是為了救我，她那麼可憐，我不可能讓她去坐牢。

什麼是對的，什麼是錯的，誰是好人，誰是壞人，從小我就知道這些不是那麼簡單可以斷定的，當我母親將我打扮好，騙我說要帶我去新家，最後卻把我帶到了育幼院時，我的世界就瓦解了，後來是仁愛家的老師和家人把我修好了，但是，那麼美好的家，也會有人來破壞，我們手中緊緊握有的那麼一點點希望，也會被摧毀，換了新院長之後，他種種作為都讓我們很痛苦，被分散之後，跟其他人住在不同的屋子裡，我們怎樣都沒辦法習慣，我們想一起逃走，想跑到某個安全的地方躲起來，但世界上可有那樣的地方嗎？我們都知道沒有，因為我們還是小孩子，無法照顧自己，我們從小就被遺棄，必須要忍耐到變成大人，才可以決定自己的去向。

那時候，高歌他們被關在小黑屋裡，已經好幾天了，他一定又冷又怕，我知道他最怕封閉的地方，因為小時候他總是被關在櫥櫃裡，我為了去拿鑰匙開門，就去了院長室，即使我知道我去了院長室，他就會叫我當他的模特兒，假借畫畫的名義，要我脫掉衣服，以前他就這樣做過，也是因為這樣我才看到他把鑰匙藏在哪，但我為了要救高歌跟曉峰，就必須要進去院長室，讓院長做完他想做的事，他就會在椅子上睡著，我才可以把鑰匙偷走。

有些事你一開始就有不好的預感，但是左邊是刀右邊是火，你總得做一個選擇。只是我沒想到後來會出了人命。

我永遠不會忘記我們發現王大福死掉的時候，高歌發出那種像狼一樣悲傷的嚎叫聲，那時候我們已經不像人類了，我們全身髒兮兮的，都是泥土跟樹葉，我們藏身在山洞裡，所以逃過一劫，那個在地上無法動彈的王大福就是我們，他是代替我們死掉的，如果我們衝出來救他，或許我們也會死，死亡就像一團火，我們必須遠離，否則就會引火上身，但我們只是小孩子，我們根本不知道要怎麼解救同伴，同時又能保護自己。

也是因為如此，我才會離開育幼院，因為那時我覺得我自己好像已經不是一個完整的人，我沒辦法獨立思考事情，我也沒辦法把事情做對，那種做錯事的感覺很可怕，有人死去了，我卻還好好地活著，自己的身體就像不再屬於自己了，對自己的活著感到罪惡。

就像這十來天的生活裡，當警察一次又一次地問我各種問題，我很想把當天發生的事都說出來，但是我不能，因為我一個人會牽連到很多人，我的舉動，我的決定，已經不是我一個人可以承擔的了，然後我想到高歌跟曉峰，他們本來過著很平靜的人生，只是因為遇見了我，就不得不犯了罪，變成了有罪的人，是我拖累了他們，正如阿蒂時常會哭著說，是她害了我，但誰害了誰，又怎麼能說得清呢？

那天我們先一起回去風雲餐廳，然後換開高歌的車，把張鎮東帶到山上去棄屍，這句話說出來我還是覺得全身發毛，但我們確實是去棄屍的，把張鎮東的屍體丟下山谷，我真的那麼恨他嗎？我並不恨他，我只是不想要跟他一起生活，不想挨打。但最後我們卻必須把他的衣服脫光，丟下山谷，我沒有搬運屍體，我只是在一旁看著，高歌曾經要我不要跟去，但我想去，我想要參與到底，我不能讓他們兩個人扛。因為如果我沒參與，有一天事情被發現了，那我似乎可以完全脫罪，但我不想要脫罪，我想參與，我必須負責。

張鎮東的血都流乾了，清洗之後，全身赤裸，他還是那麼好看，變成屍體之後，他的罪就被洗清了嗎？為什麼他看起來不再可怕，反而變得很可憐呢？為什麼當我們把他放在後車廂，每一次車子搖晃，我都會覺得他可能等一下就會醒來呢？他再也不會打我了，因為他死了，我自由了，可是我自由了嗎？這是我想要的自由嗎？我又陷入了恍忽，像過去一樣，高歌好像發現了我的狀態，就不斷搖晃我，呼喊我，「牧芸，醒過來，你現在必須要很清醒，接下來很多工作要做，你不能夢遊，不能失神，為了大家，你要堅持下去。」高歌說話像唱歌一樣，他一開口，我就醒了，對，即使張鎮東不會再醒來，但我也不能失神才對。我得為了大家堅持清醒。

當我們把車開進那個山谷，就像重回了育幼院的樹林，我們是命運相連的人，我們再一次選擇了同根同命。

但最後我又能負起什麼責任呢？我守護了我想守護的，但也傷害了我心愛的人，一邊是刀山一邊是火海，我總得做出選擇，但我怕這次我不但上了刀山，也把別人推進了火海。這是我最傷心的地方。

可是我會想，無論是刀山或火海，我知道我們三個人沒有一個人會後悔，我們願意一同前往，我們不需要相互說明，也不需要串供，那些沒有說出的話語，比被說出來的更真實，我覺得悲傷，我也覺得幸福，這個世界上，還有人願意陪我一起，走進地獄裡，那時，地獄也變得不像地獄，地獄變成了可以重逢的地方。

陳高歌

多年前，當我在育幼院的門口看見那台計程車從大門開進來，看見崔牧芸像小貓一樣發傻，站在院子裡不敢靠近任何人，她的眼睛望向我，好像在人群裡只認得我一個人，或許是我一廂情願，但她認定我，我也認定她，當下我就決定，這個妹妹我要照顧，我知道那種孤單的感覺，我知道被親人背叛的痛苦。

後來分離的日子裡，我有一段時間已經決定放棄了，不只是因為牧芸沒有寫信回來，而是我感覺到了她的決心，要保持聯絡很容易，不要保持聯絡才是困難的。有些時候，遠離一個人是為了讓她自由，我一直以為自己在保護她，但最後卻是她犧牲了自己救了我們，我最後悔的事，就是我們被關禁閉的時候，讓她跑進院長室拿鑰匙，那不是她應該去的地方，她本來躲都來不及，她原本也已經避開了，丁院長時常找女院生去當模特兒畫素描，有一次我偷偷跟去看，看到院長要牧芸把衣服脫掉，牧芸不肯，院長罵了她很難聽的話，然後把她趕出去，沒想到後來她為了拿鑰匙，又自己跑去找院長。

我無法想像她身上發生了什麼事，後來我問她，她只是說，她趁院長不注意，偷開了抽屜拿到鑰匙，但怎麼可能這麼簡單？但她不肯告訴我，我只能猜。猜測是最恐怖的事，我每一猜測，就會恨得咬自己的手臂，小黑屋又怎樣，關幾天也不會死，牧芸不是為了救別人，她就是為了我，因為我有幽閉恐懼症，關在小黑屋裡我就會想起從前的事，我會害怕得發抖，會心悸，喘不過氣，會把頭在牆上一次一次猛撞，但那又怎樣，那跟牧芸去院長室可能發生的事比起來又算什麼。

牧芸要離開的時候，我覺得自己沒有資格挽留她，經過那些事，即使換了院長，生活也不可能回到從前了，我們都已經被毀壞了，她離開也好，每次看見她，我都只想跪下來跟她道歉，但倘若我這麼做，不也就提醒著她受到的傷害嗎？後來，牧芸又變得怪怪的，很像她剛到育幼院的時候，神情恍恍惚惚，會夢遊，慢慢地，她才恢復正常。我記得她在育幼院最後那段時光，我們花了很多時間布置家裡，整理花圃，我們一次次去樹林裡玩耍，在瀑布那邊玩水，所有事彷彿一如既往，那時我們還不知道她媽媽會把她帶走，但她似乎已經知道了，她或許是帶著最後的心情在對待我，她甚至笑得更燦爛了，可是那樣漂亮的光一旦綻放，就會慢慢熄滅的。我心裡有不好的預感，每次她看著我，那神情都像是最後一次相見，我漸漸無法承受她的目光，我就去拉她的手，跑在她前面，把她帶到陽光底下，讓太陽把我們曬得暈暈的。

然後就是漫長的分離了。

周警官，我知道你懂，這是我的第六感，從第一次在餐廳見到你，我就知道最後你會查出來所有的事，我也寧願是你查出來的，你有著跟牧芸一樣，那種夢遊者的神情，牧芸從小就會夢遊，嚴重的時候，她會自己跑到花圃裡拔草、吃土，最遠還曾經跑到樹林裡，腳上都是泥土。我時常夜裡醒來，就去她房間找她，因為其他人不會那麼警醒，但牧芸總是找得到路回家，我害怕的是，萬一她在途中醒過來，發現自己在戶外，會害怕得不知如何是好。所以我跟著她，踩著那夢遊者的步伐，不知她將要去哪，為何遊走。

她總是說，不記得夢遊的事，以前輔導老師，還曾經把她的腳用繩子綁起來，但那一點也不妨礙她夢遊，她會自己把繩子解開。

你也會夢遊嗎？周警官，我想你一定失去過很重要的人，你一定經歷過很重大的失落，你一定也曾經感覺自己活在黑暗中，找不到回家的路。但是你沒有迷失自己，因為你當上了警官，你可以捍衛正義，找出罪犯，懲惡揚善，但是周警官，你會不會有時也懷疑自己，到底什麼是惡，什麼是善？你會不會也站在那善惡黑白的灰色地帶感到茫然無措，不知何去何從？但那時刻你卻必須要立刻做出決定，無法遲疑？那樣你會怎麼做呢？

我想你是警察，你一定會選擇自首吧，那才是縮小傷害最好的方法，但是我沒有做出這個決定，我選擇了隱瞞，我決定要協助他們隱瞞，你知道為什麼嗎？因為我知道即使是自首，最後還是會牽連到牧芸，她一定會被當作共犯，不可能毫髮無傷，我知道以阿蒂的身分，她刺了張鎮東那麼多刀，已經超過自衛的程度，那是在復仇了，可是，當心中有冤，當你長期被欺凌，長期被虐待，當你面對的是惡魔，是魔鬼的行徑，你根本沒有商量的餘地，除了自殺，就是被殺，不想死，就只能殺人。因為他們都是逃不走的人。

你相信嗎？我是剎那間就做出了決定，我們要隱瞞到底。不要為了張鎮東這個人付出代價。可是我自己都知道，隱瞞怎麼可能沒有代價，但，容我這麼說，四個人一起負擔，是不是比一個人兩個人，還扛得起來呢？至少，當下她們可以感覺到一點溫暖，至少，我還可以為她們做點什麼。

是的，是我策劃外燴運屍，是我指示林曉峰幫忙搬運屍體，是我要崔牧芸不要報警，都是我做的，我不會逃避，當時我做了這樣的決定，牧芸跟曉峰因為信任我，才參與了這件事，這些都是真的。

橘色容器是我二十八日當天買的，我以為人海茫茫，追查不到。但我也想過事情敗露的可能，謊稱綁架，只是想延長時間，模糊焦點，這些你們都想到了，我沒有能力想出更好的辦法，我知道很快就會被識破，但我本以為只要張鎮東的屍體沒有被尋獲，就還有可能埋藏這個祕密。我只能說，我很笨，我以為我做得到，但我失敗了，我以為我可以一直保護牧芸，我卻讓她犯罪了，最可憐的是曉峰，這件事本來跟他無關，他為了義氣相挺，讓自己也牽涉進來。

本來就不是天衣無縫的計劃，只是事後補強，希望可以躲過災難而已，倘若我們一開始就設局要殺張鎮東，那麼計劃就會更完美些，可是我們沒想過要殺他，就因為不想殺人只想自救，最後才會無路可走，或許在法律面前我們都是罪人，但法律有時只能懲罰，卻無法保護，牧芸在這段期間每天飽受生命威脅，就沒有什麼法律真的可以幫到她。我不相信法律，我只相信要生存下去人必須自保，可惜我不夠壞，還沒有勇氣去殺人，我覺得張鎮東死不足惜，但殺人就是有罪，這很荒謬，也很真實，以前我們不殺他，只想讓牧芸安全地活下來，但我想我錯了，只要還在那個房子裡，就不可能安全，我恨張鎮東，我曾想過殺掉張鎮東，也許當初我應該自己找機會去殺他，這樣責任我一個人扛就好，後來的事就都不會發生了。

但一切已經太遲了，我記得棄屍的隔天，我開車去風雲餐廳接牧芸到幼稚園附近跟阿蒂會合，阿蒂把浩宇交給牧芸，我看著牧芸牽著浩宇的手走進幼稚園，就像一個普通的母親，牽著她的孩子去上學，那本來應該是牧芸要過的生活，可是為什麼後來卻演變成這樣？

我們犯的錯很傻，周警官，你認為愚蠢的罪行跟高明的罪行相比，哪一種比較好呢？我不知道，我曾想過把張鎮東埋在山裡，但時間太倉促，工具也不夠，我以為那個山谷可以埋藏祕密，想不到一棵枯樹破壞了一切，但這世上或許本就沒有可以隱瞞一生的祕密，已經發生的無法更改，那棵樹或許就是警示。

該判刑幾年，坐牢多久，我都無所謂，我有我想守護的人，但我沒做到，反倒讓大家都犯罪了，這點是無論多久的刑罰都不能彌補的。

我記得以前育幼院的後山山坡上，有一片花，春天時會盛開紫色的小花，在一塊平坦的草地上慢慢盛放，遠遠地望過去，會覺得那一片草地，像是發著柔柔的光，我心情不好時，就會去望著那一片花。樹林裡什麼都有，像是一個樂園，樹林裡卻也死過一個孩子，不知為什麼，我總是覺得，死去的孩子，流出的鮮血，滋潤了土地，變成了那一片花，這是不合理的想像，但我必須這麼想，就像我小時候被關在壁櫥裡，我聽見外面有任何聲音，我總是去想像，那是一種遊戲，是在訓練我的聽力跟想像力，但我真不願意去想像，那櫃子外面的母親，正在做些什麼，為什麼她要把我關在這裡，難道只是為了讓那個男人開心？母親軟弱，她希望有所依靠，而我太小了，在男人與兒子之間，她選擇了男人，我可以理解，但是當那個男人揮動皮帶鞭打我時，她為什麼還要潑我水，用棍子打我呢？但我都可以理解，有時，你就是得選邊站。

對啊，我也選邊了。王大福死的時候，我沒有挺身而出。

每年，到了花開的季節，我們幾個就會去紫花草地上，圍著圈圈，為王大福祈禱，我們沒有信神，祈禱文是我們自己亂編的，「天上有神，空中有雲，地上有花，孩子們跳舞，鳥兒歌唱，王大福請你好好休息吧。」

牧芸後來跟我說，她曾夢到張鎮東，他從山谷飛上來，飛到了他家的陽台上，變成一隻貓頭鷹。

或許這都是注定的。

我沒有要辯解的，謝謝你耐心聽我說這麼多，可以說給你聽，讓我感到安慰。

林曉峰

是的，二十七日半夜高歌跟我說明了牧芸的情況，是我跟高歌一起想出外燴運屍的計劃，拋屍地點是我以前常去的山區，整個計劃都是我們兩個一起執行的。我知道那是錯的，但我也知道我別無選擇，那件事高歌一個人辦不了。

當我知道牧芸被張鎮東家暴的時候，我就跟高歌說，「不計一切代價也要把小妹帶走，她在那個屋子裡太危險了」，但我從沒想過所謂的不計代價，是要殺人的意思。我們這段時間的各種討論都是要協助牧芸離婚，獨立自主，那樣的婚姻沒有維持的必要，但我們不是壞人，即使牧芸被打成那樣，我們對張鎮東恨之入骨，但也不可能起殺機。我始終覺得，當年我們在育幼院時，一起經歷過那些悲慘的事，都沒有讓我們的心被汙染，我們每次在夜裡抱頭痛哭，高歌總是一直告訴我們，要守護自己的心，那是我們這樣的孩子最重要的東西，也是因為這樣的信念，我們才能安然地穿過那些黑暗，長大成人。但到最後，知道張鎮東被殺死的時候，我們沒有選擇報警，那個決定是高歌做的，但我相信他，那個時候，如果報警，或許有罪的只有阿蒂一個人，但是阿蒂殺人，有一半也是為了牧芸，我們不能讓她一個人承擔，那是瞬間必須做出的決定，我知道高歌的想法，要就是自首，不然就得隱瞞，阿蒂希望牧芸幫忙隱瞞，牧芸希望幫忙阿蒂，她能依靠的人只有我們。

昨晚雅婷來看我的時候問我，為什麼要為他們做這些事，我不知道怎麼跟她解釋，這些感情是無法向其他人解釋的，甚至連安妮也無法理解，我想我們經過王大福死掉的那個夜晚，我們三個人其實也已經死過一次了，我們兩個的命是被牧芸救回來的，那我們也等於欠了她一條命，而且也不只是欠與還的問題，經過那一夜，我們的生命就連結在一起了，不管經過多少時間，都不會改變這件事。

我本以為我可以用這一生的時間，用各種方式去照顧小妹，即使我已經結婚生子，我也希望這輩子還像對待妹妹那樣疼愛她，但償還來得比什麼都快，當高歌問我，要不要做？我立刻就點頭說好，我們不做，誰去做呢？這世界上還有誰會為牧芸做這件事？有誰願意，誰能夠呢？正如當年，她跑進院長室去拿鑰匙，我們都知道她付出了什麼代價，但她還是去做了，如今，我們又怎麼可能別過頭去不管她呢？

我不知道最後法官會怎麼判決，謊報綁架勒贖，毀屍滅跡，這些都是罪，我不知道我有沒有能力償還，但我願意承擔，只可惜我恐怕有好長時間無法陪伴我的孩子，不能看著孩子長大，雅婷甚至也可能不會嫁給我了，在現實世界裡我會失去很多很多，但這些都是必然的代價，像我們這樣的人，要安然活下來，本來就是需要付出代價的，我只願代價在我餘生可以償還，不會波及無辜。

周警官，我想問你，這世上可有出於善意而犯的罪行嗎？在你眼中，這樣的罪算是什麼罪呢？

我記得拋屍之後，我們三個人在車上，一路開下山，在車上我們都說不出話來，張鎮東的屍體好重，當我跟高歌將他拋起往山谷摔落時，我們聽到了一個聲響，當時不覺得有問題，但在車上我就覺得有異狀了，那個聲音太近了，但到那時想要回頭已經太遲了，我沒有告訴他們倆，我心裡揣著這個疑惑，忍不住扭開了收音機，我需要一點音樂，讓我鎮定下來。

那時牧芸突然說話了，她說，「從此以後，我們都是有罪的人了。」

高歌說，「從在樹林那一夜起，我們身上就帶著罪了。」

然後牧芸就開始哭了起來。

收音機傳來音樂聲，但聽起來也像是哭聲，車子在山路上穿行，四周一片漆黑，只有車前燈映照著路，有一瞬間，我很想把車頭一扭，乾脆衝進山谷裡一起死吧，但只有那麼短短一瞬間而已，因為我感覺到坐在我旁邊的牧芸，她因為哭泣身體強烈的起伏，即使哭得那麼厲害，她還是一個活生生，努力想要活下去的人啊。

周警官，或許有些人一出生就是個悲劇了，然而，即使這樣的人，像我，無父無母，額上有個去不掉的胎記，像野狗一樣被丟棄，像野狼一樣長大，但，我也是活生生的人，會哭會笑，有喜怒哀樂，有夢想願望，我們這樣的人，被厄運糾纏，無法擺脫命運的操弄，但我們還是認真地活著，努力工作，想要帶給自己所愛的人幸福，可是當我們把屍體拋下山的時候，那一個重力的甩脫，就把我們又甩出正常人的世界了，我清楚地知道，這件事從此又改變了我的生命。

但說到這裡，我突然覺得很平靜了，我想，或許到了絕境裡，就不會下墜了，或許當你認清前面的路是一片黑暗的時候，心就安定了，因為那全然的黑暗中，最後會慢慢慢慢，顯露出一點點光，那可能是遠方的燈火，也可能是山裡的篝火，也可能只是某個野獸的眼睛。

或者，那是漆黑夜空裡，遙遠的，某一顆不知名的星星。

只要有那麼一點點光，即使那是幻覺也好，我知道，我心裡有著那個光，就像從前一樣，我就不會絕望。

周小詠

走出偵訊室，周小詠突然腳步不穩，感覺像穿越了很濃密的森林，身上都沾滿樹葉，腳上沾有塵土。她曾感覺到呼吸困難，也曾有眼淚幾乎滴落，審訊中途有時她會想要按掉攝影機，不忍心讓這些畫面繼續拍攝，李廣強在她身旁，一動不動的，他們看著這幾個原本不開口的人，突然嘩啦啦開始說起話來，他們不約而同地沉默，也選擇了同時開口，他們說出來的話，既可以想像，也超越了他們的想像。案情可以很簡單，卻也非常複雜，她不知道法官最後怎麼判決，但她自己心中，卻還沒有決斷，她接收了太多訊息，一時還無法消化。

李廣強好像了解她心裡的困惑，也或許這勾動了他自己的心事，他們見識過那麼多死亡，辦理過那麼多殺人案，他們必須循著法律，找出真相，他們依靠證據，糾舉罪犯，但很多時候，善惡難辨，真相可能有很多面向，他們只能盡力在人證物證俱全的狀態下，抓住犯罪者。

罪與罰是多麼困難的選擇，但那不是他們的工作，他們只處理犯罪，不處理刑罰，那是法官的事了，這種感覺非常奇妙，當你親手抓到了犯人，卻希望他們無罪，這是周小詠現在矛盾的心理。

周小詠想起有次她從外面回來，看到李廣強在門口抽菸，他們談起了張鎮東的案子，那時他剛接手這案子，已經大致知道陳高歌他們幾個人的關係。

周小詠說：「我知道身為警察應該公正，但我真不希望是陳高歌他們幾個人犯的案。這樣做真的太傻了。」

李廣強說：「我懂你的心情，不過，我們最重要的是要把凶手找出來。」

誠如陳高歌所說，他們是一群不高明的罪犯，破綻百出，漏洞連連，但是，他寧願他們更高明地犯罪嗎？正如他曾經偵辦的那個保險金殺人案，也是個荒唐而漏洞百出的案子，但那個案子的荒唐卻顯露出人性為了貪婪可以多麼輕易地殺人。警察要做的是破案，而不是去定罪。

兩人各自揣著心事走出偵訊室，他們倆都沉默不語，慢慢走回辦公室。一進門，李廣強開始逐一撤下白板上的照片，用板擦一點一點擦去白板上密密麻麻的字跡，周小詠也站起來，開始收拾，她把那些人物關係圖，案件路線表，逐一收拾，那些調閱出來的畫面照片，那些屍體與現場的照片，都需要一一地清理，他們兩個慢慢地把資料收攏，一份一份放進裝檔案的箱子裡，其實不需要這麼早結案，應該還有很多疑點可以詳查，還有一些線索需要收尾，但是周小詠覺得好累，李廣強則是被他另一個案件搞得精疲力竭，他們倆處在不同的狀態裡，好像需要做點什麼，來讓這件事得到了結。李廣強是後期加入，較少參與，但卻也投入了很多時間跟情感，這是後來周小詠慢慢可以信任他的緣故。

但是李俊呢?案子破了，李俊還沒醒來，她現在最想做的事，就是跟李俊一起把白板上的檔案撕下來，把東西裝箱歸檔，讓李俊帶她去吃他最愛的小館子，叫上一桌菜，點幾罐啤酒喝。

可是她沒辦法。李俊可能醒不過來了。她連去醫院的力氣跟勇氣都沒有，她想哭，但是為了誰而哭呢?她癱坐在椅子上，久久不能動彈。

突然桌上的電話響起，周小詠接起電話，電話那頭有同事大喊著：「小詠，小詠，組長醒了。」

聽到那句話，周小詠終於哭了起來。

這世上總有你想守護的人，不管用什麼辦法，你都想捨命救他，周小詠心裡也有這樣的人。她突然好累，好想睡，想躲進關於父親的夢裡，告訴他，李俊醒了，案子破了，那是一群糊塗的男女，以為可以靠著自己的力量拯救所愛的人，卻因此犯了罪。那案子裡有犯罪的人，有作惡的人，也有法律無法制裁，卻能傷害別人的人。

她想躺下來，也想趕快去醫院看李俊，可是聽到他醒來，就覺得安心多了，這時一定有很多人圍繞著他，已經不缺她一個了。她好像可以懂得陳高歌在暗中默默守護崔牧芸的心情，周小詠感覺自己這一次，好像終於變成一個真正的刑警了，她懂得了李俊以前時常散發出的那份憂傷與莫可奈何，但卻又充滿鬥志的矛盾心理，她終於可以理解，她能做的事不是拯救別人，而是透過一次又一次的追索，把自己找回來。

她想起陳高歌說她也是個夢遊者，從來沒人這麼說過她，她以為她是個解夢者，陳高歌他們三人最後的自白，讓她好心痛，她不知道這件事還有什麼解決辦法，她投入太多，以至於無法抽身，不夠冷靜。當陳高歌對她說出王大福死亡當天發生的事，她好像看到了現場，看見了那些孩子在黑夜裡狂奔，躲避追捕，她好像看到了崔牧芸為了拿到鑰匙，任院長接近她。她好像看到了王大福因為找不到其他人，瘋狂地哭喊，她好像看到了過往那些畫面，卻不明白為什麼這幾個孩子身上會發生這麼殘酷的事。

原來她是個夢遊者。陳高歌的話打中了她的心，林曉峰的話也打中了她，崔牧芸則令她心碎。院長室裡發生了什麼事，或許永遠也不會有人知道，丁大豐院長在幾年前因為癌症死了，就讓這個祕密隨他而死吧。

檔案收拾到一半，李廣強接到了線報，說保險金案嫌犯的藏匿地點已經找到，他放下東西立刻準備前往，他突然走過來，拍了一下周小詠的肩膀，輕聲地說，小詠，回去睡覺吧。明天起，還有案子等著你呢。

周小詠放下東西，在椅子坐了一會，她環顧著簡陋的辦公室，周遭凌亂的桌椅，以及桌面上散落的物品，她苦笑著想，或許這裡才是我的家，她應該跑到休息室攤開行軍床，躺下睡一覺。

她才閉上眼睛，幾乎就進入了夢中，她眼前出現了一個奇異的風景，不是作夢，也絕非幻想，那畫面就像電影一樣出現在眼前，一片山坡，坡上有棵大樹，綠色的草地，綿延到遠方，那綠茵草地上，有一小小片花田，開著七彩的花，有蝴蝶飛舞，有蜜蜂嗡嗡，天上有雲，風吹過，雲朵就跑，有幾個孩子，笑笑鬧鬧地走過來，有人帶頭唱歌，另外其他人也應合起來，風繼續吹，把花朵都吹得搖搖擺擺，女孩們穿著花裙子，裙襬也飄動起來，周小詠感覺那風吹在她臉上，有時溫暖，有時涼爽，她看著那些孩子跑來跑去，然後有人隨意躺下，其他人也都躺了下來，身體攤成大字形，天上雲朵堆積，都快堆到孩子們的臉上了。

有一個聲音在耳邊對她輕聲地說：天上有神，空中有雲，地上有花，孩子們跳舞，鳥兒歌唱，周小詠請你好好休息吧。

親愛的共犯

作　　者：陳雪
責任編輯：孫中文、張瑜
協力編輯：早餐人
責任企劃：劉凱瑛
整合行銷：黃鐘獻

主　　編：劉璞
副總編輯：鄭建宗
總 編 輯：董成瑜
發 行 人：裴偉

美術設計：日央設計
內頁排版：宸遠彩藝

出　　版：鏡文學股份有限公司
114066 台北市內湖區堤頂大道一段 365 號 7 樓
電　　話：02-6633-3500
傳　　真：02-6633-3544
讀者服務信箱：MF.Publication@mirrorfiction.com

總 經 銷：大和書報圖書股份有限公司
242 新北市新莊區五工五路 2 號
電　　話：02-8990-2588
傳　　真：02-2299-7900

印　　刷：漾格科技股份有限公司
出版日期：2021 年 1 月　初版一刷
　　　　　2022 年 6 月　初版三刷
I S B N：978-986-99502-7-5
定　　價：420 元

國家圖書館出版品預行編目 (CIP) 資料

親愛的共犯/陳雪著. -- 初版. -- 台北市：
鏡文學股份有限公司, 2021.01
面；14.8×21 公分 . -- (鏡小說；42)
ISBN 978-986-99502-7-5(平裝)

863.57　　109021949